D0540225

LA JETÉE SOUS LA LUNE

DU MÊME AUTEUR
CHEZ LE MÊME ÉDITEUR

L'Énigme de Rackmoor
Le Crime de Mayfair
Le Vilain Petit Canard
L'Auberge de Jérusalem
Le Fantôme de la lande
Les Cloches de Whitechapel

Martha Grimes

LA JETÉE
SOUS LA LUNE

Roman

Titre original : *The End of the Pier*
Traduit par Dominique Wattwiller

La loi du 11 mars 1957 n'autorisant aux termes des alinéas 2 et 3 de l'article 41, d'une part, que les *copies ou reproductions strictement réservées à l'usage privé du copiste et non destinées à une utilisation collective*, et, d'autre part, que les analyses et les courtes citations dans un but d'exemple ou d'illustration, *toute représentation ou reproduction intégrale ou partielle, faite sans le consentement de l'auteur ou de ses ayants droit ou ayants cause*, est illicite (alinéa 1ᵉʳ de l'article 40). Cette représentation ou reproduction, par quelque procédé que ce soit, constituerait donc une contrefaçon sanctionnée par les articles 425 et suivants du Code pénal.

© Martha Grimes, 1992
© Presses de la Cité, 1994, pour la traduction française
ISBN 2-258-03591-0

A Kent, Bill et James W.,
qui me le diraient, s'ils le savaient.

Ramon Fernandez, dites-moi, si vous savez,
Pourquoi, quand la chanson a cessé et que nous sommes retournés
Vers la ville, dites-moi pourquoi les lumières vitreuses,
Les lumières des bateaux de pêche ancrés dans le port
Au crépuscule et qui se balançaient dans l'air,
Réglaient l'ordre de la nuit et découpaient la mer
En zones de gloire avec leurs mâts ardents,
Recomposant, approfondissant et enchantant les ténèbres.

Oh ! Bénie soit la passion de l'ordre, pâle Ramon,
La passion du créateur à ordonner les mots de la mer,
Les mots des portiques embaumés cloués d'étoiles
Et les mots de notre être et de nos origines,
En découpes plus floues et en sons plus ardents.

Idée de l'ordre à Key West
Wallace Stevens

PREMIÈRE PARTIE

MAUD

1

Au *Rainbow Café*, on s'attendait toujours à gagner un fric fou les veilles de jour férié. En disposant sur le comptoir sandwich au bœuf et purée de pommes de terre, Maud se demandait pourquoi Shirl comptait sur pareil afflux de clientèle. Les seuls consommateurs avaient été Ubub et Ulub Wood, et ils avaient mangé ce qu'ils mangeaient d'habitude : le plat du jour.

Ubub et Ulub, ça n'était pas leurs vrais prénoms. Leurs prénoms véritables, on les avait oubliés depuis longtemps. C'était Dodge Haines — ou Sonny Stuck peut-être — qui avait décidé de les appeler par les lettres qui figuraient sur leur plaque minéralogique — UBB et ULB. Ils conduisaient, en effet, des pick-up Ford identiques, noirs et cabossés. Personne ne savait comment ils avaient réussi à esquinter leur carrosserie de la même façon ; en tout cas, ils s'y étaient pris de telle manière que la seule chose permettant de distinguer les véhicules l'un de l'autre était leur numéro d'immatriculation.

Maud avait commencé par ne pas vouloir aller au café ce jour-là, puis elle s'était ravisée. Elle avait envisagé de rester à la maison, mais comme c'était le week-end de Labor Day [1], elle était allée travailler, encore qu'avec une heure de retard sur son horaire habituel. Shirl ne s'en était même pas rendu compte, bien qu'elle eût prédit que la journée allait être mouvementée.

Maud remplit de café une tasse blanche, la plaça devant Ulub, qui ne moufta pas ; il ne mouftait jamais. Maud se demanda si elle avait seulement entendu le son de sa voix. Comme il prenait toujours le plat du jour, ce mutisme n'était pas gênant, et Shirl et Charlene n'avaient jamais eu de mal à le servir. C'était Ubub qui parlait quand besoin était. Avec parcimonie, bien sûr.

Perchée sur un haut tabouret grêle derrière la caisse, Shirl servait à un adolescent des beignets et du café à emporter. Elle tendit sa monnaie au gosse, l'assaisonnant d'un regard venimeux comme s'il l'avait forcée à ouvrir sa caisse sous la menace d'une arme. Le gamin s'éclipsa.

Lorsque le garçon longea la vitrine, Shirl se mit à parler à Maud du « petit salaud ». Pas celui qui venait de sortir. Son fils. Tous les adolescents lui rappelaient automatiquement son fils. Il se prénommait Joseph et elle ne l'appelait par son prénom que lorsqu'elle n'était pas en rogne après lui, chose qui arrivait rarement. Les gens du coin l'appelaient Joey. Mais pour Shirl, c'était « le petit salaud ». Quant au père de ce dernier, qui les avait plaqués le bébé et elle après la naissance de Joey, c'était « le grand salaud ». Charlene ne cessait de faire remarquer à Shirl qu'elle avait du pot que son gamin ne se défonce pas et ne s'amuse pas à sauter du haut des toits.

---

1. Fête du travail célébrée le premier lundi de septembre aux États-Unis.

— Sauter, ce petit salaud est trop flemmard pour ça. Quant à la drogue, il y touche pas : monsieur préfère le vol à l'étalage.

La veille, Joey avait en effet subtilisé des lunettes de soleil au SuperSaver Discount Store. Shirl avait beuglé la nouvelle à Charlene qui, à l'autre bout du comptoir, remettait à un client un carton blanc plein de pâtisseries. La tarte à la meringue et au citron était servie régulièrement, excepté à Noël et à Thanksgiving. Ces jours-là, nettoyant l'ardoise d'un coup de chiffon, Charlene inscrivait à la place « tarte au potiron ».

Joey venait déjeuner presque quotidiennement et Maud lui servait son plat favori — du ragoût de bœuf — accompagné de quatre tranches de pain beurré. Il lui arrivait fréquemment d'être mis à la porte du lycée pour quelques jours, mais pas renvoyé définitivement, et Shirl se comportait comme si elle était son agent de liberté conditionnelle. Le gamin avait un petit visage blafard et un sourire évanescent, qui se dissipait à peine apparu, comme si quelque souvenir lointain l'avait fait naître.

Shirl s'approchait de lui en traînant les pieds et se mettait à lui donner du Joseph par-ci et du Joseph par-là tout en le bombardant de questions. Est-ce qu'il avait tondu la pelouse, ramassé les feuilles, enlevé la neige ? Selon la saison. Elle ne cessait que lorsqu'il avait englouti sa quatrième tranche de pain. Alors, elle se fourrait une autre cigarette dans le bec et repartait, traînant toujours les pieds. Shirl partie, Maud s'approchait pour lui verser une seconde tasse de café. Il lui adressait son petit sourire fugace, la plaignait de devoir travailler dans ce boui-boui, roulait sa serviette en boule et vidait les lieux. C'était un rituel chaque fois qu'il était temporairement flanqué à la porte pour avoir forcé les casiers des copains ou traité le prof de maths de pervers, de grand dégueulasse ou d'ordure. Cinq jours par semaine, Maud le regardait entrer et ressortir et cela lui rappelait quelque chose à propos de portes d'ivoire et de portes de corne [1]. Elle avait passé trois ans à l'université à étudier principalement la littérature et adorait lire. Pourtant, elle n'arrivait pas à se souvenir de l'endroit où se trouvaient ces portes ni de ce qu'elles signifiaient, si ce n'est qu'elles débouchaient sur quelque chose d'important et de définitif.

En accrochant son tablier et en reprenant son manteau à sept heures ce soir-là, elle songea que Joey retournerait en classe le lendemain de Labor Day.

Puis elle cessa de songer à Joey et au lycée, car cela la faisait irrésistiblement penser à Chad, qui était parti.

C'était la raison pour laquelle elle n'avait pas eu envie d'aller travailler. Elle avait voulu venir se réfugier à l'endroit où elle se trouvait en ce moment précis, au bout de la jetée.

Assise au bout de la jetée, Maud observait la party qui se déroulait de l'autre côté du lac. La réception semblait avoir duré tout l'été, aussi se posa-t-elle la question que les gens se posent à propos de l'arbre qui pousse dans la forêt : les festivités s'arrêtaient-elles lorsqu'elle n'était pas là pour les entendre ? C'est un peu avant le 4 juillet — jour de la fête nationale — qu'ayant remarqué les lumières elle était venue regarder les lampions accrochés de l'autre côté du grand lac

---

1. Dans la symbolique anglo-saxonne, portes par lesquelles passent les rêves.

comme autant de guirlandes de Noël. La première fois, elle s'était contentée de rester plantée là un instant, regardant vers l'autre rive, captant des bouffées de musique.

Le lendemain, elle était venue avec son verre de martini s'asseoir au bord de l'appontement, ses jambes nues se balançant dans le vide.

Le soir d'après, elle avait apporté un fauteuil en bois et aluminium ainsi qu'une bouteille de vodka glacée.

Et les soirs et les semaines suivants, elle avait petit à petit aménagé l'extrémité de la jetée.

Après le 4 juillet, elle avait apporté une petite table et un seau publicitaire Colonel Sanders plein de glace dans lequel elle avait placé sa bouteille de vodka contenant du martini préparé par ses soins. Puis lorsque Chad était venu la voir, elle lui avait fait descendre un vieux rocking-chair de la chambre du cottage, lequel était sis dans les bois en bordure d'un chemin. Il lui expliqua que ce n'était pas une jetée mais un appontement, et qu'il se demandait pourquoi elle tenait tant à rester assise là des heures, la nuit.

Chad avait pris place dans le fauteuil en aluminium, buvant de la bière et examinant les bords du lac, l'herbe spongieuse — la jetée était dans une petite anse —, l'arbre avec une grosse racine en forme de genou replié, arbre en prière au milieu d'un tapis d'herbes.

Il poussa un soupir — vingt ans et déjà blasé — et questionna :

— Pourquoi est-ce que tu continues à travailler chez Shirl ?

— Parce qu'il n'y a pas de lumières criardes et que c'est calme, sans doute.

Il sortit une autre bière du carton et la décapsula avec un léger bruit de succion.

— Les lumières tamisées, le calme, j'espère que ça se résume pas à ça, la vie.

— Si on a de la chance, oui.

Dans l'obscurité, il avait tourné la tête.

— Voyons, m'man...

La question n'était évidemment pas de savoir pourquoi elle continuait de travailler chez Shirl. La question qui le turlupinait était d'une tout autre nature. Pourquoi faut-il qu'on vive dans un trou pareil ? Pourquoi n'as-tu pas fini tes études, décroché ta licence d'anglais et dégotté un boulot chouette, un boulot de cadre, peut-être ? Ou, à défaut, pourquoi n'as-tu pas réussi à épouser un cadre ? Quelqu'un avec qui on aurait pu vivre, au lieu de se le farcir, *lui* ? Pourquoi ne possèdes-tu pas ton propre restaurant ? Pourquoi n'y a-t-il dans ton verre qu'un malheureux glaçon et pas la lune ?

— Shirl t'aime bien, dit Maud.

Il allumait une cigarette et la flamme de son briquet jetable éclaira un instant son profil avant de s'éteindre.

— Y manquerait plus que ça, qu'elle m'aime pas ! Je suis correct avec elle, non ?

— La politesse n'a rien à voir là-dedans. Elle a *ses têtes*. Et toi, elle t'a à la bonne. La preuve : elle te cite toujours en exemple à Joey, et même *lui* te trouve sympathique.

Maud secoua la bouteille de Popov pour en faire tomber les bouts de glace restés collés après.

— De quoi peux-tu bien lui parler pour qu'elle refuse de nous laisser te servir, Charlene et moi ? questionna Maud.

— De ses pieds.

Maud remit la bouteille dans le seau et se tourna vers son fils.

— Ses *pieds* ?

— Elle a des cors et des oignons. C'est pour ça qu'elle est toujours en pantoufles.

I Concentrate on You — de l'autre côté du lac, on aimait Cole Porter — flotta jusqu'à eux.

— C'est la première fois qu'elle propose du boulot à quelqu'un depuis que je bosse chez elle. Autrement dit, depuis dix ans. Tu te plaisais ici, il y a dix ans.

— A dix ans, on est pas difficile : on aime tout. Sauf la taule, évidemment. De toute façon, je crois pas que je me serais fait des masses de pourboires chez Shirl. Dis donc, la vraie musique, ils connaissent pas, ces gens-là ?

— Pas facile de danser en écoutant les Grateful Dead. Or ils adorent danser. Je ne *dis* pas que tu aurais dû accepter ce job : l'important, c'est qu'elle te l'ait offert. Et Lorraine m'a dit que Jewel Chapman aurait bien aimé que tu lui donnes un coup de main au magasin pour animaux...

— Ça rapporte pas assez. Faut que je gagne de l'argent pour payer mes études, c'est bien ce que tu m'as dit, non ? Et il y a des tas de maisons à repeindre à Hebrides...

— Je ne dis pas... oh ! et puis ça suffit.

Hebrides était à près de trente-deux kilomètres. N'étant pas motorisé, il ne pourrait passer avec elle que les week-ends, et pas l'été tout entier.

Aujourd'hui il était parti, c'était pour cela qu'elle n'avait pas voulu aller travailler. Mais quelque part au fond d'elle-même, elle s'était dit que ce n'était pas une solution, que si elle restait enfermée entre ses quatre murs, elle tournerait en rond dans le cottage toute la journée, comme quelqu'un qui rentre chez soi après un enterrement. Ils avaient pris le taxi local jusqu'à

19

Bakersville pour attraper le petit coucou qui devait l'emmener en ville prendre l'avion qui devait le conduire jusqu'à...

Maud leva les yeux vers le ciel nocturne, cherchant le petit point rouge indiquant la présence d'un avion, telle une étoile écarlate filant à travers les cieux, comme si son avion avait pu faire demi-tour. Le minuscule éclat de lumière rouge palpitant dans la nuit avait quelque chose de plus mélancolique encore que le sifflement d'un train.

Il était parti trop tôt, deux jours avant la date prévue. « Maman, je me disais... Ça t'ennuierait si... ? »

Chaque fois que Chad amorçait une phrase de cette façon, elle savait qu'elle serait contrariée. *Je-me-disais, ça-t'ennuierait-si*. Autant de formules qui ne présageaient rien de bon. Bien sûr que ça l'ennuyait, même si elle lui affirmait presque toujours le contraire. Car la suite, si elle n'était jamais vraiment insupportable, était toujours pénible. Il était toujours question de départ, de partir avant la date fixée. Maud appelait ça « disparaître ». Et Chad, « retourner à l'université ».

Le dernier élément de décoration apporté à la jetée se trouva être une lampe que Maud avait dénichée dans le vide sanitaire, sous les solives du plancher du cottage. Fer noir, pieds griffus, la lampe était surmontée d'un abat-jour crasseux parsemé de roses fanées. Elle avait demandé à Chad de mettre plusieurs rallonges bout à bout afin de pouvoir la brancher à la prise située derrière la maison. Maud lisait énormément. Lorsqu'il y avait une accalmie dans la party de l'autre côté du lac, que les invités avaient déserté la terrasse pour se replier à l'intérieur de la villa et qu'elle n'arrivait plus à capter la musique, elle allumait la lampe et lisait ce qu'elle avait apporté avec sa vodka.

Ces derniers temps, elle avait pris l'habitude d'apporter sur la jetée la vieille anthologie de poésie américaine qu'elle avait à l'université. En la feuilletant, elle était tombée sur un poème de Wallace Stevens intitulé : *Idée de l'ordre à Key West,* dont elle s'efforçait de percer le sens. Non pour faire fonctionner son intellect ou parfaire ses connaissances en matière de poésie. Mais parce qu'elle estimait — sans d'ailleurs pouvoir s'expliquer pourquoi — qu'il lui fallait absolument déchiffrer la signification de ce poème, persuadée qu'il lui ouvrirait des horizons.

Elle en avait lu des extraits à Sam, qui n'y avait compris goutte. Il préférait passer son temps à râler au sujet de la lampe.

Sam ne cessait de la bassiner avec cette lampe : il voulait qu'elle s'en débarrasse. « C'est dangereux », insistait-il sans pour autant préciser la nature du danger. Elle lui demanda un jour s'il craignait que la lampe n'électrocute les poissons en dégringolant dans le lac ; il se borna à lui répondre que cela ferait certainement sauter des plombs un peu partout. Et alors ? Qu'y avait-il de dangereux à cela ?

— Vous croyez pas que, s'ils vous aperçoivent de là-bas (il désigna les invités de la party), ça doit leur faire drôle ? Quelqu'un qui est assis sur la jetée près d'une lampe ? Moi, à leur place, je trouverais ça bizarre.

Elle lui dit avoir besoin de la lampe pour lire.

La seule personne de sa connaissance qui s'y entendait en matière de lecture, qui savait qu'un livre peut vous absorber, vous transporter dans le passé — chose que la télé ne réussissait jamais à faire —, c'était miss Ruth Porte. Miss Ruth venait dîner chez Shirl tous les soirs, les jeudis et les week-ends exceptés. Elle s'installait toujours dans le box du fond, tournant le dos à l'écran de télévision qui vomissait caquetages futiles et feuilletons larmoyants à longueur de journée. Cela mettait miss Ruth Porte en rage. Pourquoi les gens n'apportaient-ils pas un livre — miss Ruth quant à elle avait une prédilection pour Jane Austen — s'ils avaient envie de se distraire ?

Miss Ruth lissait du plat de la main son Jane Austen relié pleine peau et soigneusement recouvert de plastique et disait :

— Avec les personnages de Jane Austen, je me sens en famille. Les auteurs contemporains n'arrivent pas à comprendre que leurs lecteurs aient envie qu'on leur donne l'impression de faire partie de la famille, de faire un bout de chemin avec elle. Les écrivains d'aujourd'hui (il n'y avait pas moyen de savoir lesquels) ne songent qu'à décrire des ruptures, des crises, des existences qui s'effilochent, des êtres qui sombrent...

Là-dessus, elle s'arrêtait, se penchait sur le menu, qu'elle ouvrait et fermait à plusieurs reprises, apparemment mécontente du choix des mots qu'elle avait utilisés.

— Je ne leur demande pas de me parler d'une famille *modèle*. Dieu sait que les familles le sont rarement, modèles. Jane Austen est d'ailleurs bien placée pour le savoir. Voyons, quel est le plat du jour ?

Maud attendait patiemment, dégainant calepin et crayon pour prendre la commande. Souvent elle glissait des commentaires sur le livre qu'elle-même était en train de lire, pas pour caresser dans le sens du poil miss Ruth — dernière représentante de la famille Porte, que l'on disait pleine aux as —, mais parce qu'il n'y avait pratiquement personne d'autre à qui parler littérature. Outre Wallace Stevens, Maud lisait F. Scott Fitzgerald, à propos duquel miss Ruth délirait, déclarant qu'il était supérieur de cent coudées à Ernest Hemingway, malgré ce que prétendaient les membres du Book Mark. Le Book Mark était un club d'amateurs de lecture qui se réunissaient tous les jeudis au *Rainbow Café*, raison pour laquelle elle s'abstenait soigneusement d'y mettre les pieds ce soir-là.

Miss Ruth ne manquait jamais de demander à Maud des nouvelles de son fils Chad, qu'elle qualifiait d'« exceptionnel », ce qui n'était pas une parole en l'air. Cela allait d'ailleurs dans le sens de ce que tout le monde pensait et Maud se disait qu'elle aimerait bien qu'ils cessent de parler de lui comme d'une divinité de passage. A croire que tous ceux qu'il croisait s'attendaient à ce qu'il les oigne avec les saintes huiles ou quelque chose dans ce goût-là. Chad était doué pour parler aux gens, c'était aussi simple que cela. Dieu seul savait d'où il tenait ce don... Certainement pas d'elle, en tout cas. Elle-même se considérait comme atteinte d'une timidité pathologique, et c'était en grande partie pourquoi elle se plaisait chez Shirl. Tous les clients étaient habitués au caractère grincheux de Shirl, qui avait déteint sur Charlene, sur Wash, le cuisinier, et même sur les deux filles qui venaient donner un coup de main lorsqu'il y avait foule.

Comparée aux autres, Maud était une perle. Les clients de Shirl n'arrêtaient pas de lui demander ce qu'elle fabriquait là et elle répondait immanquablement qu'elle avait de la chance, avec un petit clin d'œil, alors ils éclataient de rire. Lorsqu'ils étaient tous assis en rang d'oignons au bar — Dodge, Sonny, le maire Sims, Wade Hayden, receveur du bureau de poste, Ubub et Ulub — et réagissaient avec un ensemble touchant, tournant la tête de droite ou de gauche, Maud croyait avoir en face d'elle une rangée de girls sur le retour et alors elle éclatait de rire, elle aussi.

Elle savait que les clients n'en revenaient pas de la voir travailler comme serveuse dans un restaurant après toutes ces années passées à la faculté. Il n'était pas facile de faire comprendre aux gens que certains êtres — bagage universitaire ou pas — étaient dénués d'ambition, n'aspiraient pas à exercer une profession chic, ne désiraient pas gagner de l'argent par-dessus tout, et qu'elle était de ceux-là. Aussi, avec ses trois ans de fac et son sourire timide, se disait-elle qu'ils devaient la prendre pour une femme ayant eu des revers, une duchesse en exil, peut-être.

Deux hors-bord filèrent non loin de là, coupant le sillage l'un de l'autre. L'eau clapota contre la jetée, claque sèche, avant de se refermer derrière eux, lisse et sans faille.

Maud piqua une olive au bout de son bâtonnet. L'assiette d'olives était posée sur le tonneau de bois qu'elle avait trouvé derrière la maison. Le bâtonnet venait d'une petite boîte plate de six, dénichée sous le cottage dans l'espace situé entre les solives du plancher et le sol. Taillés dans du verre translucide, surmontés de flamants roses également en verre, c'étaient de ces objets qu'on achète généralement pour offrir. Ce service-là, en tout cas, n'avait jamais servi. Et il n'avait pas non plus trouvé preneur.

Une autre petite embarcation se colla le long du débarcadère de l'autre côté du lac. Il y en avait maintenant près d'une douzaine, plus que d'habitude, car c'était la party donnée à l'occasion de Labor Day. Les invités ne venaient pas tous en bateau, bien sûr ; la plupart devaient emprunter quelque vieille route aboutissant de l'autre côté de la villa.

De ce bateau blanc argent descendirent des invités. Maud était trop loin pour voir ce qu'ils portaient, ne distinguant que des touches d'or, de bleu ou de rouge, mais elle savait que certaines femmes devaient arborer des robes longues qui ne leur facilitaient pas la manœuvre pour quitter le bateau. Les voix aiguës des femmes, les brusques éclats de rire des hommes qui saluaient leur sortie du cocon argenté qui tanguait suggéraient qu'elles s'efforçaient d'empêcher le bas de leurs jupes de tremper dans l'eau. D'autres invités s'approchèrent du débarcadère, munis de verres et de cigarettes ; elle apercevait le bout rougeoyant des cigarettes. Ils aidèrent les nouveaux arrivants à mettre pied à terre et s'en furent tous ensemble rejoindre les autres dans le patio. Maud se demanda d'où venaient les retardataires. D'une autre réception donnée elle aussi sur la rive du lac et jugée plus importante ? Difficile à croire. Plutôt d'un petit cocktail improvisé dans un cottage plus modeste où ils avaient bu un verre en vitesse avant de se rendre à la party.

La scène se renouvela, jusqu'à ce que le lac noir là-bas fût strié de rais de lumière provenant des différentes embarcations, ressemblant ainsi à une petite marina.

Maud avait toujours été persuadée que ce n'étaient pas des gens ordinaires, qu'ils étaient d'une certaine façon bénis des dieux ; comme seuls peuvent l'être ceux qui restent en état de grâce pendant toute une saison. Dans la journée, elle n'allait jamais sur la jetée voir à quoi la villa ressemblait. Et elle savait que c'était la dernière party de l'été, la réception en l'honneur de Labor Day, La Porte étant avant tout une station estivale. Les vacanciers ouvraient les volets des immenses maisons victoriennes après le Memorial Day [1] et les refermaient après Labor Day. Alors La

---

1. Fête du souvenir, célébrée le 30 mai, en commémoration des soldats morts en service.

Porte devenait une ville fantôme. A en croire Shirl, c'était *toujours* une ville fantôme. Les estivants se pointaient en bermuda et Docksiders, bourrés et bronzés comme seuls les riches savent l'être, se contentant d'acheter le journal du dimanche et du lait.

— Où est-ce qu'ils s'approvisionnent ? grommelait Shirl, perdue dans les volutes de sa cigarette. Comment font-ils venir leurs provisions ? Par hélicoptère, c'est ça ? Ils se font tout livrer par hélicoptère : le caviar, le champagne, le faisan rôti ?

Maud tenait son verre par le pied. Comme elle détestait boire son martini dans un verre chaud, entre deux gorgées, elle le fourrait dans la glace pour le rafraîchir. Les portes du patio étaient maintenant toutes ouvertes et elle les voyait danser. Ils dansaient tantôt au son d'un combo, tantôt au son de la stéréo. Qu'ils eussent un faible pour Cole Porter la réconfortait, comme la réconfortait le livre posé sur ses genoux. Il lui semblait assister à une fête surgie du passé, une soirée qui aurait pu se dérouler dans les années vingt ou trente, et à laquelle ses parents aujourd'hui décédés auraient pu participer, évoluant aux accents de *Begin the Beguine*.

Plusieurs des invités — il lui fallait plisser les yeux pour les distinguer — étaient sortis dans le patio tout en longueur et dansaient précisément sur ce même air. Éclats de rire et bruits de verre brisé.

Elle sortit son verre du seau, le remplit et y laissa tomber une olive. Si le fantôme de F. Scott Fitzgerald se promenait, c'était au milieu de ces gens, riant et cassant des verres dans le patio.

Mais le fantôme de Wallace Stevens, lui, n'avait pas besoin de se soûler et de briser des verres. (A sa grande stupeur, Maud avait découvert que Stevens avait été agent d'assurances.) Maud allait jusqu'à penser que le fantôme prosaïque de Wallace Stevens serait fort capable de s'asseoir confortablement au bout de la jetée dans le fauteuil pliant réservé à Sam (et à Chad, quand ce dernier était là) pour admirer la réception qui se déroulait sur l'autre rive.

La chanson allait au-delà du génie de la mer.

Maud continua de lire.

L'eau ne s'était pas formée en esprit ou en voix,
Tel un corps, pleinement un corps, palpitant
Dans ses manches vides...

Elle glissa entre les pages le bâtonnet surmonté d'un flamant qui lui servait de signet et ferma son livre. Buvant son martini à petites gorgées, elle réfléchit, sourcils froncés. La mer était informe, apparemment. Aussi la chanteuse devait-elle... devait-elle... Elle loucha, les yeux sur l'autre rive... Quoi ? Elle secoua la tête. Inutile d'insister, elle finirait par comprendre ce que Stevens voulait dire.

C'est alors que venait son vers préféré — oh, quel vers étonnant !

Ramon Fernandez, dites-moi, si vous savez...

— Je me demande qui était Ramon Fernandez, avait-elle dit à Sam en juillet dernier.

Sam était resté silencieux un instant — question repartie, ce n'était pas un rapide — avant de suggérer qu'il s'agissait probablement d'un ami du poète.

— Je dois me rendre à Hebrides la semaine prochaine, si vous voulez je peux faire un saut à la bibliothèque. Histoire de voir s'il y a quelque chose sur ce poème qui...

Maud referma son livre avec un claquement sec et le dévisagea.

— *Non !* J'ai seulement dit que je me posais la question. Que *je m'interrogeais* ! La réponse, c'est à moi de la trouver.

Elle avait un peu peur, en fait, que Sam ne lise le poème.

Il poussa un soupir.

— Maud, si Ramon était un ami personnel...

— Ramon *Fernandez*. Nous n'en sommes pas à l'appeler par son prénom, fit-elle sèchement.

Sam secoua la tête.

— Très bien, si le señor Fernandez était un ami de Mr. Stevens, je ne vois pas en quoi ça vous regarde.

— Vous prenez tout au pied de la lettre ! Et pourquoi l'appelez-vous « señor » ? Comment pouvez-vous savoir qu'il est espagnol, ou mexicain, d'abord ?

Sourcils froncés, Maud examina la bouteille de Popov afin de voir s'il lui restait suffisamment à boire pour poursuivre la conversation.

— Ça ne m'étonne pas que vous ne compreniez rien à ce poème.

— Ou cubain, ajouta Sam sans se vexer, tout en ouvrant une autre boîte de Coors.

— *Quoi ?*

Maud se redressa brutalement sur son fauteuil, le dos rigide.

— Il n'est *pas* cubain.

Sam haussa les épaules.

— Ça tombe sous le sens. Le poète se trouve à Key West, en Floride, pas vrai ? L'endroit le plus proche d'où puisse être originaire un type nommé Ramon Fernandez... (Il inclina la Coors et but.)... c'est Cuba.

Maud s'administra une claque sur le front.

— Votre nom est hollandais, n'est-ce pas ? *Hollan-*

dais. C'est pas pour autant que vous vous payez régulièrement l'aller-retour depuis Lancaster, Pennsylvanie ?

Furieuse, elle se tourna vers lui.

— On dirait que vous prenez un malin plaisir à me dégoûter de ce poème.

Se détournant, elle fixa la surface de l'eau.

— Alors que c'est important, pour moi.

Elle avait envie de pleurer.

— Désolé.

Après un moment de silence pénible, que Maud mit à profit pour se balancer tout en contemplant le lac, Sam suggéra que si le couple sur l'autre rive excitait à ce point sa curiosité, il pouvait foncer là-bas d'un coup de voiture avec une plainte pour tapage nocturne. Maud prit ça très mal et lui cria après, chose qui ne lui arrivait pour ainsi dire jamais, lui ordonnant de ne pas se mêler de ça. Ces gens n'excitaient pas sa curiosité. Quant à la paix du voisinage, comment auraient-ils pu la troubler alors qu'ils devaient être propriétaires des quelque huit cents mètres de terrain bordant le lac au pied de leur villa ?

Elle crut avoir entendu un craquement sur le chemin : Sam arrivant avec son pack de bière, sans doute. Mais lorsqu'elle se retourna, elle constata que c'était le chat noir qui avait débarqué dans le coin un ou deux mois plus tôt et ne cessait de disparaître et reparaître.

L'animal se dirigea lentement, furtivement, vers la jetée où il s'assit en clignant des yeux.

Maud s'efforça de ne pas lui prêter attention car, rien que de le voir, elle en avait l'estomac retourné : c'était un chat errant et, de plus, malade. Son œil,

29

surtout, était en mauvais état. Il devait souffrir d'une tumeur, car l'œil droit était complètement voilé et plus gros que l'autre. On ne lui voyait plus l'iris. On distinguait seulement une sorte de carapace bleue, qui avait dû être petite à l'origine mais s'était étendue.

C'était le quatrième soir que le chat venait, et elle avait pensé à apporter une assiette en plastique. Sur le seau plein de glace, il y avait également un demi-litre de lait, qu'elle versa dans l'assiette et déposa à quelques mètres de son fauteuil, persuadée que le félin ne devait avoir qu'une confiance toute relative dans l'espèce humaine. Maud se demanda ce que la bestiole fabriquait pendant la journée, si elle rôdait autour de la jetée pour attraper des souris dans l'herbe grasse. Le chat ne fit pas un mouvement pour s'approcher du lait. Voyait-il seulement l'assiette ?

Que le chat fût affligé d'une tumeur à l'œil causait à Maud une terreur inexplicable. Chez un vieillard, la tumeur lui eût semblé moins abominable. Elle avait du mal à se faire à l'idée que le chat ignorait sa maladie.

— Pourquoi diable voudriez-vous qu'elle *sache*, cette pauvre bête ? s'était exclamé Sam. Est-ce que ça ne serait pas encore pire ?

— Ce n'est pas ce que je voulais dire ; vous ne comprenez pas.

— Vous aimeriez savoir, *vous* ?

Maud elle-même n'arrivait pas à s'expliquer pourquoi le fait que le chat ne fût pas conscient de son état rendait la situation encore plus atroce.

— Oui. De toute façon, votre question est idiote : que je le veuille ou non, je serais bien forcée de savoir.

— Okay. Mais le chat, lui, *n'est pas au courant*, qu'il le veuille ou non.

— Vous déformez tout.

Elle avait observé le chat ce soir-là, assis comme maintenant, bâillant, inconscient, ignorant que quelque chose de hideux lui dévorait l'œil. Non que Maud trouvât la grosseur répugnante. Simplement, elle ne supportait pas l'idée que le chat ignorât que la situation pût être différente, que son œil pût être parfaitement normal.

— Disons, avait remarqué Sam lorsque le chat s'était pointé pour la première fois, que son œil ne lui fait pas mal, ce qui a l'air d'être le cas, puisqu'il est assis là bien tranquillement et n'a pas l'air de s'en soucier...

— Comment *savez-vous* qu'il ne...

Sam avait eu un geste de la main pour la faire taire.

— On discute, pas vrai ? Alors, discutons. Un beau jour, cet animal a une taie qui commence à se former sur l'œil. Est-ce qu'il se dit : « Bon Dieu de bon Dieu ! faut que j'aille voir un toubib », ou : « Je vais crever », ou : « Je vais devenir aveugle » ? Non. Il accepte ce qui se présente et fait avec.

Pendant ce temps-là, le chat était allé au bout de la jetée et s'était allongé, comme si cette discussion sur son sort l'assommait.

— Vous interprétez ce qui se passe dans la tête de ce chat. Mais dans sa tête, y a rien.

Sam avait décapsulé une autre boîte de Coors avec un *plop* emphatique.

Maud n'avait pas répondu. La conversation s'enlisait et elle n'arrivait pas à trouver ses mots, à expliquer ce qu'elle ressentait. Elle se vit dans une chambre lumineuse percée d'une fenêtre dont on fermait subitement les volets, se vit se redresser, se demandant ce qui s'était passé. Non, songea-t-elle avec agacement, ce n'était pas ça.

Le chat avait reniflé l'assiette de lait mais n'y avait

pas touché. La voyait-il, seulement ? Ridicule, il avait un œil sain. S'il ne la voyait pas, il pouvait la sentir. Peut-être le liquide était-il trop froid. Peut-être n'aurait-elle pas dû poser le carton de lait sur le seau à glace. Ce n'était pas parce que Sam et elle aimaient boire glacé que le chat aimait en faire autant.

« *Pourquoi diable voulez-vous que la pauvre bête sache ?* »

Maud tripota le livre posé sur ses genoux — l'anthologie de poésie américaine — comme s'il s'agissait d'une de ces petites fioles que les Indiens utilisaient à des fins magiques et qu'il pouvait renfermer la réponse. Le chat s'était assis près de son fauteuil, son œil voilé braqué dans sa direction. Ce n'était pas de la pitié qu'il lui inspirait. C'était pire. Cela ressemblait davantage à du remords et à de la honte. Le sang afflua à son visage, qui se mit à la brûler ; il lui sembla qu'on approchait une torche de ses joues. Elle se serait volontiers resservi un autre drink si sa main ne s'était mise à trembler, l'obligeant ainsi à poser son verre. C'était comme si on l'avait investie d'une mission : découvrir pourquoi l'ignorance du chat concernant sa maladie rendait son sort encore plus affreux.

Elle avait beau chercher, elle ne pouvait trouver une seule situation humaine comparable à celle de l'animal. De nouveau, elle songea à une chambre, se vit dormant dans le noir. Elle regarda les lampions de la fête, qui oscillaient et se balançaient. Il devait y avoir davantage de vent de l'autre côté.

La chambre ne devait en aucun cas ressembler à une cellule. Il fallait que ce fût une belle pièce très haute de plafond aux murs joliment colorés. Au fond, il y avait deux hautes fenêtres, longues et étroites, semblables à des portes-fenêtres mais n'arrivant pas au ras du sol. Les rideaux coupés dans un tissu léger comme de la mousseline voletaient, agités par la brise. Les rideaux étaient jaunes. Tous les matins — à l'exception du dernier, où (ainsi en avait-elle décidé) elle s'enfuirait, terrifiée —, tous les matins, elle s'éveillerait lentement et ses yeux se poseraient sur ces moelleux rideaux jaune citron, bombant doucement alors que le vent soufflait... D'où ? Du large, de la mer.

Car cette chambre se trouverait dans un pays chaud, la Grèce, peut-être, où les fenêtres donnant sur l'est, parées de délicats rideaux voletant au vent, découperaient deux rectangles de ciel bleu. Maud se frotta le coude et chercha la nuance exacte de ce bleu. Elle songea au seul bijou de valeur qu'elle possédait, une bague qui avait appartenu à sa grand-mère, une opale. Les rideaux jaune citron — la scène devait se dérouler à Chypre, pays des citronniers — se gonflaient au vent venu de la mer verte. Les murs seraient roses, le plafond orné de guirlandes, le lit en fer forgé. Et il n'y aurait pas de meubles à l'exception d'une armoire contenant quelques robes, toutes en coton, longues, à bretelles et sans manches. Elle se promènerait épaules et pieds nus.

Maud sursauta lorsque, sur l'autre rive, la musique changea de tempo, et se rendit compte qu'elle avait complètement perdu de vue le problème du chat. Elle rêvait qu'elle marchait, vêtue d'une robe en coton pastel dont l'ourlet lui frôlait la cheville, pieds nus sur le carrelage frais.

Tel était le décor sur lequel ses yeux se poseraient chaque matin. Elle verrait les murs rose pâle en stuc — ceux d'une villa italienne, peut-être — et le plafond orné de fresques, les rideaux aux tons doux, le ciel d'opale.

Et puis, un matin, elle s'éveillerait lentement dans une quasi-obscurité, pensant tout d'abord se trouver au cœur d'un rêve dans des ténèbres intérieures que son esprit savait n'être que temporaires, et qui céderaient bientôt la place à la pleine lumière.

Seulement, dans ce cas, cela ne se produirait pas. Car l'une des fenêtres aurait disparu. Détail, songea Maud, qui avait son importance. Ce n'était pas comme se réveiller en prenant péniblement conscience du fait qu'on ne voyait plus d'un œil, sauter de son lit et appeler le médecin. Mais constater que la fenêtre manquait à l'appel. A l'endroit où elle aurait dû se trouver, il ne restait que le mur. Le mur qui avait recouvert l'emplacement de la fenêtre. Sur un côté de la chambre tout était sombre, les rideaux avaient disparu, les murs avaient perdu leur ton rose, les silhouettes brandissant des guirlandes avaient quitté le plafond.

Tout avait disparu ; le lit était sombre ; elle n'arrivait pas à distinguer l'armoire.

Et elle ne pouvait pas dire : « Je ne vois plus d'un œil. » Elle ne pouvait pas se précipiter folle de terreur dans la rue et hurler que sa chambre disparaissait, que le mur avait englouti la fenêtre. Personne ne la croirait. On la prendrait pour une de ces Grecques folles, comme celle qui avait assassiné ses enfants. Elle serait complètement isolée. Seule. Sans savoir pourquoi. Et c'est en cela que son problème rejoignait celui du chat.

Maintenant elle se sentait un peu mieux. Vaguement triomphante car elle allait pouvoir expliquer à Sam pourquoi c'était si affreux pour le chat de ne pas savoir.

Elle évoqua de nouveau la scène, la chambre flottant au-dessus de la mer Égée. Mer de jade, ciel d'opale, rideaux diaphanes d'un jaune laiteux semblable à celui de la perle qui lentement se dissout, chambre de lumière pure, débarrassée du poids des meubles, du passé, de l'avenir...

Maud sentit sa gorge se serrer en songeant à la fenêtre qui manquait à l'appel.

Aussi fut-elle soulagée d'entendre le bruit de la voiture de Sam qui s'immobilisait. Maud se retourna, vit les phares qui s'éteignaient, entendit la portière claquer.

— Bonsoir, dit Sam en vidant son pack de six Coors dans le seau à glace, casant cinq boîtes autour de la bouteille de Popov et en posant une sur le tonneau renversé.

Sam poussa un soupir et se laissa tomber dans un fauteuil. Avant de dire quoi que ce soit, il sortit cigarettes et allumettes et décapsula la boîte de Coors.

Cela fait, il se carra dans le siège en aluminium, une cheville posée sur le genou, et se frictionna la cheville.

— C'est la grande fiesta, ce soir, commenta-t-il en parlant de la réception.

Inclinant la boîte, il en ingurgita la moitié. Puis il offrit une de ses Winston à Maud. Tous deux se laissèrent aller contre le dossier de leur siège et se mirent à fumer.

— J'ai dû intervenir au *Red Barn*, dit-il. Y avait une bande de gosses qui mijotaient quelque chose de pas net.

Sam était shérif de La Porte depuis trois ans. Il avait commencé comme adjoint et il était maintenant responsable de la police locale, composée d'un effectif de quatre personnes. C'était un type décontracté, qui avait la cote.

— Pas étonnant, c'est Labor Day, ajouta-t-il, indulgent.

C'était une des raisons pour lesquelles il avait la cote : il savait faire la part des choses.

— Chad est parti ?

Maud acquiesça en silence, regardant droit devant elle.

— Je m'apprêtais à lui écrire une lettre aujourd'hui. J'avais tout bien préparé dans ma tête mais...

— Pourquoi lui écrire ? Il vient à peine de partir passer quelques jours chez son copain. C'est pas ce que vous m'avez dit ? Qu'il allait passer quelque temps chez un copain à Belle Harbor ?

Maud plissa les yeux, les ferma. Il y avait des moments où il la rendait dingue.

— Je sais où il est. Inutile de me le répéter à tout bout de champ.

Agacée, elle jeta le contenu de son verre dans le lac puis le planta dans la glace.

— Je n'avais pas l'intention de la *mettre à la poste* tout de suite, seulement de l'écrire. De toute façon, la question n'est pas là.

— Ah ! fit Sam.

Il attendait placidement qu'elle lui explique où était la question mais elle n'arrivait plus à se rappeler dans quel état d'esprit elle se trouvait lorsqu'elle avait essayé d'écrire la lettre.

Son nouveau martini était tiède.

— Aucune importance, dit-elle bien qu'elle eût oublié où elle avait voulu en venir.

Ennuyé de l'entendre dire ça, Sam l'encouragea à poursuivre.

— D'accord, mais cessez de m'interrompre.

Le silence se fit pendant qu'elle essayait de retrouver l'état d'esprit qui avait été le sien lorsqu'elle avait écrit la lettre. Ou plutôt tenté de l'écrire. Toute la journée au *Rainbow Café*, elle s'était rongé les sangs à propos de l'engueulade qu'elle avait eue avec Chad au sujet de la façon dont il dépensait son argent.

Aussi, lorsqu'ils étaient arrivés à l'aéroport, ils n'étaient de bonne humeur ni l'un ni l'autre.

— C'est ce que je n'arrive pas à comprendre, enchaîna-t-elle, parlant de la lettre. Les mots étaient soigneusement alignés les uns à côté des autres dans ma tête comme des chocolats dans leur boîte. Je les avais bien présents à l'esprit. Alors pourquoi est-ce que je n'ai pas réussi à les coucher sur le papier ? J'ai commencé à écrire et tout a disparu. Comme si l'encre avait séché dans mon esprit.

Sam ne souffla mot mais elle savait qu'il ruminait le problème. Sam n'avait rien d'un épistolier.

— Les mots se sont... ratatinés.

— Ratatinés ?

— Racornis. Recroquevillés. Réduits en cendres.

— Hum...

Elle savait qu'il fallait du temps à Sam pour digérer ce genre de choses. Parfois, pour tout commentaire, il lâchait un laconique *Ah ! bon*, ou un simple *Oh !* mais c'était précisément l'une des raisons pour lesquelles elle aimait parler avec lui. Quand Sam ne savait que répondre, il ne soufflait mot, sauf lorsqu'il décidait de faire celui qui ne comprenait rien. Mais d'ordinaire, lorsqu'elle avait exposé ses idées et qu'il ne trouvait rien à ajouter, il se taisait, contrairement aux autres qui se croyaient obligés de faire des réflexions : « Écrire n'est pas mon fort ; je suis comme vous, c'est plus d'une fois que je sèche. » « Recommencez. Faut pas vous décourager. » Ou une autre platitude de ce style. Et il n'essayait jamais de lui remonter le moral, même s'il lui arrivait fréquemment de tomber sur elle lorsqu'elle n'était pas en forme. La plupart des gens auraient certainement trouvé le silence de Sam étrange. Après tout, n'était-ce pas le rôle des amis ? De vous remonter le moral ?

Non, les amis étaient capables de faire la différence entre le coup de blues (musique qui n'avait apparemment pas droit de cité de l'autre côté du lac) et ce dont Maud souffrait. Et ce dont Maud souffrait n'avait pas de nom, à moins d'appeler ça de la « dépression ». C'était probablement le seul mot qu'on pût trouver pour qualifier l'état de Maud. Mais elle était bien avancée, avec ça...

Après une accalmie, le combo attaqua *Brazil*. Elle fut heureuse de n'avoir pas laissé d'amis au Brésil, sinon elle se fût probablement mise à pleurer.

Un autre bateau — ou peut-être le même chris-craft noir — glissa le long de la rive opposée.

— Ce n'est pas le même que tout à l'heure ? Où peuvent-ils bien aller ? Il n'y a rien au bout du lac.

A l'une comme à l'autre extrémité du lac, il n'y avait rien en effet. Si ce n'est le *Red Barn*, qui n'était vraiment pas grand-chose. On y vendait de la bière et il y avait un juke-box, et un téléviseur avec un écran immense qui ressemblait à un mur prêt à vous tomber dessus.

La dépression, on la sentait dans les larmes que Maud avait failli verser à propos de l'œil du chat et de la disparition de la chambre haute de plafond. Pleurer à ce point n'était pas naturel, et ce qui l'était encore moins, c'étaient les raisons pour lesquelles elle pleurait. Oh, se disait-elle, il devait y avoir des tas de gens qui avaient la larme à l'œil en écoutant de la musique, des chansons qui leur rappelaient leur bien-aimée morte au Brésil et tout ça. Mais elle, elle devenait raide comme un bout de bois, se figeait au *Rainbow* lorsqu'un consommateur mettait *Blue Bayou*, ou Elvis dans *I'm so Lonesome I Could Cry*. Il lui semblait que sa main était soudée à la poignée du gobelet à milkshake, qu'elle ne pouvait plus la lâcher.

On ne se met pas à pleurer sous prétexte qu'on observe son chat qui dort, la tête sur les pattes ; ou qu'on aperçoit une voiture noire dont les roues arrière sont sur cales ; pas plus qu'à propos d'un caillou qu'on voit au bord de la route ; ou d'une troupe de corbeaux perchés sur de hautes tiges qui prennent soudain leur envol. Du moins à son avis, non. Et inutile de le préciser, elle avait mis en lieu sûr toutes les photos de Chad à quatre, sept, dix et même seize ans. Peut-être que lorsqu'elle aurait fait développer le rouleau qu'ils avaient pris avant son départ elle glisserait les photos dans l'album sans les regarder, de peur de se brûler les yeux. Selon Maud, il y avait deux explications possibles à son comportement : ou elle était cinglée, ou elle était déprimée. La question sembla réglée lorsque, quelques jours plus tôt, elle était tombée sur un article du *Time* (ou de *Newsweek*) traitant de la dépression.

La dépression était presque une épidémie. Elle sévissait de plus en plus chez les jeunes — voilà qui lui faisait une belle jambe. Il en existait de plusieurs formes. Elle lut la liste des symptômes avec intérêt, pas autrement étonnée d'apprendre que l'envie de pleurer en faisait partie. Ainsi que la fatigue. Ça collait. Il suffisait d'avoir trois ou quatre des symptômes énumérés pour appartenir à la catégorie des individus dépressifs. Avec cinq ou six symptômes, on pouvait se considérer comme sérieusement touché. Avec plus de six, on atteignait presque le stade clinique. Et certains symptômes étaient plus inquiétants que d'autres. Le type de symptômes dont on souffrait constituait, en effet, un critère d'appréciation important. Nourrir des pensées suicidaires, par exemple, c'était grave. Les *ressasser*, plus grave encore. La *tentative de suicide* — et les journalistes avaient l'air de trouver ça surprenant

— constituait la preuve irréfutable que le patient était très sévèrement atteint. Il y avait en tout douze symptômes. Maud les passa en revue et s'aperçut qu'elle les avait tous, sauf un.

Pas exactement le genre de sujet à aborder dans une lettre à sa mère. D'autant que la mère de Maud était morte. Pas exactement le genre de sujet à aborder avec son fils non plus.

— Je ne sais pas, dit Sam.

— Quoi ? Qu'est-ce que vous ne savez pas ?

La voix de son compagnon l'avait arrachée à ses réflexions.

— Si c'est le même.

— Le même quoi ?

Sam se tourna vers elle et lui décocha un de ses regards appuyés.

— Le même bateau, bon sang ! Vous m'avez demandé s'il s'agissait du même...

Maud avait complètement oublié ce qu'elle lui avait dit.

— Vous prenez tout au pied de la lettre.

— Vous avez oublié, c'est ça ?

Il avala une gorgée de bière avec ce sourire exaspérant qu'il arborait quand il la prenait en défaut sur un point mineur.

— Vous étiez là à rêvasser et vous avez oublié la question que vous m'aviez posée.

Maud eut un petit rire qui lui parut forcé.

— Ce n'est pas parce que vous prenez tout au pied de la lettre...

— Pied de la lettre ou non, c'est pas la question. Je vous en redonne un petit coup ?

Sam sortait la bouteille de Popov de la glace, chose qu'il n'était pas censé faire — et il le savait pertinemment. Posant sa main sur la sienne, Maud lui fit remettre la bouteille en place. Elle aimait se verser à boire comme et quand ça lui chantait.

Approchant son verre de la lumière de la lampe, elle remarqua :

— Vous n'êtes pas dans votre assiette, Sam.

— Qu'est-ce que vous racontez ? Vous savez bien que j'ai pas d'états d'âme.

C'était vrai. Même triste ou gêné, il ne le montrait pas.

— Oh ! que si ! En général, ça vous prend quand vous rentrez de votre ronde de nuit. Quand vous venez de nous surveiller.

— Nous ?

Elle se tourna vers lui avec un sourire patient.

— Depuis que Nancy Alonzo a été assassinée, vous surveillez le secteur. C'est gentil, Sam. Seulement ça vous rend tout chose. On dirait que cette affaire vous obsède.

Il resta assis, fumant sans répondre. Au silence de Sam, elle sut qu'elle avait touché un point sensible et fit machine arrière.

— C'est horrible, ce qui est arrivé. Mais c'est à Hebrides que ça s'est produit. Et vous n'êtes pas shérif du comté d'Elton, que je sache. Vous ne devriez pas vous ronger les sangs comme ça.

— C'est arrivé à Hebrides, c'est exact ; n'empêche qu'elle habitait La Porte. Ça n'a pas l'air de beaucoup tracasser Sedgewick.

Sedgewick était le shérif d'Hebrides et les deux hommes ne s'appréciaient pas particulièrement.

Tandis que Sam parlait de Sedgewick et du comté d'Elton, Maud se versa un martini bien glacé et écouta la musique.

Venues de l'autre côté du lac, de faibles bouffées de

musique — arrangement orchestral uniquement — accompagnaient sa réflexion. Les paroles, elle les connaissait depuis longtemps.

Au matin tu étais déjà à des lieues de là
Pourtant tu avais encore mille choses à me dire...

Maud sentit son cuir chevelu la picoter, sa peau se tendre et fourmiller. Exactement ce que l'on ressentait sous le coup de la peur ou du dégoût. *J'en ai des frissons partout.* Comme si ses pensées étaient trop vastes pour son crâne. Sensation horrible qui se propagea le long de ses bras et lui donna la chair de poule.

Il lui faudrait redoubler d'efforts pour maîtriser ses pensées. Cette image de sa mère avait jailli de derrière l'une des portes fermées à double tour de son esprit ; ou qu'elle avait crue telle. A tort. Car voilà qu'elle s'entrebâillait, cette porte, et que sa mère défunte se glissait dehors comme un enfant sommé de rester dans sa chambre et qui se faufile néanmoins dans le couloir pour descendre sur la pointe des pieds. Puis l'image se troubla, se démultiplia, lui échappa. Et ce fut comme si sa mère ouvrait sournoisement d'autres portes chemin faisant, des portes que Maud avait imprudemment laissées momentanément ouvertes. Sa mère laissait sortir les autres occupants. Silhouette floue de son père décédé depuis si longtemps que Maud n'arrivait même plus à retrouver ses traits. Tante Sheba, la remarque caustique toujours prête à fuser de sa bouche ironique, enfilant le couloir d'un pas résolu pour aller chercher Chad. Un Chad âgé de cinq ou six ans. Tante Sheba insistant pour qu'il vienne voir. Il y avait une réception. Il ne fallait pas rater ça. Ils s'étaient massés sur le palier avant que Maud ait eu le temps de lever le petit doigt, de les refouler dans leurs chambres respectives et de fermer celles-ci à clé. Ils étaient tous là, entassés dans l'escalier, regardant à travers les barreaux de la rampe la fête étincelante à laquelle ils n'avaient pas été conviés. La fête qui, commencée à l'intérieur dans le vieux salon familial, se poursuivait dehors sur une pelouse, puis de l'autre côté du lac.

Et maintenant Maud ne contrôlait plus rien : son esprit était peuplé de parents âgés, certains oubliés depuis des lustres, d'autres qu'elle n'avait pas jugé indispensable d'enfermer à double tour. Tantes, oncles, cousine morte d'un cancer à vingt-huit ans, amis perdus de vue. Il y en avait plein le couloir et le vaste escalier. Penchés au-dessus de la rampe d'acajou, ils scrutaient le lac comme s'ils s'attendaient à ce que les bateaux qui passaient les conduisent sur l'autre rive.

Je retournerai
Dans ce vieux Brésil

Sur une pelouse, quelque part, se trouvait Chad âgé de cinq, dix, seize ans. *Rentre, rentre donc.* Évidemment, elle ne pourrait jamais raconter ça à quiconque. Qui la comprendrait ? Un psychiatre, peut-être, quelqu'un comme le Dr Elizabeth Hooper, qui était passée au *Rainbow* aujourd'hui. Mais sorti de là, qui comprendrait ? « Tu es possessive, lui dirait Shirl. *Tu veux empêcher cet enfant de vivre sa vie, c'est tout.* » Shirl était sans doute la moins bien placée pour la comprendre, elle qui passait son temps à crier après Joey, à lui dire d'arrêter de faire l'école buissonnière ou alors de se remuer le cul et de travailler. Pourtant Maud ne se considérait pas comme quelqu'un de possessif, pas dans ce sens-là. Elle fronça les sourcils, s'efforçant d'y voir clair. Ce qu'elle voulait, c'était pouvoir revenir en arrière et tout passer en revue. Mais pas comme on regarde des instantanés : les photos ne lui causaient que de la peine.

Elle serra le recueil de poésie posé sur ses genoux en regardant de l'autre côté du lac. La musique était plus forte, plus saccadée, une voix de femme retentissait, stridente. Maud songea à la femme du poème qui marchait au bord de la mer en chantant. Maud était arrivée à une compréhension suffisante du poème pour savoir que d'une certaine façon la femme qui chantait exerçait un pouvoir sur l'élément liquide. Bien que simple mortelle, elle exerçait une forme de pouvoir sur la mer.

Mais simple, la chanteuse était loin de l'être, se dit Maud avec désespoir. A l'évidence, le poète laissait entendre que cette femme était une artiste. Chanteuse, poète, musicienne — bref, artiste. Elle avait du « génie » et c'était pour cela qu'elle avait du pouvoir sur la mer, bien que Maud ne sût pas ce qu'était ce pouvoir, sinon qu'il était essentiel.

— Tina Turner.

Maud sursauta imperceptiblement au son de la voix de Sam. Une partie d'elle-même s'était aperçue qu'il s'était arrêté de parler quelques instants plus tôt, se contentant de rester tranquillement assis, à boire sa bière et écouter le bruit de la réception.

— Quoi ? fit-elle, tournant les yeux vers lui. Quoi ?

Sam désigna l'autre rive du lac d'un mouvement de tête.

— Tina Turner.

Il bâilla, main poliment plaquée sur la bouche, et considéra les genoux de Maud.

— Toujours ce poème sur Key West qui vous travaille ?

Agacée de constater qu'il semblait lire dans ses pensées, elle répliqua sèchement :

— Comment pouvez-vous reconnaître la voix de Tina Turner ? C'est impossible, à cette distance.

— Pourtant, c'est bien elle.

Il lui racontait des histoires. Ce n'était qu'une chanteuse interprétant une chanson hyper-rapide. Presque personne ne dansait. Il n'y avait qu'une petite grappe de silhouette minuscules. Elle aimait les touches de couleur des robes des femmes, bien que l'obscurité, la distance et la lueur des lampions les affadissent, estompant les roses, les faisant virer au lavande. Et alors elle se rendit compte qu'elle ne pouvait pas davantage voir ces métamorphoses que Sam ne pouvait distinguer la voix de la chanteuse. Une silhouette, masculine lui sembla-t-il, se détacha du groupe et se dirigea lentement vers le ponton où elle resta là, à fumer.

— Il ne s'agit pas de Key West, dit-elle en voyant Sam se fourrer une tablette de chewing-gum dans la bouche.

Il lui arrivait de faire ça juste avant de partir et elle n'avait pas envie qu'il s'en aille.

— Pourtant, le titre est clair... *L'Idée de l'ordre*...

Elle poussa un profond soupir.

— Oh ! pour l'amour du ciel...

Sur le point de lui faire la leçon, elle décida qu'elle ferait mieux de changer de ton si elle voulait avoir une chance de le retenir. Patiemment, elle entreprit de lui expliquer. Ou plutôt de lui ré-expliquer.

— Il s'agit d'une forme d'ordre...

— J'avais compris. C'est dans le titre.

— Il s'agit de la faculté que possède une personne de mettre de l'ordre dans l'univers. Dans ce cas précis, il s'agit d'une chanteuse qui est aux prises avec la mer et s'efforce de la comprendre. Non...

Elle leva la main comme pour repousser une objection de la part de Sam.

— Une chanteuse qui veut dompter la mer.

— Tina Turner, par exemple.

Elle refusa de poursuivre.

Diplomatiquement, il changea de sujet.

— Ce chat va tomber de l'appontement et basculer dans l'eau dans une minute.

— *Quoi ?* s'écria-t-elle.

— Bon sang, pas la peine de hurler comme ça ! Tout ce que j'ai dit, c'est que le chat allait...

Elle regarda le chat noir. Il était aplati à l'extrémité du ponton, la moitié du corps dans le vide, comme si une tâche de la plus haute importance requérait son attention sous les madriers de bois usés.

— Bon, bon.

Mais elle n'était pas contente que Sam l'ait obligée à se focaliser de nouveau sur le chat. Heureusement, son œil malade était tourné de l'autre côté.

— Vous savez si cette bête appartient à quelqu'un ? fit-elle d'un ton accusateur.

Il était policier, il lui incombait donc d'être au courant des allées et venues des animaux du village.

— Non. C'est un chat errant. Mais pas sauvage.

Maud attrapa l'olive qui flottait dans son verre et se mit à la sucer.

— Comment se fait-il qu'il n'y ait pas de véto dans le coin ? Cet animal file un mauvais coton.

— Il y en a un à Hebrides. Vous seriez prête à emmener ce bestiau chez le vétérinaire ?

— La tumeur n'arrête pas de grossir. Comment voulez-vous que je l'emmène là-bas ? Je n'ai pas de voiture.

— Et la Mercedes ?

— Elle ne marche pas.

Elle savait que la Mercedes noire fascinait Sam. Où Maud avait-elle déniché cette vieille Mercedes ?

— C'est peut-être un problème de boîte de vitesses, ou le maître-cylindre.

Maître-cylindre. De quoi parlait-il ? Maud se demanda si c'était le maître-cylindre qui déraillait dans son cerveau. Elle posa son verre moite de transpiration sur le tonneau, ferma les yeux et écouta le clapotement de l'eau contre les piliers.

Sam continua sur sa lancée ; il connaissait un type au bord de l'autoroute 12 qui était un spécialiste des boîtes de vitesses. Paul. Un véritable génie dans son genre.

— Et myope comme une taupe avec ça, ajouta Sam avec un hochement de tête incrédule.

Maud quitta des yeux les danseurs qui semblaient s'affaisser les uns contre les autres comme des fleurs qui se fanent. Elle savait qu'il existait des musiciens aveugles ou quasiment tels. Mais des experts en boîte de vitesses mirauds, non.

— La mécanique, il a ça dans le sang. Question de *feeling*, vous savez.

Sam caressa lentement du pouce l'extrémité de ses quatre autres doigts, les yeux fermés, comme s'il testait un mécanisme subtil.

— Si vous ne vous servez pas de la voiture, pourquoi ne pas la refiler à Chad ? C'est sa dernière année ; Paul pourrait vous la remettre en...

Il s'arrêta net.

Sa dernière année. Tacitement, ils étaient convenus d'éviter de parler de la dernière année de Chad à l'université.

Conscient d'avoir gaffé, Sam s'empressa de faire un maximum de bruit, écrasant à pleines mains sa boîte de Coors, parlant des voitures en général sur un rythme tel qu'on aurait cru entendre officier le commissaire-priseur à la vente annuelle de la police ; bref, s'efforçant de noyer sous un flot de paroles les vibrations qu'avait pu causer l'emploi de cette expression malheureuse. Chad était un de leurs sujets de conversation de prédilection, et le temps qu'il passait à l'université aussi. Mais il fallait en parler comme si ce temps ne devait jamais finir, tel un fil que l'on tisse et retisse dans la trame de la conversation sans jamais le couper. C'était déjà assez moche en soi qu'il fût loin ; que cet éloignement pût être plus qu'un caprice de sa part, de la part de Maud ou de celle du destin, il ne fallait pas l'envisager. Qu'il pût y avoir une fin, il ne fallait pas y faire la moindre allusion.

— J'ai repéré une jolie petite Datsun que vous pourriez avoir pour une bouchée de pain.

— Je ne veux pas d'autre voiture. Qu'est-ce que je ferais d'une voiture ?

Sam avala une gorgée de bière, tira pensivement sur sa cigarette, réfléchit.

— Vous pourriez sortir, bouger, vous aérer. Faire des petites virées.

— Bah !

Elle avait horreur qu'on lui parle comme à une invalide. Elle n'avait rien de commun avec Ada Chowder, qui vivait dans la maison de retraite de Hebrides et ne mettait le nez dehors que pour rendre visite à son fils et à sa belle-fille un dimanche sur trois. Cela ne ressemblait pas à Sam de dire des énormités pareilles.

— Vous pourriez la prendre, vous ! lança-t-elle, furieuse, histoire de se venger.

— Quoi ? La Datsun ? J'ai déjà...

— Non, bon Dieu ! Cette maudite bestiole. Le chat. Vous pourriez l'emmener à Hebrides.

Sam fit un petit bruit de gorge, une sorte de gargouillis, comme quelqu'un qui s'étouffe en entendant proférer une remarque insensée.

— Vous trouvez que j'ai pas assez de boulot comme ça ? Vous voudriez qu'en plus je trimballe des chats ?

Il éclata d'un rire méprisant.

— C'est Sims qui serait content, tiens, de me voir prendre la bagnole pour emmener un chat à Hebrides !

Sims, qui était maire de la localité et passait les trois quarts de son temps au *Half Moon Bar*, se fichait complètement des faits et gestes de Sam. Mais Maud savait que Sam était sur la défensive et que s'il marquait une pause sous prétexte d'ingurgiter plusieurs gorgées de bière, c'était uniquement pour se donner le temps de trouver d'autres bonnes raisons de ne pas s'occuper du chat.

— Donny n'aurait pas fini de rigoler ! C'est sûr.

Sam écrasa sa boîte de bière vide entre ses doigts et la fourra dans le panier.

— Et alors ? Il n'est qu'adjoint. Le lieut', c'est vous.

Tout en agitant une nouvelle bière pour en faire tomber les petits morceaux de glace qui y étaient collés, Sam releva la tête.

— Le quoi ?

— Le lieut'. Le lieutenant. C'est comme ça qu'on dit chez les flics de New York. Ou dans les romans.

Devant l'air ahuri de Sam, elle soupira :

— Le boss, le patron, quoi ! Le policier le plus gradé de La Porte.

La façon d'envisager le départ, tout était dans la façon de concevoir le départ : elle n'y pouvait rien. Son cuir chevelu la picotait ; sa peau se tendait. Visage impassible, elle se mit à contempler le ciel tandis que

Sam continuait à parler voitures pour meubler le silence. Le ciel nocturne était noir comme du bitume ; les étoiles émettaient une lumière dure, crue. Il lui semblait qu'il lui fallait essayer de supporter le poids du ciel pour l'empêcher de leur dégringoler dessus.

Elle était censée être fière — Shirl n'arrêtait pas de le lui seriner — alors que la fierté n'avait rien à voir là-dedans, ce n'était qu'un mot qu'on pouvait à la rigueur accoler à une toile de Norman Rockwell. Rockwell avait dû peindre le portrait d'un adolescent en toque universitaire posant entre maman et papa, tout sourires.

Les étoiles semblaient clouées au ciel, son verre était humide dans sa main. Elle avait éprouvé quelque chose de semblable lorsque Chad avait fini le lycée. Ç'avait été assez moche, lorsqu'il avait quitté la maison. Mais il y avait les vacances et le fait qu'il dépendait d'elle. Elle avait entendu d'autres mères se plaindre, *Ouh ! Vivement que je souffle un peu !* et s'était demandé si elle n'était pas une mère venue d'une autre planète.

La voix de Sam franchit le barrage de ses pensées, semant des mots indistincts. De l'autre côté du lac, le patio était une tache couleur chartreuse. En tant que mère, elle se sentait honteuse.

— Tu peux en être fière, de ton gamin, lui avait dit Shirl à l'heure du déjeuner, mordant dans son beignet à la confiture et tirant sur sa cigarette d'une seule et même main, cependant que de l'autre elle essuyait le dessus de la vitrine à gâteaux.

Les deux mains de Shirl semblaient toujours exécuter le travail de quatre. Et, dans la foulée, elle trouva encore le moyen de désigner de la tête l'extrémité du comptoir où Joey sauçait son assiette à l'aide d'un bout de pain, sous-entendant par là — évidemment — qu'il lui fallait, quant à elle, faire avec «ce petit salaud».

— Non que le mérite en revienne uniquement à Chad, ajouta-t-elle, levant une main poisseuse pour donner plus de poids à sa phrase. C'est de *toi* que tu devrais être fière, de la façon dont tu l'as élevé. S'il a tourné de cette manière, c'est à toi qu'il le doit, n'oublie jamais ça.

Que ce précepte pût également s'appliquer à ses relations avec son fils, c'était une chose qui n'effleurait même pas Shirl. Dans son cas, ce n'était pas la mère mais le *père* qui avait eu de l'influence sur l'enfant. Une mauvaise influence, évidemment. Et Shirl se plaisait à penser que Maud partageait son point de vue sur l'incapacité absolue de leurs ex-maris à se conduire comme des pères dignes de ce nom. Ce grand salaud, disait-elle à Maud, s'était tiré un beau jour de mai et n'avait jamais plus donné signe de vie. «Un beau jour de mai», répétait-elle comme s'il s'agissait d'une chanson d'antan. «Le voilà qui se lève et qui se barre, ce grand salopard. Me laissant sur les bras les mensualités, les factures et le gnard. Y m'a pas laissé un radis, y m'a jamais envoyé un sou.»

— C'est lui qui règle presque toutes les factures, dit Maud, parlant du père de Chad pendant que Shirl tordait son chiffon dans l'évier. Heureusement, parce que sans ça j'aurais jamais pu l'envoyer dans cette école qui coûte les yeux de la tête. Onze mille dollars rien que pour les frais d'inscription.

Une fois que le milk-shake qu'elle préparait eut atteint la consistance de la crème, elle le versa dans un verre cannelé. Il était si épais que la paille tenait debout toute seule au milieu.

— L'argent, ma vieille, y a pas que ça qui compte, fit Shirl, oubliant apparemment que c'était ce qu'elle reprochait principalement au grand salopard. C'est pas le fric qui donne à un gosse du caractère et de la personnalité. C'est pour lui, ce milk-shake ?

De nouveau, elle désigna Joey d'un mouvement de menton.

— Nom de Dieu, c'est son anniversaire ou quoi ?

Maud soupira et s'éloigna le long du comptoir avec le verre tandis que Shirl beuglait à l'adresse de Joey qu'il avait assez de boutons comme ça, que sa figure ressemblait à une chaussée pleine de nids-de-poule et qu'il pouvait renoncer tout de suite à sortir avec Louella Harper s'il se tapait ce milk-shake, que jamais la gamine ne se laisserait embrasser par lui.

Les six consommateurs assis au comptoir se tournèrent comme un seul homme vers celui à qui ces paroles aimables s'adressaient et, tandis qu'elle déposait le milk-shake, Maud entendit Joey marmonner dans son assiette de pommes de terre imbibées de sauce : « ... Va te faire foutre ! » Il ne leva pas le nez et ne vit donc pas le sourire encourageant de Maud, bien qu'il l'eût remerciée en empoignant le verre cannelé avec autant de force que s'il voulait étrangler sa mère.

— La meilleure façon de se venger, c'est de bien vivre, déclara Maud gaiement pour lui remonter le moral.

Il lorgna vers elle.

— Hein ? Dites donc, je pourrais pas avoir une cuiller ? J'ai jamais vu un milk-shake aussi épais.

Maud prit une cuiller à thé glacé dans un casier à couverts en plastique et la posa devant lui. Puis elle repartit prendre la cafetière et remplit la tasse de Ulub. Il la tendait à bout de bras, son pouce tout noir coinçant la cuiller. Shirl aurait pu s'en charger : plantée comme un poireau, elle fumait ; mais elle devait sans doute trouver plus important de s'intéresser aux pères indignes car lorsque Maud la rejoignit elle repartit de plus belle :

— Il casque parce qu'il a mauvaise conscience. C'est simple.

Tout en rinçant un verre de Coca-Cola, Maud déclara de nouveau que le père de Chad finançait ses études, mauvaise conscience ou pas.

Seulement Shirl était bien décidée à enfoncer le clou et à ne pas se laisser arrêter en si bon chemin, même si c'était du mariage et du divorce de Maud qu'il s'agissait, même si elle n'avait pas été là pour compter les points.

— Je me fiche pas mal de savoir s'il a envoyé à Yale tous les dealers de crack de Detroit. De toute façon, c'est pas une raison pour plaquer sa femme et son moutard (elle colla sous le nez de Maud ses yeux trop rapprochés) et se tirer avec une pouffiasse !

La discrétion, pour Shirl, quand elle bavardait avec quelqu'un, consistait à passer de son beuglement habituel à une sorte de sifflement vipérin qui, cinglant le comptoir, giflait les consommateurs et les obligeait à lever les yeux avant de repiquer du nez dans leurs assiettes ou leurs tasses.

— Et bêcheuse, avec ça, siffla Shirl.

L'ex-mari de Maud s'était pointé une fois au *Rainbow Café* avec sa nouvelle femme, fournissant ainsi à Shirl une mine de sujets de conversation, presque aussi riche que le rôle de Dieu dans la création du monde. Velda, la nouvelle — façon de parler, car elle avait déjà à son actif deux maris et trois ans de vie commune avec Ned — Mrs. Chadwick, était mannequin et avait jadis été candidate au titre de Miss Univers. Elle avait des pommettes saillantes, une masse de cheveux d'un roux doré qui semblaient avoir été ébouriffés par le vent mais devaient leur aspect fou à la dextérité d'un coiffeur, une silhouette filiforme et des épaules de top model qu'accentuaient encore des épaulettes de joueur de football. Shirl prétendait qu'elle ressemblait à l'antenne de télévision qui surmontait le *Rainbow Café*, mais Maud savait qu'elle disait ça pour essayer de lui remonter le moral. La robe de styliste était en soie verte. Velda scintillait de l'éclat brasillant d'une enseigne au néon, ainsi plantée dans le *Rainbow* dont elle examinait les boxes sombres et le long comptoir d'un air incrédule, se tournant de côté et d'autre — buste, menton, cou — comme pour permettre à Ubub de la prendre en photo. Sans doute Velda posait-elle sans même s'en rendre compte, songea Maud, charitable, habituée qu'elle était à évoluer au milieu des appareils photo et des projecteurs.

Lorsqu'ils étaient entrés, dorés comme du pain d'épice — Chad dans leur sillage —, ils n'étaient pas passés précisément inaperçus. Leur apparition avait provoqué des remous dans l'assistance ; d'après Shirl, seule une bande de terroristes palestiniens encagoulés aurait réussi à susciter davantage de réaction chez les habitués du *Rainbow*, Ulub et Ubub avaient levé le nez de leur assiette d'œufs ; Dodge Haines avait failli dégringoler de son tabouret ; le maire, qui était venu prendre une tasse de café bien serré pour se remettre les idées en place avant d'affronter son épouse, s'était arrêté au beau milieu du speech éculé sur la drogue qu'il était en train de resservir à Dodge. Quelques rares clients de passage s'étaient retournés pour dévorer Velda du regard.

Il y avait un an de ça, quelques jours avant Labor Day, et Ned avait dit que cela les avait pris comme ça, « sur un coup de tête » — *Tu parles !* avait songé Maud —, et Velda s'était approchée du comptoir pour expliquer à Maud qu'ils venaient d'avoir une idée *géniale* : ils allaient emmener Chad faire un tour dans les îles : Nantucket, cap Cod, Martha's Vineyard.

Est-ce que ça ennuyait beaucoup Maud s'ils embarquaient ce gosse génial (visage de bois, yeux baissés, Chad avait l'air coupable comme tout) quatre jours plus tôt que prévu et le ramenaient en vitesse à sa boîte après ces vacances éclair ? Maud avait eu l'impression d'être prise dans un tourbillon. Mais Velda souriait d'un sourire sans faille, son long bras hâlé posé sur le comptoir comme si elle était déjà au beau milieu de Puget Sound en train de nager le crawl.

Et Ned. Il s'était contenté de passer un bras autour des épaules de Chad, l'étreignant de temps en temps, jouant les bons papas.

Si ça l'ennuyait ? Bien sûr, que ça l'ennuyait. Et Visage-de-Bois, est-ce que ça lui disait d'être de la fête ? Bien sûr que oui, cette question ! Même s'il se rendait compte que c'était plutôt vache de la part de Ned et Velda de débarquer comme cela à l'improviste et de prendre sa mère par surprise. Et il ne s'agissait pas de se battre pour savoir qui aurait la garde de l'enfant ; seulement d'aller faire un tour dans les îles. Maud, debout derrière le comptoir au milieu de ce chatoiement de soie verte et de ces débordements de bonne humeur, avait l'impression d'être une vache dans un pré, beige, morne, mâchonnant sa réponse.

Elle entrevit son reflet dans les prunelles de l'incandescente Velda — cheveux à l'épaule, raides comme des baguettes et couleur sable, yeux aux tons de désert, taches de rousseur généralement discrètes qui semblaient ressortir comme une brutale poussée d'acné. Se tenant plantée là avec un sourire figé tandis que des éclairs de colère blanche la traversaient.

Mais la colère se dissipa momentanément, remplacée par un sentiment de compréhension à l'égard de Chad, qui s'était quasiment démis l'épaule en s'arrachant à l'étreinte de son père pour aller s'asseoir près d'Ulub et engager la conversation avec lui. Cela prouvait à quel point il était gêné — même s'il avait son petit sourire — car aucun des Wood ne parlait. Sauf Ubub, parfois, pour passer la commande. Aussi Chad se lança-t-il dans un monologue, leur offrant des cigarettes — que les deux frères fixèrent comme s'il s'agissait d'objets tombés d'une autre planète — pour bien montrer à Maud qu'il se désolidarisait de ces deux personnages superbement bronzés et était prêt à repousser leur offre si tel était le souhait de sa mère.

Maud continua de sourire et affirma que c'était super, vraiment super, que ça plairait sûrement à Chad. Quel gamin de vingt ans normalement constitué ne serait pas ravi de réintégrer l'université avec un hâle comme celui qu'arboraient Velda et Ned ? Oh, La Porte avait un lac, certes, mais pas de plages de sable, et les gens du coin ne pratiquaient pas beaucoup la natation : ils préféraient faire du bateau. La Porte avait connu des jours meilleurs. Jadis ç'avait été une petite station estivale dans le vent, mais aujourd'hui elle était plutôt en triste état.

Velda et Ned étaient passés à La Porte et repartis en emmenant Chad, chaussé (Maud ne manqua pas de le remarquer) de mocassins Gucci flambant neufs et vêtu d'une veste italienne qui donnait à ses yeux l'éclat de l'or en fusion. Bizarre, songea Maud, de voir son teint terne à elle se muer chez lui en regard ensoleillé.

Et Shirl s'était incrustée près de la machine à café, observant les événements tout en sirotant sa tasse de café, savourant chaque minute de cette scène révoltante.

Ce fut la première, la dernière et la seule fois où Maud vit Velda. Lorsque Ned eut réglé les trois verres de thé glacé et déclaré à « Velvet » qu'ils feraient mieux d'y aller, Maud entendit Shirl faire un drôle de bruit lorsque le tiroir-caisse entra brutalement en contact avec son estomac.

Ned avait laissé un pourboire.

Il avait soigneusement plié en quatre un billet de vingt dollars et l'avait glissé sous son verre de thé glacé. C'était ça, pour Ned, la « discrétion ».

Personne n'avait remarqué son geste, Chad excepté. Il avait fixé le dos de son père qui s'éloignait, s'était emparé du billet, l'avait examiné comme s'il s'agissait d'une grenade à main.

Puis, sauvant la situation — ou du moins ce qui pouvait encore l'être —, Chad l'avait fourré dans la poche de Ned sans un mot.

Shirl pensait peut-être que ce Labor Day était l'anniversaire de celui de l'an dernier et de la visite de « Velveeta », car elle n'arrêtait pas de parler de l'horreur que constituaient les maris et de ce qu'elle aurait fait si le grand salaud s'était pointé à La Porte flanqué de sa nouvelle moitié. Comme elle était en train de racler la vanille demeurée au fond du bac à crème glacée, ses paroles vibraient dans le conteneur presque vide. Mais sa tête et sa main émergeaient, elle trempait la cuiller à glace dans l'eau chaude, et elle haussait le ton pour bien se faire entendre de Maud, qui était au bout du comptoir à couper en parts égales la tarte à la meringue et au citron, et s'efforçait de ne pas prêter attention à ses propos.

Dodge Haines, qui mangeait de la tarte aux pommes accompagnée de glace, ricanait en buvant son café, et les autres consommateurs installés au comptoir étaient également mis en joie par le récit de la visite de l'ex-mari de Maud et de sa nouvelle femme. En outre, cela donnait à Dodge — macho fini — l'occasion de faire part à Shirl de sa philosophie désopilante sur les femmes, tout juste bonnes selon lui à marcher nu-pieds et à être en cloque.

La seule personne qui avait le bon goût de faire semblant de ne pas écouter était la grande brune assise au comptoir, celle pour qui Maud venait de couper une part de tarte au citron. Elle s'appelait Hooper. Dr Elizabeth Hooper. Maud n'aurait pu dire qu'elle la connaissait car elle n'habitait pas La Porte, mais elle éprouvait à son égard beaucoup de respect et d'empathie.

Le Dr Elizabeth Hooper fascinait Maud. Elle s'arrêtait à La Porte une fois par mois, le troisième weekend. C'était réglé comme du papier à musique. Grande, élégante, elle portait des tailleurs stricts par temps froid et des robes toutes simples l'été. Aujourd'hui, elle était vêtue d'une robe en lin bleu glacier. Maud détaillait toujours ses vêtements et ses accessoires. A l'épaule, elle avait fixé une broche en or, au poignet elle arborait un bracelet en or également. L'un de ses longs bras nus reposait sur le comptoir, mais contrairement à celui de Velda ce bras était pâle, dénué de hâle. Ce détail aurait à lui seul suffi à lui valoir l'estime de Maud. A l'évidence, le Dr Hooper avait autre chose en tête que Nantucket. Maud aimait également sa façon de s'asseoir carrément au comptoir au lieu de se glisser dans l'un des boxes sombres, comme le faisaient les autres femmes qui venaient au *Rainbow* non accompagnées. Pareil choix révélait aux yeux de Maud confiance en soi et non-conformisme chez le Dr Elizabeth Hooper, que le fait d'être seule ne semblait guère préoccuper. Malgré le mouvement féministe, en effet, Maud n'avait constaté aucun changement dans l'attitude effacée et très petite-souris des femmes de quinze à cinquante ans, la gêne qu'elles éprouvaient à se trouver seules dans un *restaurant*, comme s'il se fût agi d'un cinéma porno.

Maud, qui s'estimait atteinte d'une timidité pathologique, avait attendu près de deux mois avant d'oser parler au Dr Hooper. Elle était incapable aussi bien de papoter à tout-va comme Charlene, que de rouspéter à longueur de temps comme Shirl tout en s'activant au comptoir ou d'un box à l'autre. Miss Ruth Porte, si inoffensive, si posée, était la seule à qui Maud parlait. C'était à peine si elle échangeait trois mots avec les autres clients. Les provocations de Dodge Haines — qui se considérait comme le tombeur de La Porte et ne regardait jamais les femmes plus haut que les seins — restaient sans effet sur elle. « Pour lui, mes tétons, c'est mes yeux », disait Charlene d'un ton tellement salace qu'on voyait bien que ça ne lui déplaisait pas. Charlene avait un vaste sourire et des seins plantureux dont elle faisait profiter généreusement tout le monde comme s'il se fût agi d'une corbeille de fruits.

Pour compenser son manque de conversation — ses apartés littéraires avec miss Ruth ne pouvant être considérés comme telle —, Maud souriait. Mais son sourire ne ressemblait en rien à celui de Charlene — lèvres rouges et charnues, dents éclatantes. Le sourire de Maud n'était qu'un petit retroussis des commissures, un sourire timide. Elle s'efforçait de beaucoup sourire pour se faire pardonner ses silences — appréciés toutefois par Joey et le Dr Elizabeth Hooper — de peur que les habitants de La Porte ne la prennent pour une bêcheuse. Maud craignait en effet que ses années d'université et ses causeries littéraires avec miss Ruth — qui l'aimait beaucoup et avait elle aussi fait des études supérieures — ne la fassent passer pour une affreuse snob aux yeux des gens. Cependant, bien que contraint, le sourire de Maud était agréable. C'est du moins ce qu'un de ses anciens petits amis — des centaines d'années plus tôt, alors que semblables choses existaient encore — lui avait dit. « Tu as le plus joli sourire que j'aie jamais vu. » C'était le sourire d'un petit enfant, d'un nouveau-né même, le sourire de quelqu'un qui venait de découvrir cette mimique et ne faisait pas semblant. Le sourire le plus sincère qu'il ait jamais vu. Maud avait oublié son nom, à ce garçon, mais elle se rappelait encore son air sérieux, le mal qu'il s'était donné pour décrire son sourire avec les mots appropriés.

Ce compliment, elle l'avait rangé dans un coin de sa mémoire comme on glisse un pétale dans un livre et l'avait regardé pendant près de trente ans. Seul Chad, qui lui avait affirmé qu'on lui donnait plus facilement trente ans que quarante-sept, et Sam, qui lui avait déclaré — au grand ahurissement de Maud — qu'elle était la personne avec laquelle il se sentait le plus à l'aise parce qu'elle était sereine comme une nonne (sauf quand elle piquait une rogne), seuls Chad et Sam avaient réussi à lui dire quelque chose qui l'avait autant touchée. Ned ne lui avait jamais fait un compliment dont elle se souvînt.

Peut-être fut-ce son sourire « serein » qui encouragea le Dr Elizabeth Hooper à réagir comme elle le fit. Sans doute parce que Maud avait été la seule au *Rainbow* (Ulub et Ubub exceptés) à ne pas essayer de lui tirer les vers du nez, à ne pas s'efforcer de savoir pourquoi elle faisait halte régulièrement à La Porte. Charlene avait découvert que le Dr Hooper était psy quelque chose parce qu'une cousine d'une amie d'une de ses tantes connaissait quelqu'un qui était allé la consulter. Du moins était-ce ce que racontait Charlene.

Mais personne n'avait réussi à découvrir ce qu'elle faisait à La Porte. Pas plus que la raison pour laquelle il lui arrivait de passer la nuit dans la pension de famille Stuck au bout de la grand-rue. Les langues allaient bon train, les gens se demandaient si ce n'était pas miss Ruth qui lui avait demandé de passer voir sa tante Simkin, qui était folle. Shirl, qui n'était pourtant pas du genre timide, avouait « ne pas oser » demander au Dr Hooper la raison de sa présence à La Porte.

Sans doute, songeait Maud, était-ce parce que le Dr Hooper était psychiatre. Et que les gens qui ne connaissaient rien à la psychiatrie ou n'avaient jamais consulté ce genre de spécialiste (comme Maud l'avait fait du temps où elle était mariée) se figuraient qu'ils étaient capables de lire dans vos pensées, voire de vous voler votre âme. A entendre Shirl parler des psychiatres, appuyée au comptoir, fumant pensivement une cigarette en essuyant un verre, les psy étaient aussi dangereux à fréquenter que les meurtriers en série ou le nommé Boy Chalmers, dont on disait qu'il avait assassiné Nancy Alonzo et réglé leur compte aux deux femmes d'Hebrides. Elle jeta sa serviette et frissonna, incapable de penser plus longtemps à ça.

Aussi se concentra-t-elle de nouveau sur le Dr Hooper. Maud, surprenant le bref regard perçant que le Dr Hooper jetait à Shirl ou à Charlene, se demandait si par hasard elle ne lisait pas en elles à livre ouvert.

C'était toujours Maud qui servait le Dr Hooper et

lui mettait de côté une part de tarte au citron lorsqu'elle voyait qu'elles allaient en manquer. Shirl faisait les meilleures tartes de La Porte et cette variété-là avait un succès tout particulier. La garniture était aérienne — nuage jaune de citron battu — et la croûte — une meringue — fondait dans la bouche. Les clients venus en manger une tranche repartaient le plus souvent avec un carton contenant une tarte entière. Aussi il leur arrivait souvent d'être à court. Chad lui-même l'adorait, et pourtant il détestait la tarte au citron.

Le Dr Hooper passait au *Rainbow Café* le troisième week-end de chaque mois, le vendredi et le dimanche, mangeait sa tarte et buvait son café, écrivant tantôt des cartes postales et tantôt une lettre. Maud riait sous cape en voyant le maire s'efforcer de se poster derrière elle et se contorsionner pour essayer de lire par-dessus son épaule. Le Dr Hooper faisait sensation : pour les habitants de La Porte, c'était la femme mystère. Ses apparitions en ville et au *Rainbow* étaient aussi prévisibles que le passage du jour à la nuit.

C'était le Dr Hooper qui avait fini, quelques mois plus tôt, par engager la conversation. Elle avait demandé à Maud quelle école fréquentait son fils. Sidérée que le psychiatre sût qu'elle avait un fils, Maud avait renversé du café dans la soucoupe en remplissant sa tasse.

Le Dr Hooper dit :

— J'ai entendu la propriétaire (elle regarda du côté de Shirl) en parler. Elle semble avoir une haute opinion de lui.

Elle sourit lentement. Tous ses gestes semblaient réfléchis, et même son sourire était empreint de sérieux.

— Ce n'est pas fréquent, ajouta-t-elle, avant de s'attaquer de nouveau à sa part de tarte.

Maud tenait la cafetière en l'air, songeant que cette phrase était mystérieuse, que ce n'était pas étonnant, venant du Dr Elizabeth Hooper. Le Dr Hooper ne devait pas être du genre à déclarer, comme Sonny Stuck ce jour-là, « Va faire une drôle de chaleur aujourd'hui. » Et pourtant, prendre pour sujet de conversation le fils de Maud, c'était attaquer sur les chapeaux de roues.

Oubliant ce qui lui avait été dit, Maud répondit :

— Eh bien... merci.

Puis, sentant que sa remarque était idiote, elle avait ajouté :

— Pourquoi est-ce que ce n'est pas fréquent ?

Ignorant Dodge Haines et Sonny Stuck qui tendaient leurs tasses pour qu'elle les remplisse, Maud avait posé la cafetière sur le feu et pris une serviette propre pour éponger le café répandu dans la soucoupe. Dodge l'appela mais elle ne lui prêta pas la moindre attention. Que Charlene y aille.

— Il est rare que les gens d'un certain âge soient impressionnés par des jeunes de vingt ans ou plus, expliqua le Dr Hooper.

— Vingt ans. Il a vingt ans, précisa Maud en astiquant fébrilement le gobelet à milk-shake.

Le Dr Hooper hocha solennellement la tête.

— J'ai moi aussi un fils. Il a quinze ans. Il est dans une école préparatoire dans le Nord.

Elle tripota un menu.

— C'est pourquoi je m'arrête à La Porte : c'est sur mon chemin, c'est pratique. En général, je passe la nuit ici car le voyage est long. Je loge à la pension de famille du bout de la rue.

Comme si ce n'était pas de notoriété publique... Mildred Stuck, qui tenait la pension, se figurait qu'avoir un *psychiatre* new-yorkais chez elle suffisait à faire d'elle la reine du *Rainbow Café* ; elle avait poussé le culot jusqu'à rejoindre miss Ruth Porte dans son box afin de l'entretenir de sa « clientèle ». Mais il était évident qu'elle ne savait pas grand-chose du Dr Hooper, sinon elle aurait tout déballé à miss Ruth.

Maud ouvrit la bouche mais aucun son n'en sortit tellement elle était stupéfaite d'apprendre que le Dr Hooper, tout comme elle, avait un fils qui était à l'école, loin de sa mère. Elle aurait voulu poser des questions à son sujet mais, avant qu'elle ait trouvé quelque chose d'intelligent à dire, le Dr Hooper poursuivit :

— Les adultes — je veux dire les adultes *plus âgés* —, fit-elle avec un sourire pour indiquer qu'elle n'entendait pas suggérer que le fils de Maud n'appartenait pas à la catégorie des adultes, n'ont en général pas beaucoup de respect pour leurs cadets. Pour les jeunes. Et j'imagine...

De nouveau elle sourit lentement, son regard s'arrêtant sur Joey qui, assis au bout du comptoir, buvait un Coca-Cola.

— ... qu'elle ne se laisse pas impressionner comme ça. Elle semble plutôt déçue par son propre fils.

Maud cligna de la paupière. Après avoir jeté un regard à Shirl qui râlait parce qu'un client venait de payer avec un billet de vingt dollars (« Cet imbécile devrait pourtant se douter que c'est pas facile d'avoir de la monnaie, encore moins un week-end de Labor Day. »), elle en jeta un autre à Joey, puis au Dr Hooper, qui buvait son café à petites gorgées, et se demanda si Shirl n'avait pas raison au fond, si les psy ne lisaient pas dans les pensées des gens. Ils n'allaient pas jusqu'à leur voler leur âme, certes, ils se contentaient de lire dans leurs pensées. Ridicule, songeat-elle aussitôt. Toute personne dotée d'un minimum d'intelligence et d'un esprit tant soit peu observateur n'aurait pas eu besoin de traîner des heures au *Rainbow* pour s'apercevoir que Shirl était «déçue» par Joey. Et cette femme, loin d'être la première venue, était psychiatre.

— Les gens... les parents... il est rare que je les entende faire des compliments aux jeunes.

Fronçant les sourcils au-dessus de sa tasse de café, paraissant réfléchir très sérieusement à la question, le Dr Hooper ajouta :

— C'est vrai, c'est très rare.

Tandis que Charlene fonçait pour s'emparer de la cafetière — c'était au tour de Maud de servir au comptoir, que diable ! —, Maud ne lâcha pas prise et s'enquit avec le plus grand sérieux :

— Et pourquoi donc ?

— Eh bien... il semble qu'on ne respecte guère les jeunes, de nos jours. Leurs parents en tout cas ne les respectent pas : à leurs yeux ce sont des problèmes, pas des êtres humains. Peut-être parce que tout le monde se sent tellement coupable, les parents comme les enfants. Les uns et les autres passent leur temps à se refiler ce sentiment de culpabilité.

Elle reposa sa tasse et joignit les mains devant elle un peu comme quelqu'un qui est agenouillé sur un banc d'église.

— C'est pourquoi votre fils doit être exceptionnel.

Il l'*était* ; mais Maud trouvait qu'elle n'avait pas à abonder dans le sens de son interlocutrice. Du coin de l'œil elle aperçut Shirl, qui ouvrait avec fracas la vitrine pour atteindre les gâteaux, la fixant. Shirl préférerait être changée en statue plutôt que d'interrompre sa conversation avec le Dr Hooper car elle était dévorée de curiosité à son sujet.

— Je crois que les gens le trouvent sympathique, dit

Maud. Il parle plus facilement aux adultes qu'aux gamins de son âge. Il est à l'aise avec eux. Je me souviens, il avait six, sept ans...

« C'est ridicule, songea-t-elle, en frottant le gobelet de plus belle ; tu ne peux pas rester plantée là à égrener tes souvenirs. » Et cette sensation ô combien familière de constriction du pharynx... Il ne manquerait plus que ça ! Qu'elle fonde en larmes tout d'un coup alors qu'elle répondait à une question anodine de cette femme. Ce serait vraiment le bouquet !

Le Dr Hooper avait fini mais ne faisait pas mine de s'en aller, se tournant de côté et d'autre sur le tabouret de bois. Elle orienta la conversation dans une autre direction avec aisance.

— Il n'y a pas que les enfants qui trinquent dans l'affaire, dit-elle d'un ton d'excuse comme si c'était elle et non Maud qui achoppait à la conversation. Les parents aussi. Les parents sont souvent obligés de recourir à des remèdes désespérés.

Elle se tut, les yeux baissés.

— Ce n'est pas votre avis ?

Que le Dr Hooper pût solliciter son opinion causa un choc à Maud qui, s'arrachant à la contemplation de son reflet déformé par le ventre bombé du gobelet qu'elle astiquait, rencontra le regard brun d'Elizabeth Hooper. Maud vacilla imperceptiblement comme si son corps était traversé par la force soudaine de toutes les questions sans réponse qu'elle se posait à propos d'elle-même et de Chad, de sa dépression née d'un sentiment d'abandon, de la... trahison. Le mot s'imposa à elle, lui causant un choc. « Trahison. » Son visage se durcit tandis qu'elle s'efforçait d'empêcher cette réflexion déloyale et insensée de marquer ses traits. Mais le mot traînait après lui une cohorte de notions dénuées de fondement rationnel : l'idée qu'elle avait été piégée, qu'on l'avait flouée, incitée à croire que l'enfance durerait éternellement. Et que, comme une idiote, elle y avait cru. Pourquoi ne pas regarder les choses en face : ce qu'elle éprouvait en cet instant, c'était le sentiment de s'être fait piéger par *lui* ; ce gosse de six ans, cet enfant l'avait blousée ; et alors même que le Dr Hooper prenait les trois billets d'un dollar dans son porte-monnaie sans cesser de braquer sur Maud ses yeux lumineux, Maud sentit la rage vibrer en elle. Cela commençait comme d'habitude par une brûlure qui se déclenchait dans les muscles contractés de son estomac, s'étendait à ses membres, envahissait son visage qui devenait chaud et rouge, pour se transformer en une boule compacte et douloureuse dont elle craignait toujours qu'elle éclate après s'être envenimée.

Tout ceci lui traversa l'esprit en un instant, moins même. Et elle se vit, comme plantée à côté de son double, faisant l'addition du Dr Hooper avec un petit froncement de sourcils de concentration censé signifier qu'elle réfléchissait à ce qu'elle allait répondre. S'humectant les lèvres, elle inscrivit la tarte et le café, un dollar quatre-vingt-cinq, prise de panique à l'idée que cette femme ait pu lire sur son visage cette rage meurtrière et inexplicable qui s'estompait aussi vite qu'elle était venue. Elle ajouta le service lentement, évitant de rencontrer le regard du psychiatre de crainte que le Dr Hooper ne l'ait percée à jour, n'ait reconnu sous le tablier soigneusement repassé et la robe de coton, les taches de rousseur, le teint pâlichon et les yeux clairs une femme possédant toutes les caractéristiques d'une psychopathe. La question était toujours en suspens, *Ce n'est pas votre avis ?* Et Maud avait envie de dire : « Je serais capable de tuer quelqu'un, je pourrais grossir les rangs de ces parents qui tuent leurs propres enfants, et je suis terrifiée à l'idée de me retrouver fût-ce un dixième de seconde dans les pompes de cette personne, de sentir le bras de cette personne tenir le fusil ou lever le couteau...» Mais, se demanda Maud confusément, contre qui retourner cette arme? Le couteau semblait se planter dans son propre cœur, le fusil se diriger contre sa propre tempe. Et la colère meurtrière revint tandis qu'elle tirait un trait pour faire l'addition — tarte, café, service —, revint, puis reflua, laissant derrière elle la dépression comme autant de détritus dont les oiseaux se repaissaient sur la plage.

Tandis qu'elle détachait de son bloc l'addition du Dr Hooper et remettait en place le papier carbone, elle se demanda comment diable toutes ces pensées pouvaient lui traverser l'esprit alors qu'elle griffonnait des chiffres sur un bout de papier d'un blanc douteux portant en guise d'en-tête le mot « Merci » imprimé à l'encre bleue.

Elle posa l'addition près de la tasse du Dr Hooper, plaqua son sourire coincé sur son visage tout en rangeant dans la poche de son tablier le petit bloc et répondit à la question.

— Je crois que la plupart des parents ignorent ce qu'ils éprouvent ou ce qu'ils doivent faire. Peut-être à cause de toutes les décisions qu'ils doivent prendre. Pas les décisions importantes. Les décisions courantes. Celles qui se présentent à tout bout de champ et qui vous obligent à trancher en un quart de seconde sans l'avis d'une tierce personne. Et pour lesquelles vous avez toutes les chances de mettre à côté de la plaque parce que ce que vous croyez être dans l'intérêt de tous ne l'est pas, vu que les trois quarts du temps l'intérêt de tous, vous vous en foutez, vous n'êtes pas fichue de savoir ce que c'est, et vous n'êtes même pas capable de savoir où se trouve le vôtre... C'est peut-être pour ça que je ne critique pas Shirl. Ni personne d'autre, d'ailleurs...

Maud s'arrêta net, ferma la bouche comme on claque une porte, terrifiée par ce qu'il y avait derrière : un flot pressé de mots incohérents ne demandant qu'à jaillir, tel l'esprit frappeur des films d'horreur. Si terrifiée qu'il lui fallait serrer les dents pour les empêcher de sortir, essayer de plaquer sur son visage son petit sourire en coin de façon que le Dr Hooper ne la crût pas folle à lier.

Mais Elizabeth Hooper se contenta de hocher la tête d'un air pensif. Ses longs doigts élégants posèrent les trois billets d'un dollar près de l'addition dont le montant était immuable et elle dit :

— C'est la première fois que j'entends un parent dire ce genre de choses.

Son sourire ressemblait un peu à celui de Maud, étroit et retroussé.

Est-ce bon signe ou est-ce mauvais signe ? voulut s'enquérir Maud.

Maud avait été étonnée de voir le Dr Hooper venir ce matin, car le lendemain était Labor Day.

— Il lui arrive de réintégrer sa boîte plus tôt. Plus tôt que nécessaire.

En entendant ces mots, Maud se sentit encore plus proche du médecin. Elle se cramponna au gobelet à milk-shake en argent, et confia à Elizabeth Hooper que Chad était lui aussi parti plus tôt que prévu passer quelques jours chez un copain. Sans doute eut-elle du mal à empêcher son irritation — à moins que ce ne fût sa tristesse — de percer dans sa voix car elle coupa la part de tarte au citron du Dr Hooper avec brutalité.

Puis elle songea soudain que, si le fils d'Elizabeth Hooper avait déjà réintégré son école, il ne voyageait pas avec sa mère.

— Il ne passe pas l'été avec moi, dit le Dr Hooper, ses yeux foncés braqués sur son morceau de gâteau.

Maud eut l'impression qu'il y avait quelque chose qui ne collait pas, alors elle murmura « Oh ! » et s'essuya les mains après son tablier. Oui, il y avait quelque chose qui ne collait vraiment pas, car la main du Dr Hooper trembla lorsqu'elle souleva sa tasse de café. Puis elle dit, s'adressant non à Maud mais à son morceau de tarte, et sur le mode chuchoté :

— Il ne vit pas avec moi. Il habite chez son père. C'est son père qui en a la garde.

Maud remit la tarte dans la vitrine en regardant Elizabeth Hooper, puis détourna les yeux car cette dernière semblait franchement bouleversée. Maud s'humecta les lèvres et voulut dire qu'elle ne comprenait pas pourquoi une femme comme elle, qui se donnait tant de mal pour voir son fils, n'en avait pas obtenu la garde. Bon Dieu ! et regardez-moi Shirl... Non, elle était injuste : Shirl avait élevé Joey toute seule et il lui en faisait baver...

Et le Dr Hooper, lisant une fois de plus dans les pensées de Maud, enchaîna :

— J'aurais pu obtenir la garde de mon fils, mais j'ai refusé.

Elle avait collé un timbre sur une carte postale et donna un coup de poing dessus. Puis elle regarda Maud avec un sourire étriqué.

— Je suis psychiatre pour enfants, vous voyez comme je suis maligne...

Elizabeth Hooper cala son sac à bandoulière sur son épaule et prit l'addition.

2

Baissant les yeux vers le tiroir plein de couteaux posé sur ses genoux, il songea à la solitude, au vide, à celles qui étaient responsables de ce vide, et se dit qu'il était normal qu'elles paient pour ça.

C'était un tiroir de cuisine banal à la paroi extérieure recouverte d'émail blanc. Il l'avait extrait de son logement en tirant sur la poignée d'aluminium de façon à pouvoir s'asseoir avec et le tenir contre lui comme un bébé ou un animal familier. Assis sur la chaise de cuisine verte, ses longues mains reposant de chaque côté du tiroir, il examinait les couteaux de différentes tailles et de différentes formes, et l'affiloir cylindrique en acier trempé dont il se servait pour les aiguiser avec soin.

Puis il prit le couteau de boucher et passa doucement son pouce sur le tranchant de la lame ; une goutte de sang jaillit, telle une minuscule bulle, qu'il lui fallut sucer. Il se rappela avoir été de méchante humeur le jour où il avait aiguisé ce couteau-là. Il testa ensuite le rognoir, le couperet, le tranchoir, le bout en forme de crochet du couteau servant à couper les poulets, les deux couteaux de cuisine. Le couteau à pain, il ne se donna pas la peine de le vérifier. Il ne lui était d'aucune utilité.

Son esprit était un puits noir, si noir qu'on eût pu y jeter un corps, et cette noirceur était si dense que le corps en touchant le fond n'aurait pas fait plus de bruit qu'un petit caillou — *plop* ! Puits, caveau, cave, caverne. De lumière, point.

Il n'y avait même pas le rai qu'il distinguait, petit garçon, sous la porte close de sa chambre, après le départ de sa mère. Un filet de lumière. Il descendait de son lit et s'allongeait par terre devant le battant, n'apercevant rien d'autre que ce fil de lumière, incapable de voir sa mère, persuadé qu'elle était partie pour de bon. Il restait étendu par terre, se concentrant, l'appelant intérieurement, pensant pouvoir la faire revenir auprès de lui par la seule force de sa volonté, finissant par s'imaginer entendre claquer distinctement puis s'arrêter devant sa porte les mules qui s'étaient éloignées dans le couloir un instant auparavant. Mais son esprit ne devait pas être assez fort, sa concentration devait manquer de puissance car jamais elle ne revenait sur ses pas.

Il restait donc étendu par terre, couché sur le flanc, fixant le filet de lumière sous la porte. S'il n'avait pas fait ça, les ténèbres l'auraient englouti, car, même si ses yeux s'accoutumaient à l'obscurité, les meubles, eux — fauteuil massif, commode, bosse entre les colonnes du lit, colonnes elles-mêmes —, étaient à peine perceptibles et se fondaient dans l'obscurité bien qu'il les fixât. Son meilleur copain à l'époque était terrorisé la nuit par la Chose qui était enfermée dans son placard. Chose qui — à l'entendre — était une créature de cauchemar dotée de dents semblables à des vitres, qui se brisaient lorsque le monstre les lui plantait dans la gorge.

Lui, ce n'est pas d'une Chose dissimulée dans un

placard qu'il avait eu peur ; mais du placard lui-même, de l'obscurité et de la solitude. Car elles allaient toujours de pair. La solitude était moins pénible dans la journée, parce qu'il était occupé au-dehors. Malgré tout, il en sentait le poids en permanence, c'était comme une douleur sourde ; car, bien qu'en contact avec les autres, il ne trouvait pas auprès d'eux ce qu'il cherchait. Qui était l'intimité.

Tout le monde en avait besoin, bien sûr ; sur ce plan, il n'était guère différent des autres, à ceci près que chez lui ce besoin était dévorant. La solitude le poussait à bout. Il se demanda pourquoi les médecins ne la faisaient pas figurer sur la liste : sexe, faim, soif. Est-ce qu'il serait capable de tuer pour un verre d'eau, une boîte de haricots, une partie de jambes en l'air ? Le sexe n'avait rien à voir là-dedans.

Les mains de nouveau posées sur les côtés du tiroir, il jeta un œil en direction du garde-manger, regarda le robinet qui fuyait doucement (il lui faudrait réparer ça) et songea, avec bon sens, que n'ayant jamais souffert de la faim ni de la soif il lui était impossible de dire ce que ce genre de souffrances pourrait faire faire à un homme. Et quant au sexe, il se disait qu'ils ne voulaient pas dire que les gens étaient capables de *tuer* pour assouvir leurs appétits. Il fronça les sourcils. Pourtant, est-ce que les animaux... ?

Regardant les couteaux qui renvoyaient la lumière de l'ampoule crue suspendue au plafond, il secoua la tête, s'efforçant de s'éclaircir les idées. Dans sa chambre d'enfant, il y avait une lumière semblable à celle-ci, qui se balançait légèrement au-dessus du lit, jusqu'à ce que sa mère tire le cordon métallique pour éteindre. Parfois, elle s'allongeait près de lui, et il se fichait pas mal que son haleine empeste le whisky et la cigarette. Ça alors, ça lui était bien égal.

Dieu sait qu'il avait essayé de se procurer ce dont il avait besoin par d'autres moyens. Recouru à d'autres stratagèmes pour se débarrasser de la solitude et goûter aux joies de l'intimité. Le mot avait quelque chose de chaud, de vaguement liquide. Si seulement il n'avait pas eu la parole aussi cafouilleuse... Mots ridicules se bousculant au portillon, s'enchevêtrant, s'entrechoquant dans une course éperdue à l'amitié, à l'intimité ; comme si ses problèmes d'élocution n'avaient pas donné aux femmes envie de le mépriser, de détourner les yeux, d'esquisser un mouvement de recul, à croire que (le visage qui se tourna vers le tiroir s'éclaira d'un sourire)...

A croire qu'il les menaçait d'un couteau.

Il avait horreur de devoir leur fourrer le couteau sous le nez, horreur qu'il leur fallût savoir qu'elles allaient mourir, car, bien que cela ne gâchât pas complètement la fin, cela la rendait triste, beaucoup plus difficile. Mais il n'y avait pas moyen de faire autrement, il fallait qu'elles voient ce qu'elles avaient fait, ce dont elles s'étaient rendues coupables. Étrange, cette idée si souvent et si communément exprimée, qu'au moment de la mort les yeux de la personne qui allait mourir devenaient lointains, voilés. Stores tombant avec un claquement sec, rideaux se tirant subitement.

Pour lui, c'était l'inverse. C'était le moment au contraire où le store se relevait d'un coup, où les rideaux imprégnés d'une odeur de renfermé s'ouvraient soudain pour laisser pénétrer la lumière. C'était le moment où l'intimité était la plus intense, la plus grande. Le moment où l'on se dévoilait totalement.

Il avait toujours essayé de leur expliquer ça avec douceur. Bien que les maintenant d'une main ferme (le moyen de les immobiliser, autrement...), il leur avait parlé d'une voix douce (ce qui tenait proprement du miracle), les mots coulant de sa bouche comme du sirop, sans effort. Évidemment, elles se débattaient. Certaines étaient dotées d'une force ahurissante.

Il était navré qu'elles ne pussent, grâce à l'intervention de quelque Dieu de miséricorde (mais Dieu n'existait pas, pas vraiment), mourir simplement, paisiblement dans ses bras. Pourtant, si les choses s'étaient passées ainsi, est-ce qu'elles auraient compris ? Est-ce que leur esprit aurait été plein de *lui* et de la peur du noir ? Ou auraient-elles pensé à quelqu'un d'autre, à quelque endroit lointain, longue prairie verte baignée de soleil ? Non, ce n'est pas à *lui* qu'elles auraient pensé.

Il enfonça le rognoir dans l'accoudoir de la chaise avec tant de violence que la lame se sépara du manche ; se rendant compte qu'il avait agi malgré lui, poussé par la solitude, il se mit à pleurer, s'essuya les yeux d'un revers de manche, posa soigneusement le couteau cassé sur la table.

Tiroir sorti de son logement, pouce passé sur le tranchant de la lame, crises de rage enfantines — il connaissait bien les signes. La solitude, la soif d'intimité le tenaillaient de nouveau : il allait lui falloir agir.

Mais elles n'avaient pas crié.

Et cela l'avait étonné, qu'elles ne crient pas. Probablement à cause de la banalité de son triste et vieux visage. Après qu'il leur eut expliqué ce qu'il voulait, après qu'il les eut immobilisées et eut sorti son couteau, leurs cris leur étaient restés dans la gorge, les étouffant. Pourtant il lui avait fallu la plupart du temps leur plaquer une main sur la bouche à cause de leurs supplications, de leurs gémissements, de leurs « non » psalmodiés (*non non non non non non*) qu'il ne pouvait supporter.

Tony s'était comportée différemment. Antoinette de son vrai nom. Lorsqu'il avait sorti le couteau de sous sa veste, elle l'avait regardé et s'était mise à rire. A rire à en mourir. (Il baissa la tête, honteux de ce jeu de mots piteux.) Drôle de numéro, cette fille-là. Est-ce que ça l'avait foutu en rogne qu'elle rigole ? Qu'elle ne prenne pas ses motifs au sérieux ? Bien sûr que non ; il n'était plus un gamin. Il avait ri avec elle, au milieu des bois. Ça lui avait fait du bien, de rire ; l'idée que ce dernier regard de compréhension pût être un regard de plaisir et non de terreur, comme plus tard dans les yeux de Loreen Butts, était nettement préférable.

Mais son rire s'était arrêté telle une vieille guimbarde qui s'immobilise dans un ultime hoquet lorsqu'il l'avait plaquée contre le chêne. Lentement, soigneusement, il lui avait expliqué qu'il n'allait pas la violer ; ce n'était pas le sexe qui l'intéressait. Mais la proximité.

Pigé ?

Tony l'avait fixé d'un air affolé, les yeux fous au-dessus de sa main à lui qu'elle réchauffait de son souffle.

Et lentement elle hocha la tête.

C'est ça que tu veux ? Tu veux que je te baise ? Tu veux qu'on tire un coup ?

D'affolé, le regard de la fille devint rusé, entendu. De nouveau, elle hocha la tête.

Si c'est ça que tu veux, tu l'auras. Comme ça tu mourras comblée.

A sa grande stupeur, alors qu'il était collé contre elle la paume de sa main lui bâillonnant toujours la bouche, elle se libéra les mains. Puis arrachant de l'une le haut de son chemisier bon marché, de l'autre elle tira violemment sur sa braguette. Il s'aperçut qu'il était dur comme du roc.

De la tête, elle s'efforçait de désigner le sol.

Tu veux faire ça par terre ?

Elle fit vivement oui de la tête trois, quatre fois.

Il appliqua le couteau contre sa gorge, l'allongea sur le sol où elle se mit à gigoter et haleter, et il l'entendit le supplier d'y aller. Il était fasciné, envoûté. Il fit glisser le couteau, appliqua l'acier froid sur ses seins, ce qui parut l'exciter encore davantage, il baissa les yeux sur son pénis dressé et le fourra dans...

Pauvre conne.

Pauvre conne. Ça aurait pu marcher, elle aurait pu s'emparer du couteau si elle avait attendu qu'il la saute, attendu qu'il jouisse, fait *semblant* de jouir aussi.

C'est ainsi qu'il y repensa après, après qu'il la sentit essayer de se saisir du couteau, après qu'il l'eut brandi et lui eut tranché la gorge.

Oh, rédemption !

DEUXIÈME PARTIE

SAM

1

Il était là, dehors, quelque part.

Là, dehors, au même titre que les rochers noirs qui marquaient l'extrémité de Swain's Point, dressés dans l'obscurité comme les pins massifs encerclant la cabane de pêcheur abandonnée au bout de la pointe. Tandis que Sam roulait sur la route pleine de nids-de-poule qui faisait le tour du lac, jetant un coup d'œil aux cottages à travers les écrans de verdure et les trouées dans les chênes et les conifères, il sentait sa présence.

Sam était quasiment certain que ce n'était pas un vagabond ni un étranger de passage qui avait ligoté et poignardé Eunice Hayden quatre ans plus tôt, comme tout le monde se plaisait à le croire, les gens refusant d'envisager que le meurtrier pût être quelqu'un du coin.

Le problème, c'est qu'Eunice Hayden n'avait pas exactement été un modèle de bonne conduite vers la fin de sa jeune vie. Personne ne comprenait par quel mystère la fille de Molly et Wade Hayden avait pu tourner comme ça, alors que pendant toute son enfance Eunice avait été raide et coincée comme ces enfants en bonnet noir qu'on voit sur les tableaux gothiques. Wade Hayden était depuis vingt ans receveur du bureau de poste local et sa femme Molly était toujours la première sollicitée dès lors qu'il s'agissait de récolter de l'argent pour l'église, la bibliothèque municipale ou l'école. On pouvait compter sur Molly pour prendre ce genre de choses en main, elle avait l'art de vous lancer des regards mauvais, vous donnant l'impression que vous étiez personnellement responsable du mauvais état des reliures des livres de la bibliothèque ou de la pénurie de bancs d'église. Quant au père d'Eunice, Wade, les gens s'accordaient à louer son honnêteté irréprochable. Sam s'était toujours demandé pourquoi ils disaient ça. Comment un receveur des postes pouvait-il faire preuve de malhonnêteté ? En vous truandant sur la monnaie lorsque vous achetiez des timbres ?

Tout en roulant lentement, accrochant au passage la lumière bleutée d'un téléviseur, il s'efforçait de chasser ces peu charitables pensées de son esprit. La jeune fille était morte maintenant. Et sa mère, aussi. Des suites du choc, probablement. Six mois plus tard. Molly, Sam ne l'ignorait pas, qui avait l'air solide comme le roc, avait toujours été plus ou moins malade. Et le meurtre de sang-froid de sa fille avait certainement hâté son trépas.

Wade Hayden avait donc dû reprendre le chemin de terre conduisant au même cimetière, aboutissant à l'arbre sous lequel sa fille avait été enterrée, foulant peut-être l'empreinte de ses propres pas sur laquelle la poussière avait à peine eu le temps de retomber.

Bien entendu, la famille de la petite avait été interrogée. Il fallait toujours interroger la famille. Wade et Molly étaient allés à Hebrides ; Molly avait fait des courses pendant que Wade remplaçait un copain à lui à la poste. Poste, c'était un bien grand mot, l'établissement ne comportant qu'une pièce et n'employant qu'une seule personne, car il y avait à peine de quoi justifier le salaire d'un préposé. Wade précisait ça avec fierté en sa qualité de receveur des postes de La Porte : bien que La Porte fût une agglomération moins importante, le volume du courrier était tel en été qu'il fallait deux personnes pour le traiter. Aussi Wade avait-il un assistant. Il était toujours content de donner un coup de main à Hebrides chaque fois que le préposé (comme Wade l'appelait) avait besoin de renfort. C'était donc à la poste qu'il s'était trouvé pendant que sa femme effectuait quelques emplettes, et ils étaient restés là-bas tout l'après-midi, ou du moins trois bonnes heures, heures pendant lesquelles leur fille avait été assassinée.

Donc, ils avaient été interrogés ; seulement ce n'était pas facile pour Sam de faire pression sur les malheureux parents comme il aurait pu le faire sur des gens de l'extérieur, comme il l'avait fait sur Bubby Dubois et Dodge Haines.

C'était Dodge qui l'avait trouvée. Nul ne risquait de l'oublier car il ne ratait pas une occasion de le rappeler. Ce dont il se vantait moins, en revanche, c'était de l'interrogatoire relativement serré auquel il avait été soumis. Les Hayden possédaient une petite propriété à un kilomètre du lac, quelques acres de terrain, une maison, une grange et un poulailler. Molly vendait des œufs et un nombre impressionnant d'hommes qu'on n'aurait jamais soupçonnés de s'intéresser aux œufs étaient allés lui en acheter. Dodge Haines entre autres. Et les fils de Bubby Dubois, qu'on avait vus sortir de la grange. Le maire lui-même s'était mis à faire des laïus dénigrant les œufs pondus industriellement et avait lancé une campagne en faveur des œufs bruns des Hayden. Il fallut un certain temps avant que quelques personnes — dont la femme du maire — découvrent que c'était Eunice qui était chargée de la vente des œufs et se rendent compte que les transactions qui s'effectuaient dans la grange duraient plus qu'il n'était strictement nécessaire.

Bubby Dubois n'apprécia pas du tout le bruit selon lequel ses fils Darryl et Rick se l'étaient envoyée.

Dodge Haines découvrit Eunice dans le poulailler, ficelée comme un saucisson, la gorge et la poitrine lardées de coups de couteau, du sang partout : sur les poutres, la mangeoire. Il y avait des œufs en bouillie tout autour d'elle ; et près du corps, aussi, une poule au cou brisé ; la puanteur était telle qu'il n'avait pas eu le temps de sortir du poulailler pour vomir.

Rapports sexuels. C'était le terme qu'il employait. Il n'y avait pas eu de rapports sexuels, pas de viol à proprement parler. Et sans doute eût-il mieux valu qu'il y ait eu viol d'après le médecin venu sur les lieux du crime avec la police locale, car le rectum était dans un état pitoyable et le vagin sauvagement taillardé. Comme si celui qui s'était attaqué à Eunice avait eu l'intention de la tuer avec son sexe et, n'y parvenant pas, s'était servi d'un couteau.

Maud avait été la seule à dire tout haut ce que Sam pensait tout bas : à force de vivre en compagnie de ces parangons de vertu, Eunice avait fini par perdre la boule. Le sort de Joey, le fils de Shirl, était plus enviable que celui de la petite Hayden. Lui, du moins, ne se gênait pas à l'occasion pour dire à sa mère d'aller se faire foutre ; cette dernière n'hésitait pas à lui rendre la pareille : elle n'avait aucun scrupule à lui rabattre son caquet en présence d'étrangers. Molly Hayden s'y était entendue à plonger sa fille dans l'embarras, mais de telle façon qu'on ne pouvait parler d'humiliation ; Molly appelait ça lui faire faire des « bonnes actions ». Elle mettait Eunice sur son trente et un lorsqu'elle avait douze ou treize ans et l'obligeait à aller quémander de maison en maison pour la kermesse de la paroisse. Qu'une gamine de douze ans eût sans doute préféré se faire hacher menu plutôt que de se laisser surprendre par ses camarades en train de faire des *bonnes actions*, l'idée n'effleura apparemment jamais Molly Hayden, qui agitait sa sébile avec un entrain bruyant au coin de First et de Tremont Street à Noël, sa fille et elle vêtues de vêtements rapiécés et de châles troués, s'efforçant de rappeler aux rares citoyens aisés de La Porte que certains n'auraient pas de dinde sur leur table s'ils ne déposaient pas au plus vite leur obole dans le tronc. Chad, qui était allé ce trimestre-là au lycée de La Porte — et n'avait cessé de se plaindre à sa mère de devoir fréquenter cette boîte de nuls —, avait dit à Maud que Eunice était la risée de tout l'établissement.

Pour « tremper le caractère » de sa fille, Molly Hayden l'emmenait au *Rainbow Café*, chez *Wheeler*, voire au *DoNut DeLite* pour essayer d'obtenir de la serveuse ou du patron un repas gratuit en échange de gants de cuisine crochetés par Eunice ou de torchons à l'ourlet approximatif. C'était toujours Eunice qui devait baratiner la serveuse. Shirl, que les histoires larmoyantes laissaient généralement de glace, devenait rouge comme une tomate et disait à Eunice de la boucler, de s'asseoir avec sa mère et de commander ce qu'elles voulaient sur le menu. « Peau de vache, lâchait Shirl lorsqu'elles avaient le dos tourné. Si encore les Hayden étaient dans le besoin... Tu parles d'une mère ! » Si Joey se trouvait attablé au comptoir, la remarque lui était destinée. « Tu connais pas ton bonheur, mon fils. »

« Les enfants, faut les dresser », disait toujours Molly. Et si on ajoutait à ça que Eunice était moche comme un pou et nantie de hanches de jument, comment s'étonner qu'elle finisse par faire des bêtises... ? Est-ce que Sam, avait questionné Maud, s'imaginait un instant Eunice se rebiffant, faisant un geste obscène à l'adresse de Wade ou Molly Hayden, les envoyant se faire voir ? Wade Hayden qui avait une vague ressemblance avec Abraham Lincoln — dégingandé, cheveux foncés, mâchoire tout en longueur, yeux noirs et tristes. Voyant sa mère tellement décidée à récolter de l'argent pour les bonnes œuvres, Eunice avait peut-être trouvé une meilleure façon de se le procurer. Et plutôt que de faire du porte-à-porte dans le froid, elle avait décidé de s'allonger dans le foin douillet au léger fumet de renfermé.

Sam DeGheyn se faisait du mouron pour Maud Chadwick. Ce n'était pas de gaieté de cœur qu'il l'avait laissée seule, surtout après le départ de son fils, sachant quel cas elle faisait de ce gamin. Sam n'avait jamais vu de mère aussi toquée de son enfant et persuadée dans le même temps qu'elle n'avait pas été à la hauteur.

En approchant du cottage de Bunny Caruso, Sam quitta la route pour voir ce qui se passait et laissa le moteur tourner au ralenti tout en pensant à Murray Chadwick. Il n'aimait pas son prénom aussi l'appelait-on Chad. Chad était l'un des gamins les plus chouettes que Sam eût jamais rencontrés, et pourtant il en avait rencontré des tas, et dans des circonstances qui n'étaient pas forcément idéales. Ce qu'il n'arrivait pas à comprendre, c'était pourquoi Maud se figurait que ce n'était pas d'elle que son fils tenait ses qualités.

Pas même son physique. Alors qu'il lui ressemblait comme deux gouttes d'eau. En plus lumineux.

Sam se mit à évoquer la fois où il avait fait la connaissance de Maud Chadwick et sourit à ce souvenir. Elle venait de débarquer en ville et était entrée dans le bureau du shérif, dansant d'un pied sur l'autre, pour finir par murmurer qu'elle ne savait que faire de l'enveloppe et de la contravention pour stationnement illicite. Le parcmètre s'étant trouvé vide, quelqu'un (elle avait soudain rougi, se rendant compte que le type en uniforme à qui elle parlait était peut-être le quelqu'un en question) avait glissé cette enveloppe sous l'essuie-glace et elle ne savait pas où déposer l'enveloppe dans laquelle elle avait mis les cinquante *cents* d'amende.

Pas méchamment d'ailleurs, il avait eu envie de rire de son ton désespéré, du fossé qu'il y avait entre la requête banale qu'elle formulait et le mal qu'elle avait à la formuler. Sam s'était contenté de rester assis à mastiquer son chewing-gum, les bras bien au chaud sous les aisselles, se disant que la nouvelle venue était drôlement gironde et qu'elle n'avait pas l'air de s'en douter. Peut-être était-ce sa timidité, comparée à la facilité d'élocution de Chad (laquelle frisait parfois la désinvolture aux yeux de Sam), qui incitait Maud à penser qu'ils n'avaient pas grand-chose en commun.

Du cottage de Bunny Caruso s'échappa soudain un bruit affreux : ç'aurait pu être du verre brisé comme une douzaine d'autres choses. Sam avait l'habitude d'entendre du tapage chez Bunny Caruso.

D'où, se demandait Sam, Maud se figurait-elle que Chad tenait ses qualités ? Pas de son père, tout de même. Parfois elle contemplait le ciel saupoudré d'étoiles comme si les qualités de Chad lui étaient tombées des cieux.

Tout en passant devant les vitres bleutées des fenêtres derrière lesquelles les téléviseurs luisaient, il s'était demandé s'il ne vaudrait pas mieux pour Maud qu'elle ait un poste de télévision ; ça l'inciterait peut-être à rester chez elle le soir. Quelle idée grotesque. Comment imaginer cette femme, qui s'efforçait de comprendre pourquoi il existait à Key West une forme d'ordre qui faisait défaut à La Porte, regardant « La roue de la fortune » ! Si jamais l'expression à deviner se trouvait être : « Ramon Fernandez, dites-moi si vous savez... », est-ce que Vanna White se mettrait à sauter comme une dingue ? Il se dit qu'il ne devrait pas asticoter Maud comme il venait de le faire parce que ça la mettait en rogne ; mais c'était en partie pour cela qu'il le faisait. La colère l'arrachait à ses idées noires.

Florence, la femme de Sam, la trouvait « inquiétante ».

— Les Dubois sont passés près d'elle à côté du ponton à plusieurs reprises. Tu sais, dans le gros chris-craft qu'ils ont acheté l'an dernier...

Quand Dubois en parlait, on aurait cru qu'il s'agissait d'un putain de *yacht*.

— ... elle était là, assise dans un fauteuil. Un *rocking-chair*, avec une *lampe*.

Florence s'était détournée du micro-ondes — elle passait tout au micro-ondes — et avait poursuivi :

— En pleine nuit, tu te rends compte ? Avec une lampe qu'elle a réussi à trimballer jusque là-bas. Comment elle a réussi à l'allumer, ça, je me le demande !

Sam, qui était censé répondre, continua de lire le *Lancet* sans souffler mot, aussi se retourna-t-elle vers le four, qu'elle avait coutume de regarder longuement comme d'autres regardent tourner leur linge dans la machine ou fixent l'écran de la télé. Par la porte de la cuisine, Sam apercevait leur propre téléviseur sur l'écran duquel tremblotaient des visages dont les bouches articulaient des mots en silence. Le son était souvent coupé.

— Si c'est pas *à vous donner des frissons dans le dos*, je veux bien être pendue !

Tournée vers lui de nouveau, elle se mit à pianoter des doigts sur ses hanches. Florence n'était pas du genre patient. Elle avait horreur de passer au micro-ondes des trucs qui l'obligeaient à appuyer sur les boutons des minutes. Elle ne touchait qu'aux boutons des secondes. Elle fixait la paroi de verre noir qu'elle ne pouvait pas voir en peinture. Florence essayait de provoquer une réaction chez lui ; elle savait qu'il aimait bien Maud Chadwick.

— Bizarre, les Dubois la trouvent bizarre. D'après Bubby, c'est un « drôle de numéro ».

— Bubby est un connaisseur, laissa tomber Sam, consultant la rubrique des petites annonces.

Certains des estivants de La Porte avaient des centaines d'amis et de parents. Ne pouvant lancer des invitations individuelles, ils faisaient passer une annonce dans le journal local lorsqu'ils organisaient une réception.

— Qu'est-ce que ça veut dire, *ça*, Samuel ?

Florence se figurait agacer prodigieusement son mari en l'appelant Samuel. Il ne lui avait jamais dit que Samuel n'était pas son vrai prénom. Ses parents étaient des gens simples. Au lieu de répondre, il jeta un œil par-dessus le bord de son journal et dit :

— Les toasts sont là-dedans ? Tu as remis les toasts au micro-ondes ?

— Je *répète* : qu'est-ce que ça veut dire ?

— Qu'on peut pas passer les toasts au micro-ondes, voilà ce que ça veut dire.

Sam avala une gorgée de café qu'il trouva boueux. Elle le faisait au micro-ondes.

— Tes saletés de toasts, j'en ai rien à foutre ! brailla Florence dont le répertoire était limité dans le domaine des grossièretés. Je ne te parle pas des toasts. Mais de ta remarque à propos de Bubby Dubois. Qu'est-ce que tu as voulu dire avec ton « Bubby est un connaisseur » ? En matière de drôles de numéros, je veux dire.

Florence savait pertinemment où il avait voulu en venir sinon la réflexion de Sam aurait eu tôt fait de lui sortir de l'esprit. Il regretta d'avoir abordé le sujet. Évitant de s'en prendre directement au père, il se borna à faire une remarque concernant la conduite des deux fils Dubois.

— Darryl et Rick vont finir en cabane un de ces jours, crois-moi. Je les ai surpris en train de vendre du crack à la sortie de l'école primaire. Et Donny les a pincés alors qu'ils s'apprêtaient à passer la petite Childess à la casserole...

La sonnerie du micro-ondes crépita et elle ouvrit rudement la porte du four.

— Bah ! Une rumeur malveillante, c'est tout !

Sam poussa un soupir. Inutile de se disputer à propos du père, Bubby Dubois. Bubby... Quel genre d'homme fallait-il qu'il fût pour continuer de se faire appeler par son petit nom ? Ce qu'il y avait, c'est que Florence couchait avec lui, et elle braquait maintenant sur Sam ses yeux d'un noir liquide d'olives grecques, craignant qu'il ne fût au courant. *Sachant* peut-être que Sam était au courant. Tout La Porte était probablement au courant.

Il fit semblant de ne pas s'apercevoir qu'elle était

plantée là, lui tendant son assiette pleine d'œufs, de bacon et de toasts, tandis que ses gros seins familiers et toujours attirants palpitaient. De colère ou de peur, il eût été bien incapable de le dire.

Il ne pouvait pas la regarder car il ne l'aimait plus, se moquait de savoir si elle avait un amant ou non. Et d'une certaine façon cela faisait de lui le coupable. Il plaignait presque Florence de n'avoir pas réussi à dégotter mieux que Bubby Dubois. A la manière d'un père qui se désolerait de voir sa fille se jeter au cou d'un paumé, d'un guitariste minable jouant dans un groupe merdique.

Tête obstinément baissée, il lui prit l'assiette des mains, sentant ses yeux s'embuer. Ses yeux le picotaient toujours lorsqu'il pensait aux enfants qu'il aurait tant aimé avoir. Rien qu'un, rien qu'un.

Aussi plaignait-il Florence parce qu'elle couchait avec Bubby Dubois, qui tenait un commerce prospère de voitures d'occasion à la sortie d'Hebrides, avait un visage buriné couleur de pâte brûlée à force de recevoir le soleil que lui renvoyaient impitoyablement les capots. Quand ce n'était pas l'eau. Il avait des cheveux comme de la meringue, un petit nuage blanc avec des touches de brun. Dans son complet couleur pêche, il avait l'air comestible.

— T'avais vraiment besoin de passer cette saleté de pain au micro-ondes, Florence?

Contemplant l'assiette, elle ajouta :

— *Et* les œufs. *Et* le bacon.

D'un ton accusateur. Comme si le fait qu'il ait demandé du bacon et des œufs avec ses toasts constituait une manœuvre hautement stratégique que même les Japonais eussent été incapables de concevoir et que le Sanyo avait miraculeusement réussi à exécuter. Le pain était mou. De la serpillière.

— C'est pas parce que tu as un faible pour cette fêlée de Mrs. Chadwick que tu dois inverser les rôles.

Lueur de triomphe dans les yeux, elle s'enfourna dans la bouche une molle lamelle de bacon aussi gris que du chewing-gum. Son visage avait un aspect brillant, légèrement gras, que Sam avait jadis trouvé sexy — un je ne sais quoi de liquide émanait de la chevelure noire lustrée, des yeux couleur d'olive. Florence était une belle femme.

Voyant qu'il se contentait de boire son jus d'orange (seul rescapé du Sanyo) sans répliquer, Florence fit une deuxième tentative :

— Ou pour Bunny Caruso, peut-être ?

Il se leva et prit sa veste d'uniforme, la regardant, secouant la tête. Ce qu'il y avait dans sa voix et dans ses yeux, c'était de la peur.

Il savait qu'elle avait une trouille bleue qu'il la plaque et la plante là, avec son Sanyo et son Dubois, et la crainte que cela se produise la poussait à le titiller, à essayer de voir jusqu'où elle pouvait aller.

Sam sourit, dit qu'il devait y aller, lui posa un baiser sur la joue et vit les larmes emplir ses yeux.

Toutes les femmes qu'il connaissait semblaient avoir derrière leurs prunelles des petites vasques prêtes à déborder.

Pas seulement les femmes, d'ailleurs, songea-t-il en se rappelant sa réaction deux minutes plus tôt. Tout le monde.

Il alluma une cigarette, coupa le contact et regarda la lumière bouger dans le cottage de Bunny Caruso, tavelant les rideaux miteux. S'il s'était donné la peine de remonter le sentier boueux plein de flaques qui ne séchaient jamais pour « aller aux nouvelles » — « *M'a*

semblé entendre comme un bruit de verre brisé, Bunny» —,
il serait tombé nez à nez avec Bunny Caruso, plantée
sur le pas de sa porte comme un poireau, filiforme
dans l'ample robe longue qu'elle enfilait par la tête en
une seconde — montre en main — et qui lui aurait
expliqué (avec de grands yeux innocents) qu'Hubert
avait encore « fait des siennes ».

Hubert n'était ni le mari ni l'amant qui aurait pu
battre Bunny comme plâtre à l'occasion. Au dire de
Bunny, Hubert était son « assistant ». Hubert faisait
partie du business de Bunny, au même titre que la
boule de cristal dans son nid de velours noir et la
bougie vacillante qu'elle utilisait au cours de ses
« séances ». Il lui fallait tamiser les lumières sinon
Hubert ne se serait pas manifesté, ne serait pas venu
apporter aux vivants les messages des morts. La
lumière tamisée. Et les miroirs. Sam n'avait jamais vu
autant de glaces nulle part. Le plafond et deux des
murs en étaient couverts. Il pensait que c'étaient ces
accessoires qui poussaient les clients de Bunny à
patauger dans la boue pour jeter un œil à leur avenir
(ou à leur passé), car ce ne pouvait pas être Bunny
Caruso. Elle avait autant de sex-appeal que la vieille
pompe qui rouillait devant le palais de justice. Maigres
et noueuses, ses jambes émergeaient de son short rose
— l'été — tels des fuseaux. Lorsqu'elle portait son
bustier sans bretelles, elle passait son temps à le
remonter car elle avait des seins de petite fille, insignifiants, dont les bouts (elle s'arrangeait pour qu'on les
voie) évoquaient la pointe d'un crayon.

Sam, assis au volant, fumait en se demandant qui
était en « consultation » chez elle en ce moment. Le
maire, sûrement. Il faisait partie des habitués, consultant Hubert à propos des prochaines élections, lui
demandant quoi faire au sujet des nids-de-poule de

93

Tremont Street. Mais d'après Bunny, c'était surtout au sujet du *passé* que les gens venaient la voir : pour entrer en contact avec leurs chers défunts ; entendre la voix grave et grumeleuse d'Hubert parler par la bouche de Bunny. « Parler à leurs chers disparus, Sammy », lui avait-elle dit, les yeux pailletés de larmes, fronçant son petit nez de fouine. « Rends-toi compte, mon petit Sammy ! »

Le petit Sammy se rendait très bien compte que les miroirs ne chômaient pas et que les bruits sourds ou sonores qui s'échappaient du cottage indiquaient indubitablement que ceux qui s'aimaient réussissaient toujours à se rejoindre.

Selon Bunny, les miroirs avaient été posés sur les instances — ou plutôt à la demande expresse — d'Hubert, qui avait été prince de Liechtenstein dans une vie antérieure et aimait se contempler revêtu de ses plus beaux atours sous tous les angles.

Appuyé contre le chambranle de la porte, lors d'une de ses rares « visites de routine », Sam avait mastiqué lentement son chewing-gum, savourant plus encore que l'histoire des miroirs la vue de la petite langue rose de Bunny s'esquintant à prononcer le mot « Liechtenstein ». Il serait bien entré s'il n'avait craint que le client de Bunny ne fût incapable de se remettre en ordre aussi rapidement qu'elle. En outre, Sam n'avait pas envie de se voir reflété à l'infini dans la galerie des glaces de la maison Caruso.

Non que Bunny ne l'*invitât* pas. Lorsqu'elle passait au commissariat, elle parlait à Sam de son aura, croisait les bras et, les mains serrant ses coudes osseux, frissonnait « avec délices » (pour utiliser son expression) en songeant à tout ce qui échappait à Sam. Et qu'elle percevait, elle, grâce à son don de double vue, à son sixième sens. Et à Hubert.

Certaines de ces visites étaient tout sauf spontanées, même s'ils faisaient comme si de rien n'était tous les deux. Sam veillait discrètement sur la santé de Bunny : il lui avait suggéré de lui apporter un certificat médical tous les deux mois environ. Requête tout amicale, naturellement. Il était inquiet pour ses nerfs, disait-il, il craignait que ses tête-à-tête avec Hubert ne l'épuisent, car d'après ce qu'il avait vu au cinéma les médiums ne rigolaient pas tous les jours. Certains *tombaient raides* à se dépenser comme ça. Si elle n'avait pas envie de consulter le médecin local, libre à elle d'aller en trouver un autre. Celui de Hebrides, peut-être.

Sam en avait même rajouté concernant le métier exténuant de Bunny, lui parlant d'un auteur célèbre (Maud lui en avait assez rebattu les oreilles) nommé Georges Simenon, qui passait toujours un examen médical complet avant d'aller se terrer dans un hôtel quelconque pour y écrire son prochain roman.

Bunny avait été fascinée par cette anecdote. Les yeux comme des soucoupes, elle avait demandé :

— Il en a écrit combien, des livres, ce Georges ?

Sam s'efforça de se souvenir de ce que Maud lui avait dit. Se laissant aller contre le dossier de sa chaise, hochant gravement la tête, il avait répondu :

— Deux cents environ.

— Nom de *Dieu*...

Bunny avait plaqué ses mains sur ses minuscules tétons — pas par provocation, simplement parce que c'était un geste qui lui était habituel — et ajouté :

— Sammy, tu crois que je pourrais ?

Sam fronça les sourcils, remonta ses lunettes noires sur l'arête de son nez. Il les mettait toujours, même au bureau, lorsqu'il voyait Bunny se diriger vers le commissariat ; sinon elle aurait vu le rire dans ses yeux.

— Passer un check-up complet ? Inutile. Un examen de sang devrait suffire.

Elle agita les mains comme une femme qui fait sécher son vernis à ongles.

— Non. Écrire un livre. Tu crois que je pourrais écrire un livre comme ton Georges ?

Il s'empressa de se fourrer une tablette de chewing-gum dans la bouche pour refouler l'hilarité qu'il sentait près d'éclater. Bunny n'était même pas sûre de l'orthographe de son prénom : tantôt elle l'écrivait avec un *y*, tantôt avec *ie*. Elle avait seulement deux ans de moins que Sam et il se souvenait encore du temps où ils avaient été ensemble au lycée de La Porte et où les gens se moquaient de Bunny parce qu'elle n'était même pas capable d'écrire son nom.

— Bunny, avait-il dit en ouvrant et refermant des tiroirs, pourquoi que t'essaies pas ? Le principal, c'est qu'on surveille tes nerfs, d'accord ?

Entre eux ils n'avaient jamais fait allusion au fait que les bilans sanguins n'étaient d'aucune utilité pour mesurer la fragilité du système nerveux d'un individu. Il n'y avait jamais eu un seul cas de sida dans le comté et Sam ne pensait pas qu'il y eût des hommes contaminés par le virus à La Porte, mais Dieu seul savait quels hurluberlus Hubert était capable de ramener de mondes où les examens de sang n'avaient pas cours, et Sam n'avait foutre pas envie de courir de risques.

Bunny n'était peut-être pas fichue d'écrire son nom mais elle n'était pas complètement tarée ; elle se rendait bien compte que Sam savait que son corps était autre chose qu'un simple canal à travers lequel Hubert, prince de Liechtenstein, s'exprimait avec la voix des défunts. Aussi savait-elle que Sam refuserait toujours d'entrer en contact avec ses chers disparus par son intermédiaire comme elle le lui proposait régulièrement. Les visites rituelles au commissariat de police avaient pour Bunny une valeur thérapeutique qui n'était pas sans rappeler la confession — Sam étant le prêtre et elle la pénitente anonyme, s'abritant derrière Hubert et la boule de cristal. Prêtre et pénitente savaient exactement qui était qui (n'en allait-il pas de même à l'église ?) mais le simulacre auquel ils se livraient évitait à Bunny de s'entendre dire ses quatre vérités par Sam et surtout la dispensait, elle, de regarder la réalité en face.

Tous deux jouaient consciencieusement la comédie. Le certificat médical qu'elle déposait sur son bureau dans sa petite enveloppe brune aurait aussi bien pu contenir les cinquante *cents* correspondant à une contravention pour stationnement interdit.

Quant à ce que les autres racontaient, Sam s'en moquait. Tout en tapant le carton, Mabel Sims et ses copines de bridge devaient sûrement s'en donner à cœur joie pour évoquer les événements qui se déroulaient dans le cabanon de Swain's Point. Si Mabel (et Helen Haines) avaient su *en compagnie de qui* Bunny se démenait ainsi, il est probable qu'elles auraient changé de disque. En attendant, la femme du maire comme celle de Dodge Haines épiaient de leurs yeux couleur de petite monnaie les moindres pas de Bunny avant d'entrer chez *Cooper* boire un soda dont elles écrasaient la paille entre leurs doigts, jacassant et s'observant l'une l'autre dans la grande glace qui courait derrière le comptoir. Mabel Sims et sa clique, lorsqu'elles parlaient de Bunny, disaient que c'était une « fille de mauvaise vie ».

Sam ne put s'empêcher de sourire dans le noir, assis derrière son volant, tout en écrasant sa troisième cigarette dans un cendrier qui refusait de se fermer ; il avait vraiment envie de rigoler en pensant à ceux des habitants de La Porte qui se croyaient encore dans les années cinquante, regardant des rediffusions de « Fais confiance à ton père », tout étonnés d'apprendre que Liberace était mort depuis longtemps.

Aux yeux de Sam, Bunny Caruso était nettement moins nuisible à la communauté que le *Red Barn*, où — d'après son assistant Donny — les sucriers en verre ne contenaient peut-être pas que du sucre en poudre et où ils feraient peut-être bien de se pointer, munis d'un mandat de perquisition. Ils avaient choppé Darryl Dubois à deux reprises pour détention de crack et de poudre d'ange mais Darryl avait réussi à se débarrasser de la came entre le bar et la porte du *Red Barn*.

Passant les doigts dans le nuage meringué qui lui tenait lieu de chevelure, Bubby Dubois avait déclaré que Sam DeGheyn voulait à toute force le coincer, avec dans le regard une lueur qui disait : « On sait pourquoi, pas vrai ? »

Bunny, certificat médical à l'appui, vendait du rêve, pas de la cocaïne ni du crack.

Et Dieu seul savait, songeait Sam, qu'on avait besoin de rêve pour supporter cette vie.

« Fille de mauvaise vie. »

Helen Haines s'était servie des mêmes mots en parlant d'Eunice Hayden.

C'était ça — et non l'envie de savoir qui de Dodge Haines, de Winfield Sims ou des autres fines braguettes de La Porte se trouvait à l'intérieur — qui avait poussé Sam à passer quinze minutes dans le noir non loin du cabanon de Bunny.

Dix mois avant le meurtre de Nancy Alonzo, on avait retrouvé le corps d'une nommée Loreen Butts dans les bois derrière l'*Oasis Bar and Grill* à la sortie d'Hebrides. On l'avait découverte dépouillée de son panty, les vêtements arrachés, la gorge et l'estomac lardés de coups de couteau. Et neuf mois avant ça, Antoinette Perry avait été tuée de la même façon et presque au même endroit. La seule différence concernant le meurtre de Tony Perry, c'est que son corps avait été retrouvé dans une partie du bois qui ne permettait pas de dire avec exactitude du ressort de qui dépendait l'enquête. L'*Oasis Bar and Grill* était en effet sur la ligne de démarcation des deux comtés. Sedgewick avait demandé à s'occuper du meurtre, non sans une certaine véhémence. Mais il avait été forcé de collaborer avec Sam, lequel restait persuadé que Sedgewick ne lui avait pas communiqué la totalité des indices qu'il avait relevés.

Boy Chalmers avait été le suspect numéro un dans l'assassinat de Loreen Butts. C'était un beau jeune homme qui s'était trouvé à l'*Oasis* avec Loreen plusieurs heures avant qu'elle fût tuée. Selon certains clients, il s'était disputé avec elle à l'intérieur puis sur le parking. Il n'avait pas d'alibi pour les quelques heures qu'il prétendait avoir passées à son domicile, où il s'était rendu au sortir du bar. Les enquêteurs avaient considéré qu'il avait un mobile, la dispute avec Loreen ayant été particulièrement bruyante ; et il avait eu l'occasion d'agir, également, compte tenu de son incapacité à prouver qu'il avait quitté les abords de l'*Oasis*. Mais Sam était d'avis qu'il avait été condamné sur la foi de présomptions des plus fragiles.

Et, évidemment, lorsque Boy Chalmers avait été mis en taule pour le meurtre de Loreen Butts, on avait reparlé abondamment de l'affaire Antoinette Perry. Boy avait nié farouchement *connaître* Tony Perry, ce qui avait peut-être constitué une erreur tactique de sa part dans la mesure où toute la gent masculine d'Hebrides la connaissait. Cependant, il n'y avait aucune preuve tendant à montrer qu'il connût la nommée Perry ; personne ne l'avait jamais surpris en compagnie de la jeune femme — et encore moins dans des circonstances compromettantes. Toutefois, comme la méthode utilisée par le meurtrier était la même dans les deux cas, ce n'était pas le manque de preuves qui allait empêcher les enquêteurs de lui coller ce deuxième meurtre sur le dos.

Les mœurs de Tony Perry étaient bien connues de tous. Elle-même n'en avait d'ailleurs jamais fait mystère. De son propre aveu, Tony Perry était « sortie » avec un nombre impressionnant de messieurs dans un rayon de trente kilomètres qui comprenait à la fois Hebrides et La Porte. C'était une très, très belle femme. Lorsque Sam l'avait vue, allongée dans le salon funéraire de Francis Silber, il avait pensé à sa propre femme, Florence. Même morte, Tony Perry exsudait de la chaleur. A croire que son corps, au lieu de se décomposer, exhalait des effluves sexuels que la mort ne parvenait pas à atténuer.

Tony Perry avait laissé derrière elle deux enfants en bas âge, qui avaient été confiés à un orphelinat où leur existence se poursuivrait vraisemblablement sans changement notable car leur mère s'était fort peu souciée d'eux de son vivant. Ils n'avaient pas de père — en tout cas aucun homme ne s'était reconnu comme tel.

Loreen Butts avait habité dans un mobile home avec son petit garçon, Raymond, et son mari, routier, qui était souvent absent. Loreen n'était pas une petite sainte, elle non plus. On la soupçonnait d'avoir accordé ses faveurs à plus d'un, que ce soit à Hebrides ou aux environs. Ce n'était pas le comté de Sam et pas son affaire. Les enquêteurs l'avaient cependant laissé s'entretenir avec Boy Chalmers et Sam avait eu l'impression que le petit — vingt-deux, vingt-trois ans — disait la vérité. Cette impression reposait en partie sur le fait que, malgré la stature, la musculature, la corpulence et le physique de beau blond du petit Chalmers (d'où son surnom, Boy, la mère du gamin ayant adoré William Holden dans *l'Esclave aux mains d'or*), il avait eu le sentiment que le gosse était homo. Et qu'il refusait farouchement d'en convenir. Tout le temps que Sam était resté avec lui dans la salle d'interrogatoire, le jeune homme lui avait parlé de sa mère. Maman. M'man était une femme formidable. Alexis Beauchamp Chalmers — tel était son nom — était originaire du Sud, de Charleston exactement ; il fallait absolument que Sam fasse sa connaissance un de ces jours car elle était superbe.

S'il y avait quelqu'un que Boy Chalmers devait avoir envie de tuer dans ce bas monde, avait songé Sam, c'était M'man.

Boy et Loreen. Eh bien, ils s'étaient disputés à l'*Oasis* et le gamin avait fichu le camp. Ouais, il savait que l'engueulade n'était pas passée inaperçue. Il était sorti du bar à dix heures environ et Loreen, râlant comme un pou, l'avait suivi dehors.

— Bon sang, elle était folle furieuse. Parce que Loreen, c'est pas le genre de fille qu'on plante là. En tout cas, c'est ce qu'elle s'imagine. M'enfin quoi, merde, pourquoi qu'elle se met à flirter avec ce branleur du bar ? Qu'est-ce qu'y fallait que je fasse, moi ? Que j'écrase le coup ? Vous connaissez pas Loreen.

Selon le shérif, Loreen avait traîné à l'*Oasis* pratiquement jusqu'à l'heure de la fermeture. Soit une heure du matin, ce soir-là. Pourquoi — se demanda Sam — le petit Chalmers serait-il resté trois heures dans les parages à attendre qu'elle quitte l'établissement alors que son engueulade avec la jeune femme (au dire des témoins) n'était que pure routine, même si elle avait été particulièrement bruyante ? La dispute avait consisté essentiellement en un échange de pittoresques noms d'oiseaux et s'était terminée par la sortie — accompagnée d'un retentissant claquement de porte — du jeune Chalmers, rouge comme un coq, que Loreen Butts avait rejoint dare-dare dans le parking. Pourquoi, s'interrogeait Sam, Boy serait-il revenu sur ses pas et aurait-il poireauté trois heures dans le coin ? S'il avait l'intention de régler son compte à la jeune femme, pourquoi ne l'avait-il pas fait dans le feu de l'action ? Quant au « branleur du bar » qui avait fait du gringue à sa copine, ce n'était pas à franchement parler un mobile valable pour un meurtre. A moins que la Loreen n'ait été coutumière du fait et n'ait été en compagnie de son malheureux mari. Peut-être que pour un mari il y avait de quoi se ronger les sangs, faire un tour dans les bois, remâcher son infortune, se foutre en pétard et revenir avec un couteau. Mais Boy n'était pas le mari de Loreen. Ce n'était qu'un copain avec qui elle avait éclusé quelques verres dans un bar. Non, ça ne tenait pas debout.

Sam s'intéressait plus à la question de savoir si le mari avait un alibi qu'à l'absence d'alibi de Boy. Carl Butts s'était trouvé à près de cent cinquante kilomètres de là avec son semi-remorque, se reposant dans un routier non loin de Meridian. Personne, avait suggéré Sam, n'était resté debout toute la nuit pour s'assurer que Butts dormait comme un bébé pendant que sa femme, Loreen, était violée et lardée de coups de couteau à la sortie d'Hebrides. Vous nous prenez pour des débiles ? avait rétorqué le shérif du comté d'Elton. Vous croyez qu'on s'est pas rendu compte qu'il était étrangement près du domicile de la victime ? Vous vous figurez qu'on n'a pas vérifié le kilométrage ? Vous pensez peut-être qu'on... ?

Les maris, Sam était tombé d'accord sur ce point avec ses collègues, ne se donnent généralement pas la peine de violer leur femme avant de la tuer, même si cela se produisait à l'occasion. Il ne fallait s'étonner de rien, n'est-ce pas ? Il en resta donc là au lieu de continuer : bon Dieu, n'importe quel routier est capable de trafiquer son compteur ; les routiers ont toujours des chiées de copains ici et là et Butts aurait certainement pu dénicher assez de témoins pour remplir l'arrière de son semi-remorque.

Sam préféra garder ces remarques pour lui parce qu'il n'y croyait pas vraiment. Ça sentait trop le fabriqué ; une histoire qu'il aurait montée lui-même de toutes pièces parce qu'il avait l'impression que le petit Chalmers avait été expédié vite fait bien fait en prison. Sam ne s'était pas gêné pour dire à Sims et au procureur de l'État, Billie Anderson, que c'était une honte. Il était convaincu que personne ne s'était réellement décarcassé pour retrouver l'arme du crime (on n'avait pas remis la main dessus, mais le médecin légiste pensait que la lame était celle d'un vulgaire couteau de cuisine). Sam considérait que le FBI aurait dû être mis sur le coup. Le meurtre avait été commis dans un endroit qui était à cheval sur deux comtés, et aucun des deux n'avait l'expérience du FBI en matière de police scientifique.

Le simple fait d'entendre Sam dire qu'il serait préférable de lui retirer l'affaire des mains avait rendu Billie Anderson dingue. Or Billie, lorsqu'elle était calme, n'était déjà pas quelqu'un avec qui il faisait bon travailler. Elle était pire que Sims parce qu'elle était astucieuse et retorse.

Mais le meurtre d'Eunice Hayden, pas question de

mettre celui-là sur le dos de Boy, parce que Boy avait un alibi : il s'était trouvé dans son magasin de cycles en compagnie de quatre gosses dont il réparait les vélos. Boy avait quatre témoins capables de dire où il s'était trouvé tout l'après-midi et une partie de la soirée du jour où Eunice Hayden avait été tuée.

Sedgewick et Billie Anderson avaient trituré cet alibi dans tous les sens ; les quatre mouflets avaient été interrogés à plusieurs reprises et leur témoignage mis en doute car ils n'avaient après tout que dix ou douze ans. Mais ils n'en avaient pas démordu : l'un des gamins devait entrer à l'hôpital le lendemain du fameux jour, et Boy avait effectué les réparations gratuitement. Boy Chalmers avait la cote avec les enfants. Détail que Sam trouvait révélateur.

Si le dixième des efforts déployés pour déstabiliser les jeunes témoins et démolir l'alibi de Boy avait été consacré à vérifier sérieusement celui de Carl Butts, Sam se disait qu'ils seraient peut-être parvenus à un résultat. Les maris cocus étaient des suspects plausibles. La police de Meridian avait certes enquêté au routier où Butts avait fait halte, mais mollement ; après tout, le *Highway in the Skyway* était leur cantine favorite et ils n'allaient pas bousculer bêtement des copains.

Sedgewick n'était pas content du tout que Sam fourre son nez dans l'affaire Butts : Sam n'était pas chargé de l'enquête. Il était désolé que Boy Chalmers ait tapé dans l'œil de Sam DeGheyn (Sam s'était contenté de mastiquer son chewing-gum en entendant ça) mais il lui conseillait de se tirer en vitesse du comté d'Elton. Si l'affaire Tony Perry le concernait en partie, l'affaire Loreen Butts était en revanche du seul ressort du comté d'Elton. Sedgewick avait dit ça comme s'ils avaient été deux lycéens se chamaillant pour savoir qui emmènerait qui à la boum de fin d'année du lycée.

Sam avait donc attendu plus de trois mois avant de reprendre contact avec le shérif du comté d'Elton, dans l'espoir que Sedgewick se serait calmé entre-temps.

Sam s'était arrêté chez le shérif à Hebrides afin d'inviter Sedgewick à déjeuner au *Stoplight*, petit restau sympa situé à un carrefour de l'autre côté d'Hebrides, qui, Sam ne l'ignorait pas, plaisait à Sedgewick. Ce dernier avait un faible pour une serveuse qu'on appelait Tater.

Sam avait délibérément laissé son uniforme au vestiaire et revêtu pour la circonstance jeans, veste de chasse, chemise de bûcheron à carreaux et casquette à visière. Il détestait la chasse mais Sedgewick adorait ça. Sedgewick s'y entendait infiniment mieux à traquer les daims qu'à poursuivre les criminels ; il avait davantage de patience pour ce genre de sport et plus de respect pour l'intelligence des animaux. Les hommes, disait-il souvent à Sam, n'avaient rien de neuf à lui apprendre. C'était un chasseur de premier ordre mais un flic négligent. Dieu merci, il ne s'était pas méfié en entendant Sam lui demander, mine de rien, s'il pouvait aller tailler une bavette avec Carl Butts.

La requête avait été habilement formulée alors que les deux hommes éclusaient leur troisième chope de Coors et que Sedgewick était très occupé à reluquer la croupe frétillante de sa serveuse aux cheveux teints au henné. Sam voulait juste se faire une idée de la personnalité de Loreen Butts. Question de curiosité, rien d'officiel. Sedgewick lui rétorqua sèchement qu'il savait bien que sa demande n'avait rien d'officiel, qu'il pourrait peut-être s'entretenir avec Carl Butts, à condition de ne pas harceler le pauvre type. Boy Chalmers était dans la prison du comté et tout portait à croire qu'il allait bientôt être transféré dans la prison d'État, l'appel ayant été rejeté. La discussion sur les deux meurtres avait été détendue, le shérif s'occupant tantôt de sa bière et tantôt de Tater. Il tendait la main vers sa cuisse, grognait, prenait l'air concupiscent lorsqu'elle passait près d'eux en pouffant de rire. Sedgewick était un vrai libidineux ; au point que Sam se demandait s'il n'y avait pas un rapport entre les bruits qui couraient sur lui et Tony Perry, et la véhémence avec laquelle il avait demandé à ce que ce premier meurtre lui soit confié.

Pour l'instant, le shérif — qui était décidément dans de bonnes dispositions — poussa l'obligeance jusqu'à préciser à Sam que Butts devait être chez lui car il l'avait croisé en ville dans la matinée. Il conduisait son camion quatre jours d'affilée et se reposait trois jours de suite après ça.

— Mais promettez-moi de ne pas harceler ce type. Pour ce qui est des emmerdes et du chagrin, il a eu sa dose.

En fait de dose, Carl Butts avait acheté trois caisses de Bud et une bouteille de Jack Daniel's.

Sam frappa à la porte du mobile home, qui était toujours munie de sa moustiquaire. Cet automne-là, Sam s'en souvenait bien, avait été particulièrement glacial, l'air imprégné de l'odeur des feuilles que quelqu'un faisait brûler — alors que c'était interdit — de l'autre côté de la rivière qui s'étrécissait entre les hautes rives en traversant le terrain de camping comme pour essayer de se frayer un passage à travers les détritus : boîtes de conserve rouillées, papiers, bouteilles vides en plastique ayant contenu des détergents. Le shérif avait sommé le propriétaire du terrain,

Nicholas L'Amour, à plusieurs reprises et très officiellement, d'améliorer les conditions d'hygiène de son établissement. Mais le *Paradis des caravanes* (avec son enseigne beigeasse décorée de cœurs dans lesquels étaient indiqués la superficie des emplacements, le prix de location, les services offerts aux clients : terrain de jeux pour les gosses, où aucun môme ne mettait les pieds, sauna installé dans une cabane aux planches disjointes offrant une tranquillité plus que relative) n'avait jamais changé d'apparence. L'argent changeait de mains, mais ce n'était pas pour passer de celles du propriétaire dans celles du préposé à l'entretien.

Bien qu'il fût resté vissé sur sa chaise, Carl Butts semblait être un type de taille moyenne mais de belle carrure : mâchoire carrée, cou de taureau, épaules et torse à l'avenant. Le genre d'homme qui vous faisait penser à un broyeur d'ordures, lourd, dense ; bref, plus impressionnant qu'il n'y paraissait de prime abord.

Sam ne mit pas longtemps à comprendre qu'il ne devait pas être si impressionnant que ça en réalité, compte tenu de la façon dont il était vautré devant sa télé, du boudin de graisse qui débordait par-dessus sa ceinture et de la voix plutôt geignarde qu'il prit pour demander à un compagnon invisible d'aller voir qui était là — alors que la porte était à portée de sa main. Le compagnon invisible, en l'occurrence, se révéla être une femme. C'était d'elle sans doute que Butts tenait son joli minois et sa vivacité. Dotée d'yeux étroits, elle avait une bouche évoquant la fente d'une boîte aux lettres — mince et carrée —, une bouche capable de broyer les mots. Sam se demanda l'espace d'un court instant, tout en indiquant l'objet de sa visite, si Grant Wood n'avait pas fait halte au *Paradis des caravanes* de Nicholas L'Amour tant la mère Butts semblait sortir d'*American Gothic*. Elle finit par se résoudre à le laisser entrer et s'empressa de réintégrer son fauteuil devant la télé, comme si Sam allait le lui faucher.

Butts leva brièvement les yeux du feuilleton qu'ils regardaient, grogna que c'était son jour de repos et reporta les yeux sur l'écran. Aucun de ces deux personnages n'invita Sam à s'asseoir ; ils avaient l'un et l'autre l'air parfaitement hébété, sans doute à cause de l'ineptie des répliques qu'échangeaient deux jeunes internes et de la mine ahurie de deux infirmières (bouches béantes, yeux comme des soucoupes) censées exprimer l'étonnement et ne réussissant qu'à paraître débiles. Les Butts mettaient autant d'ardeur à essayer de comprendre ce qui se passait sur l'écran que s'il s'était agi de l'Idée de l'Ordre au *General Hospital*, énigme intellectuelle que seul un bataillon de professeurs de Harvard pouvait espérer résoudre.

Sam croisa les bras et regarda le film une minute. Il en avait vu des bribes ; c'était le feuilleton préféré de Florence. Il entreprit d'attirer l'attention de ses hôtes, s'adressa à la femme, lui donnant du « Mrs. Butts ». Elle ne lui envoya pas dire qu'il avait mis complètement à côté de la plaque.

— Grizzell, rectifia-t-elle aussitôt. Mon nom est « Griz-*zell* », accent sur la seconde syllabe. Et pas « Grizzel », comme les journalistes passaient leur temps à l'écrire.

Sa voix claquait comme un fouet et ses yeux étaient aussi mauvais que ceux de l'institutrice qu'il avait eue au cours préparatoire, laquelle possédait la sale manie de déambuler derrière les bureaux armée d'une baguette de bouleau.

Au moins, il avait réussi à capter son attention un instant.

— Mrs. Grizzell, désolé. J'ai cru que vous étiez la... une... parente de Mr. Butts.

Il évita de prononcer le mot « mère » au cas où elle se serait révélée n'avoir que dix ans de plus que Carl Butts.

— Les journaux font souvent des erreurs. Mais ils pourraient quand même orthographier correctement le nom des gens, pas vrai ?

Sam lui décocha son sourire le plus éblouissant, se rendant compte qu'il était en présence de la belle-mère de Carl, c'est-à-dire de la mère de Loreen Grizzell Butts.

Elle se détendit quelque peu dans son rocking-chair et hocha la tête.

— C'est bien mon avis. Dites-moi, comment ça se fait que la police nous envoie encore quelqu'un ? Je croyais que les flics avaient coffré Boy Chalmers, le meurtrier de ma petite Loreen.

Elle reporta son attention sur le feuilleton. Une discussion entre une fille à tignasse caramel et une femme qui pleurait comme une Madeleine avait succédé au dialogue mettant aux prises les deux internes.

« C'est reparti pour un tour, songea Sam. Y a que les personnages qui changent. »

— Je suis vraiment désolé pour votre fille, Mrs. Grizzell. Navré de vous déranger dans un moment aussi pénible, madame.

A ces mots, elle fut bien obligée de lever le nez et de prendre l'air peiné, sortant de sa manche un mouchoir bouchonné. Mais ses yeux se repaissaient toujours du feuilleton.

— Carl, donne une chaise à ce monsieur. C'est quoi, votre nom, déjà ? s'enquit-elle tandis que Butts se levait pour approcher une chaise pliante au dossier et au siège de vinyle orange.

La couleur jurait avec le rose des pétunias de la housse recouvrant le fauteuil de Butts. Il grommela vaguement lorsque Sam le remercia.

— DeGheyn, répondit Sam. Sam de mon prénom.

L'œil de Mrs. Grizzell navigua de Sam au plafond couvert de toiles d'araignées et elle répéta, articulant avec soin :

— De-Gin.

— *Guine*, rectifia Sam. Avec un *i* long. Comme « biguine ». Vous vous souvenez peut-être de la chanson.

Méfiante, elle questionna :

— Comment que vous écrivez ça ?

— D-E-G-H-E-Y-N.

Ça lui coupa la chique. Elle arrêta net de se balancer puis recommença avec une énergie frôlant la témérité tout en secouant violemment la tête.

— C'est pas américain, ça. C'est quoi, comme nom ? lâcha-t-elle, les yeux s'étrécissant.

— Hollandais.

Sam sourit, tendit son paquet de cigarettes. Elle refusa d'un signe mais son gendre se servit sans quitter du regard l'écran bleu-vert de la télé. Ils semblaient avoir oublié tous les deux qu'il était policier.

— L'orthographe est bizarre, c'est vrai. Le plus marrant, c'est qu'on doit pas prononcer le *g*, « *Hine* ».

Elle continua de secouer la tête, sidérée par les bizarreries de l'orthographe.

— Hine ? *Hine ?* Jamais entendu un truc pareil ! Un nom qui se prononce même pas comme il est écrit !

Et de re-branler du chef de stupéfaction.

— Vous êtes américain ? fit-elle, ses yeux s'étrécissant de nouveau.

— Né et élevé aux USA. Comme ma mère et mon père. C'est mon arrière-arrière-grand-père qui était hollandais.

Sam ignorait si c'était vrai, les origines de son patronyme s'étant perdues dans les brumes serpentines de la traversée de l'Atlantique. Tout ce qu'il savait, c'est qu'il portait le même nom qu'un peintre hollandais célèbre. Il jugea toutefois préférable de passer ce détail sous silence en apercevant sur le mur des Butts le portrait d'un cerf de douze cors, andouillers dorés se détachant sur fond de velours noir. Mrs. Grizzell parut se satisfaire de ces explications car elle opina avec un claquement de langue. Sam poursuivit :

— Je vais vous dire, c'est assommant d'entendre mon nom prononcé par quelqu'un qui regarde ma plaque sur mon bureau. Je passe mon temps à corriger la prononciation.

« On est logés à la même enseigne, alors », dirent les yeux de Mrs. Grizzell. Ce problème-là, elle le connaissait bien.

— Carl, éteins-moi ce machin. De toute façon, je comprends rien à ce qu'ils racontent, ces crétins.

Butts ne bougea pas, se contentant de marmonner quelque chose à propos des « crétins ». Il appelait sa belle-mère « Ma Griss », à croire qu'il s'agissait d'un parfum français.

Sam avait vu cinq minutes par-ci par-là de ce feuilleton parce que c'était le préféré de Florence. Traversant le séjour, entrant, sortant, il en avait attrapé des bribes au passage. Cigarette pointée sur l'écran, il expliqua :

— Je crois qu'elle est amoureuse de ce toubib. Malheureusement, il est marié. C'est pour ça qu'elle s'arrache les cheveux.

— Pouffiasse, décréta Ma Griss, se balançant, bras croisés, mains sur les coudes.

— C'est pas à cause d'elle que ça chie, dit Butts, remplissant son verre à ras bord. C'est à cause de lui. C't interne, ou je sais pas quoi. Une Bud ?

Il tendit une boîte de bière à Sam, qui fit gentiment oui de la tête. Butts lui lança la boîte.

— C'est rien que des connards, de toute manière.

— Raison de plus pour éteindre. Faut que je parle à Mr...

Avec circonspection, elle ajouta : « DeGheyn » comme si le mot était une tasse en porcelaine d'une délicatesse extrême qui risquait de se fêler sous le poids de ces deux syllabes.

Sam n'avait pas envie qu'ils éteignent la télé, susceptible de lui fournir une entrée en matière. Aussi, inclinant la tête vers les femmes qui jacassaient près du bureau des infirmières, il dit :

— Cette fille ressemble à celle qui joue dans « Dynasty ».

La tête de Ma Griss pivota vers l'écran, ses yeux s'étrécirent, comme si Sam venait d'énoncer une affirmation sujette à caution.

— Laquelle ?

Sam réfléchit un instant :

— Angela... machin, non ?

— C'est pas dans « Dynasty », qu'elle joue, cracha Mrs. Grizzell.

— C'est dans « Falcon Crest », précisa Butts, se grattant consciencieusement le ventre. L'actrice que vous dites, c'est Jane Wyman. Celle-ci lui ressemble pas du tout, pas vrai, Ma Griss ?

Merde, songea Sam. Compte tenu qu'il avait dû se farcir une heure de feuilleton en tout et pour tout, il croyait s'être débrouillé comme un chef. Eh ben, non. Raté. Tant pis.

— Moi, cette bonne femme-là, je peux pas la sacquer, déclara Ma Griss d'un ton uni et froid. Vous vous rendez compte qu'elle a *divorcé* d'avec notre *Président* ?

Une sorte de sifflement chuchoté accompagna cet énoncé, accentuant le caractère démoniaque de la trahison de Jane Wyman.

— Et laissez-moi vous dire une bonne chose.

Elle se pencha en avant et tapota le genou de Sam d'un ongle tout strié.

— Les rombières comme Betty Kelley, on devrait les écarteler. Parfaitement, les pendre et les *écarteler* ! Non mais sans blague... Des tordues qui s'imaginent qu'elles peuvent salir la réputation de la femme de notre Président...

Ma Griss se mit à se balancer rageusement, les bras croisés sur sa poitrine squelettique, adressant à Sam de vigoureux hochements de tête comme si c'étaient ses paroles à lui qu'elle approuvait et non les siennes.

— De quoi que vous parlez, nom de Dieu, Ma Griss ? Qui est Betty...

— Pas de jurons avec moi, mon petit Carl ! C'est de cette pétasse blonde que je parle.

Sam s'empressa de sortir son paquet de chewing-gum et s'en fourra une tablette dans la bouche, s'éclaircissant la gorge et se mordant l'intérieur de la lèvre supérieure. Une semaine de mon salaire, songea-t-il. Je donnerais une semaine de mon salaire pour que Maud puisse entendre ça. Lorsqu'il eut retrouvé son sang-froid, il dit :

— Je suis tout à fait d'accord avec vous. Les colporteuses de ragots comme elle devraient être fouettées en place publique.

Pendant ce temps-là, il se torturait les méninges, se demandant comment mettre le meurtre sur le tapis. L'attentat perpétré sur la personne de Reagan était peut-être une bonne entrée en matière mais avec Ma Griss il ne devait pas faire bon s'aventurer sur ce terrain. S'il mettait la conversation sur la famille Reagan, il en aurait pour jusqu'à la saint-glinglin. Sans compter que cela ne le rapprocherait pas de Loreen Grizzell Butts pour autant.

« Pétasse », cette fois le mot fut lancé par Carl Butts, qui n'avait pas oublié qu'ils parlaient de la vie feuilletonesque de l'infortunée Jane Wyman.

— Vous vous êtes trompé de fille, m'sieur. C'est Krystle, la pétasse.

Avalant une grande gorgée de bière, il dévisagea Sam d'un air supérieur.

Crystal ? songea Sam. Qui diable était Crystal ? Ma Griss se pencha en avant pour préciser :

— Avec un *K*.

L'espace d'un fol instant, Sam crut qu'elle lisait dans ses pensées. Puis il se rappela qu'elle nourrissait une véritable passion pour l'orthographe, surtout en matière de noms propres. Ça devait être dans « Dynasty ». Avec un vaste sourire, il se lança :

— A propos de « Dynasty », faut que je vous raconte une histoire. Je suis sûr que ça *vous* plaira, ajouta-t-il comme si le sel de l'anecdote qu'il s'apprêtait à leur conter avait échappé à ses autres interlocuteurs. Je regardais la télé (en fait, c'était Florence qui regardait) un après-midi et j'ai vu (merde, quel était le nom du héros, déjà ?), j'ai vu Poivre-et-Sel partir à la renverse dans ce putain d'escalier qui n'en finit pas. Raide mort...

— Blake, dit Mrs. Grizzell, tout ouïe, se balançant avec frénésie.

— C'est ça, Blake. Eh ben, il était là, allongé de tout son long et miss Platine... (ce devait être Krystle)... je veux dire... Krystle tenait à la main un revolver dont le canon fumait encore.

Butts et sa belle-mère brûlaient manifestement d'intervenir mais Sam leva la main pour contenir leur ardeur.

— Laissez-moi terminer. C'est pas fini. Le soir même, alors que j'étais devant l'écran (en fait c'était

114

Florence qui était plantée devant, comme d'habitude), qui je vois débarquer ? Blake, pétant la forme. Sans une égratignure. Frais comme un gardon. Alors que quelques heures plus tôt il était froid. Ou du moins, il en avait l'air. Et la Krystle était là aussi, et que je te le mignote et que je te le mange de baisers, comme s'il ne s'était rien passé l'après-midi.

Pas plus Butts que Ma Griss ne rirent. Le sujet — trop sérieux — ne se prêtait pas à la dérision. Sam mastiquait farouchement son chewing-gum, se rappelant le soir où il avait parlé de ça à Maud, où il lui avait dit que ça résumait à la perfection la philosophie des feuilletons : se faire flinguer l'après-midi et ressusciter le soir. Ils avaient tellement ri tous les deux qu'elle avait failli faire tomber la lampe du bout de la jetée.

Il ne s'attendait pas à ce que Butts et sa belle-mère se tordent de rire. Et, de fait, ils restèrent de marbre.

Carl expliqua à Sam avec le plus grand sérieux que ce qu'il avait vu dans l'après-midi, c'était une rediffusion.

— C'est un feuilleton qui a un succès fou... ça passe à la télé depuis, oh... depuis combien de temps, Ma Griss ? Sept, huit ans ?

Ignorant son gendre, elle s'adressa à Sam.

— Ça devrait être interdit.

Devant l'air ahuri de Sam, elle poursuivit, se balançant de plus en plus fort comme pour donner davantage de poids à ses dires.

— Les rediffusions, ça fout tout par terre. Ça vous a gâché votre plaisir, de voir Blake se faire descendre et se pavaner quelques heures plus tard comme si de rien n'était.

Sans se rendre compte de l'inanité de sa remarque, elle eut un claquement de langue satisfait.

Sam se sentit happé dans le tourbillon de ce

manque total de logique ; pour un peu il se serait senti obligé d'essayer de la convaincre que n'importe quel mordu de « Dynasty » avait déjà vu Krystle tenter de refroidir Blake.

Ce fut Butts qui lui répondit.

— Enfin, Ma Griss, pourquoi vous mettre en rogne après Blake ? C'est Krystle la responsable, non ?

Il tourna la tête vers Sam.

Sam craignit un instant qu'ils ne s'embourbent dans les querelles familiales de « Dynasty » et ouvrit la bouche pour tenter une diversion. Peine perdue, car Mrs. Grizzell contre-attaqua :

— Vous, les hommes, faut *toujours* que vous fassiez bloc !

Elle n'eut pas besoin de préciser « contre les femmes ».

Sam se dit qu'il n'aurait pu trouver mieux comme transition pour en arriver à l'affaire Loreen Butts. Il eut un petit rire.

— Voyons, Mrs. Grizzell, elle lui a *bel et bien* tiré dessus, quand même.

Ma Griss plaqua ses mains sur les accoudoirs du rocking-chair avec une rare violence et rétorqua d'un ton féroce :

— Il l'avait poussée à bout ! Ce type avait *poussé à bout* la pauvre petite...

— Hé là, une minute, Ma !

Butts extirpa maladroitement une cigarette d'un paquet coincé dans la poche de son T-shirt vert treillis.

— Une petite minute !

Il alluma sa cigarette et jeta l'allumette dans le cendrier bourré de mégots avec un geste plein de colère.

— Calmez-vous !

Il tira sur son clope à petits coups nerveux et garda les yeux vissés sur les images vert-bleu de l'écran muet.

Sam laissa passer un moment et remarqua :

— Faut dire que Krystle était *sacrément* sous pression.

Plonk ! firent les mains noueuses de Ma Griss en s'abattant sur les accoudoirs du fauteuil. Ça n'avait pas vraiment dû lui faire du bien mais Sam lui avait fourni l'occasion rêvée et elle l'avait saisie.

— Dieu sait que la pauvre fille était...

Butts feignait toujours de s'intéresser aux visages qui flottaient comme de l'eau sur l'écran mais il devint tout rouge et dit :

— C'est pas de Krystle que vous parlez, hein ? C'est de *Loreen*. Vous pensez que je l'ai *poussée* à aller chercher de la compagnie ailleurs.

Cette façon pudique et pleine de tact de formuler les choses ne manqua pas de surprendre Sam.

— Mais non... ce..., objecta Mrs. Grizzell.

— Me racontez pas de bobards. Vous mourez d'envie de me balancer ça à la figure depuis le début.

Il écrasa sa cigarette avec rage.

Tout aussi surprenant pour Sam fut le ton raisonnable sur lequel la belle-mère répondit :

— Tu étais toujours par monts et par vaux, Carl. Normal, avec le boulot que tu fais. Et Loreen, ben... elle restait là, toute seule, à s'occuper du petit.

— C'est de ma faute, peut-être ?

Il se tapota la poitrine du pouce.

— Quant à Raymond, on peut pas dire qu'elle s'en soit tellement occupée.

— Raymond, c'est mon petit-fils, expliqua Mrs. Grizzell. Mon portrait craché.

Lissant sa jupe, elle poursuivit :

— J'ai jamais dit que c'était ta faute. T'as un métier, faut bien que tu le fasses. Mais les journaux, tu te souviens de la façon dont les journaux ont présenté ma petite Loreen... Ils en ont fait une... Alors que Loreen, c'était vraiment pas le genre à fréquenter d'autres types. Rien à voir avec Tony Perry. Celle-là, tout le monde savait que c'était une prostituée notoire. En plus, elle laissait ses mômes sans personne pour veiller dessus...

Butts fit craquer ses phalanges ; ses biceps roulèrent sous le fin coton du T-shirt.

— Elle s'est mise avec Boy Chalmers, pourtant, non ?

— Elle s'est jamais *mise* avec qui que ce soit ; Boy et elle se connaissaient depuis l'école primaire. Boy Chalmers, c'était un copain ; ça s'arrêtait là. Point final.

— Y pouvait guère faire plus, murmura Butts, s'adressant aux couloirs silencieux de l'hôpital où les infirmières s'activaient sans bruit au chevet de leurs patients.

Sam n'avait pas bougé d'un millimètre, c'est à peine s'il avait cligné de la paupière de peur d'interrompre la conversation. Il fit retomber sur le carrelage les pieds avant de la chaise qu'il avait renversée en arrière. Le menu sourire rusé qui s'était peint sur les traits de Carl Butts disparut ; il jeta à Sam un regard furtif et sa mâchoire se crispa. Sam ne souffla mot.

La mère de Loreen poursuivit, sans se soucier des implications de la remarque de son gendre.

— Franchement, et je dis pas ça pour te faire de la peine, petit, j'avais toujours pensé que Loreen et Boy se... Tu me suis ?

Ses yeux s'agrandirent, le bleu glacial de ses prunelles se couvrit d'une buée. Elle ressortit son mouchoir, qu'elle se mit à malaxer sur ses genoux.

Butts ne broncha pas mais Sam vit sa bouche se tordre. Il contempla ses chaussures.

Se tournant vers Sam, Ma Griss enchaîna :

— Loreen, c'était une fille timide. Timide et discrète.

Elle pivota vers son gendre qu'elle gratifia d'un regard furibond.

— Et n'essaie pas de la noircir, comme ces fumiers de journalistes — ma petite Loreen, c'était pas une pute !

Carl Butts parut se ratatiner.

— J'ai jamais dit ça. Vous savez bien que j'ai jamais dit ça.

— Mais elle était futée, poursuivit Ma Griss. Drôlement futée. Intelligente. Elle aurait pu être actrice, si elle avait voulu.

Elle regarda la télévision où s'agitait la fille à la tignasse caramel.

— Elle était meilleure que cette greluche. Cent fois meilleure. Meilleure que Jane Wyman et Krystle réunies.

— En tout cas, elle avait pas son pareil pour claquer le beignet à un mec, Ma ; je vous apprends rien.

Butts disait cela d'un ton d'excuse.

— Quand ça la prenait, elle était rudement garce.

Mrs. Grizzell faillit grincer des dents.

— Je t'interdis de traiter Loreen de garce ! Bien sûr qu'elle s'y entendait à moucher les gens, mais seulement quand on la poussait à bout, mon petit Carl.

— Ma Griss, je voulais juste dire...

Mais ce qu'il voulait dire, elle s'en battait l'œil. A Sam, elle lança :

— Les journaux, les flics, ils y ont compris que dalle.

Là-dessus elle se plaqua bruyamment contre le dossier de son fauteuil comme si Butts lui avait flanqué un coup de poing en pleine poitrine. Mrs. Grizzell venait sans doute de se rendre compte que c'était en présence d'un policier qu'elle déballait ses histoires de famille.

— Au fait, pourquoi vous venez nous embêter, Mr. Du-*Geen*?

Mépris sifflant dans les syllabes.

— Désolé, Mrs. Grizzell. Je pense comme vous que la police a fait fausse route. J'ai bavardé avec Boy Chalmers et il ne m'a pas semblé être le genre de gars à faire ça.

— Et comment, que c'est pas son genre! jeta Butts, hurlant presque.

Sa jalousie, la remise en cause de sa virilité l'emportaient sur la prudence.

— Ce type est une tante!

Ma Griss blêmit.

— Carl Butts!

Le regard mauvais, il se pencha vers elle.

— Pédé comme un phoque, qu'il est, ce petit chou. Il a roulé tout le monde dans la farine.

— Loreen aussi, à votre avis? s'enquit Sam.

La belle-mère ouvrait et refermait le bec comme l'infirmière aux yeux de merlan frit à la télé. Interdite. Sans voix.

Butts eut un geste méprisant de la main à l'adresse de Sam.

— Bon sang! mon vieux, les femmes sont pas foutues de renifler ces choses-là. Faut être un homme, un vrai, pour s'en rendre compte.

Là-dessus, il toisa Sam comme s'il se posait de sérieuses questions sur sa virilité, vu que Sam — apparemment — n'avait pas percé le petit Chalmers à jour.

Toutefois il changea de physionomie lorsque Sam déclara :

— Autrement dit, aucun de vous deux n'a cru que c'était lui le coupable.

Dans le silence qui suivit on n'entendit plus que le grincement du rocking-chair, qui finit lui aussi par cesser. Pas plus Butts que sa belle-mère ne cherchèrent à croiser le regard de Sam.

Ils savaient bien à quoi il pensait : qu'ils s'étaient tus parce que le seul autre suspect possible était Carl Butts.

Butts commença à se justifier devant le silence de Sam.

— Le jury a pensé que c'était lui le coupable, en tout cas. Et les jurés, c'est des malins.

Ma Griss se pencha vers le téléviseur, l'éteignit, se plaqua contre le dossier de son siège. Elle ne souffla mot, refusant de regarder Sam en face.

Sam se leva.

— Je crois que je vais prendre congé. Merci pour la bière. Mr. Butts... Mrs. Grizzell.

Il leur adressa un petit hochement de tête à chacun, bien que leurs yeux fussent rivés sur l'écran obscur.

Sam laissa la porte grillagée se refermer tranquillement derrière lui et s'éloigna sur le trottoir crasseux. Dans le crépuscule commençant, il aperçut la lueur faible d'une luciole prête à s'en donner à cœur joie dans la nuit.

Il y avait près d'un an maintenant que cette porte grillagée s'était refermée derrière lui.

Il avait fumé presque la moitié d'un paquet de cigarettes, assis dans le noir à surveiller le cabanon de Bunny Caruso.

Il ne s'était pas attendu à ce qu'un entretien avec Carl Butts lui permette de dénicher du nouveau, et il n'avait pas été déçu. A supposer que Butts et la mère de la victime aient été du même avis concernant la personnalité de Loreen et celle de son assassin présumé, cela n'aurait pas suffi pour renverser la vapeur et faire rouvrir l'enquête. Il est assez normal qu'une mère dise de sa fille qu'elle n'était pas *comme ça*, et bien que le mari fût aussi convaincu que Sam que Boy Chalmers était homosexuel, ce n'était qu'une supposition de leur part à tous deux. Le gamin n'était pas un homosexuel *pratiquant* ; Sam avait passé un temps fou en compagnie de ses amis et parents à essayer de se faire une idée là-dessus, posant la question de façon détournée. Un petit nombre de ceux qui le connaissaient avaient des doutes sur les penchants et les préférences de Boy, mais le jeune homme était tellement apprécié que personne ne voulait faire état de ses soupçons.

De toute façon, se demanda Sam en tirant sur une nouvelle cigarette, qu'est-ce que ça aurait prouvé ? A supposer que le môme ait été une pédale de première grandeur et que tout le monde ait été au courant, qu'est-ce qui aurait pu l'empêcher — dans un moment d'aberration — d'essayer de violer une femme ? Sam ne croyait pas Boy Chalmers capable d'une chose pareille, mais de là à le *prouver*...

Condamné à perpétuité, Boy Chalmers avait à ce moment-là fait un an de prison.

Lorsque Tony Perry puis Loreen Butts avaient été assassinées, Sam avait aussitôt pensé au meurtre de la petite Hayden, qu'il n'avait jamais vraiment oublié ; il était entré dans le bureau du maire et lui avait déclaré qu'il fallait rouvrir l'enquête sur l'affaire Hayden, lui confier les dossiers concernant cette même affaire et persuader le shérif Sedgewick de lui prêter son concours.

Cela se passait avant le meurtre de Nancy Alonzo et le maire Sims était en pleine campagne en vue de sa réélection. Il ne pouvait jamais arrêter de mener campagne, se rendant compte sans doute que son statut d'édile ne tenait qu'à un fil et se figurant voir des adversaires partout. Malheureusement, rares étaient les gens qui avaient envie de lui piquer son fauteuil — un jeune avocat par-ci, un président de l'association des parents d'élèves par-là —, mais personne ne prenait la chose très au sérieux. On s'habitue, se disait Sam, à voir le même bonhomme se pointer au *Rainbow* et se percher sur le même tabouret pour tenir les mêmes discours sur les affaires de la commune. En entendant Sam lui demander de déterrer une vieille histoire de meurtre parce qu'il la croyait liée à une plus récente, le maire agita les mains pour dissiper le rideau de fumée de cigare qui l'enveloppait (il était convaincu que ses cigares et ses costumes en seersucker lui donnaient un air de ressemblance avec Spencer Tracy) et dévisagea Sam comme s'il avait perdu la boule.

— Qu'est-ce que vous essayez de me dire ? Qu'à cause du viol et du meurtre du comté d'Elton qui remonte à deux ans et de l'affaire Hayden, il y aurait — selon vous — un Jack l'Éventreur dans le secteur ?

— Non.

— Alors quoi ? Que c'est le même salopard qui les a toutes supprimées ?

— Oui.

— Sous prétexte qu'il y a eu trois meurtres en quatre ans — je dis bien quatre ans...

— Tous commis de façon identique, l'interrompit Sam. Ce genre de choses, dans des bleds comme La

Porte et Hebrides, ça devrait faire réfléchir nos femmes : à leur place, je fermerais ma porte à clé.

Sims se carra dans son siège, le sourire mauvais.

— Je crois savoir où le bât blesse. Vous n'avez jamais réussi à coincer l'assassin d'Eunice Hayden, alors vous voulez qu'on pense que le shérif Sedgewick n'a pas réussi lui non plus à poisser celui qui a tué les autres. C'est ça ?

— Non, c'est pas ça.

Pour Sims, l'art de la rhétorique consistait à ignorer les réponses de son interlocuteur et à se répéter.

— Vous avez été infichu de découvrir le meurtrier de la petite Hayden, alors vous trouvez malin de la ramener, histoire de nous faire croire que le shérif Sedgewick n'a pas bien fait son boulot.

— Peut-être bien que c'est ça. Je pense que le type qui est en taule n'est pas le bon. Je pense également que la justice a fait drôlement fissa, pour une fois.

— Qu'est-ce que vous voulez dire par là ? Vous insinuez qu'il y a du louche ?

— Je dis seulement que les jurés étaient à peine sortis du tribunal que Boy Chalmers était déjà au trou.

Cet énoncé parut décidément trop énigmatique à Sims. Fixant Sam de ses yeux étrécis, il jeta son stylo sur la table d'un geste convulsif.

— Bon Dieu, vous manquez pas de culot ! Rien ne prouve que Boy Chalmers ait seulement *connu* Eunice Hayden, alors l'affaire Hayden, ça n'a rien à voir avec les deux autres. Même notre procureur n'a pas réussi à démolir l'alibi de Chalmers, et pourtant c'est une coriace.

Sims aimait Billie Anderson, qui politiquement était aussi forte que lui. Ce que Sims était trop bête pour voir, c'est que son propre argument pouvait être retourné comme un gant. A savoir qu'il pouvait aussi bien servir à démontrer que si Boy Chalmers n'avait pas tué Eunice Hayden, il y avait gros à parier qu'il n'avait pas tué les deux autres femmes non plus. Sam se contenta de remarquer :

— Rien ne prouve non plus que Chalmers connaissait Antoinette Perry. On s'est contenté de *supposer* qu'il la connaissait, pas vrai ?

Apparemment, le maire était tellement sûr d'avoir raison que sa colère fondit comme neige au soleil. Sa petite bouche humide se tordit en un sourire menu tandis qu'il se carrait dans son siège, mains derrière la nuque.

— Franchement, Sammy, vous tenez le pompon. Pour commencer, Perry et Loreen Butts ont été *violées*. Pas Eunice.

— Ah bon ? Et le couteau qu'on a retrouvé enfoncé dans son... vous appelez pas ça du viol ?

— Surveillez votre langage, DeGheyn. Le toubib a dit qu'elle n'avait pas été violée. J'ai beau ne pas être une sommité de la police, je sais ce qu'est un *modus operandi*. Pourquoi est-ce que la petite Hayden n'a pas eu droit au même traitement que les autres ? Vous pouvez m'expliquer ça ?

Le maire attira une liasse de papiers vers lui et se mit à les parapher, signe que l'entretien était terminé.

— Et maintenant, sortez de mon bureau et allez jeter un œil aux parcmètres.

Il leva le nez.

— Peut-être que vous avez besoin de vacances, Sammy...

Ce qui signifiait en clair : laissez tomber ou vous allez en prendre, que vous le vouliez ou non. Sam, qui ne s'était pas attendu à un autre accueil, ne fut pas vraiment déçu ; quant à la menace, elle ne lui fit ni chaud ni froid.

Mais au lieu d'abandonner, Sam continua de poser des questions. Il découvrit que Boy Chalmers n'avait jamais eu d'aventure sérieuse bien qu'extrêmement populaire auprès des demoiselles. L'une des filles interrogées par Sam déclara que Boy ressemblait à Robert Redford, qu'elle n'arrivait pas à croire à son incarcération, que Paul Newman allait sûrement arriver et tirer Boy de ce guêpier.

Et deux mois plus tôt, fin juin, Boy *était sorti de prison*, en effet. Mais pas grâce à Paul Newman. Grâce à Alexis Beauchamp Chalmers.

Un peu plus de deux mois auparavant, vers la fin juin, la mère de Boy était allée lui rendre visite en prison. C'était l'anniversaire du jeune homme et Alexis avait obtenu la permission de lui apporter un gâteau. Oh, le gâteau ne contenait ni lime, ni couteau, ni pistolet ; il avait été consciencieusement éventré puis reconstitué par le gardien de service lorsque Alexis et Boy prirent place pour souffler symboliquement les bougies non allumées.

Comme c'était son anniversaire et que Boy avait été un prisonnier modèle, on avait autorisé la mère et le fils à se mettre dans l'une des salles de garde à vue à la porte de laquelle avait été posté un surveillant.

Le gardien raconta plus tard à ceux qui l'interrogeaient que Mrs. Chalmers lui avait offert une part de gâteau — une femme charmante, cette Mrs. Chalmers — mais qu'il n'y avait évidemment pas touché. « J'suis pas idiot. Il aurait pu être empoisonné. »

Là-dessus, Mrs. Chalmers avait été malade comme un chien et il s'était dépêché d'aller chercher de l'aide. Après quoi les événements s'étaient précipités, les catastrophes enchaînées, véritable cauchemar de maton qui avait commencé par cette porte laissée sans surveillance. Un autre gardien était aux chiottes ; un autre avait abandonné son poste pour aller prêter main forte à deux de ses collègues qui tentaient de mettre un terme à une bagarre. Quant au dernier gardien, celui qui s'interposait entre lui et le monde extérieur, Boy avait réussi à le neutraliser. La prison étant petite, les mesures de sécurité étaient réduites.

La prestation d'Alexis Beauchamp Chalmers lui valut une réputation de comédienne de premier plan. Mais les gens ne surent jamais vraiment à quoi s'en tenir car elle avait réellement été victime d'une intoxication alimentaire : les ravissants petits boutons de rose en sucre du gâteau s'étaient en effet révélés contenir des salmonelles. Ce qui s'était passé exactement entre Boy et Alexis pendant qu'ils mangeaient leur gâteau, personne ne le sut au juste. Comme Boy n'avait pas été intoxiqué, les gens conclurent qu'Alexis avait tout manigancé.

Vingt-quatre heures seulement s'écoulèrent avant que les flics ne remettent la main sur Boy dans le garage de Dubois où il essayait vainement de faire démarrer une vieille Ford. Il avait eu la bêtise de retourner à Hebrides et de se jeter dans les bras du shérif Sedgewick au lieu de s'enfuir à toutes jambes dans la direction opposée.

Ces vingt-quatre heures avaient été fatales à Boy. De l'avis de Sam, du moins. Car, malgré l'épouvantable coïncidence qui avait voulu que, pendant l'évasion de Boy, Nancy Alonzo ait été retrouvée morte dans ce même bois non loin de l'endroit où Loreen Butts avait été assassinée, Sam n'était toujours pas convaincu de la culpabilité du jeune Chalmers.

Le maire, en revanche, avait eu du mal à contenir sa jubilation, tout content de démontrer à Sam qu'il avait mis complètement à côté de la plaque.

Juste après la capture de Boy, il lui avait dit avec un vaste sourire aussi méchant que réjoui :

— Cette fois, vous allez être obligé de mettre une sourdine et d'écraser pour ce qui est de Boy Chalmers, pas vrai, Sammy ?

En regardant les deux rangées de dents généreusement exhibées par Sims, Sam se dit qu'outre le fait qu'il les lui aurait volontiers cassées, le maire aurait eu bien besoin de se payer une visite chez le dentiste. Le fait que Sims pût rire de l'horrible tragédie l'avait mis hors de lui. Sam n'avait connu personnellement ni Loreen Butts ni Tony Perry, mais il avait connu Nancy Alonzo.

Tandis que Sam restait planté là, les mains sous les aisselles, les bras croisés pour essayer de contenir sa colère, Sims avait continué à signer les documents étalés sur son bureau, et à parler.

— Ouais, m'est avis que Billie Anderson va lui filer le maxi cette fois. Fini, les gâteaux d'anniversaire pour Boy. Vous allez peut-être enfin pouvoir vous consacrer à des tâches plus utiles, hein ? Vous mettre à bosser pour gagner votre croûte, par exemple.

Sam ne broncha pas. Planté comme un piquet, un filet de sueur lui dégoulinant dans le dos, les aisselles trempées, il se sentait comme statufié.

— Vous avez perdu votre langue ?

Le maire exhiba de nouveau largement ses quenottes, qui semblaient en voie de se déchausser.

Sam ne bronchait toujours pas.

Le sourire du maire s'évapora soudain. Ses piques restaient sans effet et cela ne lui plaisait pas.

— Il paraît que vous n'êtes pas d'accord sur un certain nombre de points. Vous pensez que le technicien de la police qui s'est rendu sur les lieux du crime s'est gouré.

Sam ne disant toujours rien, Sims se pencha en avant.

— A propos de quoi est-ce que cet homme, qui a plus d'expérience et de cervelle que vous, se serait trompé ?

Sam ne soufflant toujours mot, Sims poursuivit, d'un ton de plus en plus incertain :

— Bon Dieu ! elle a écrit son *nom* avec son propre sang sur le sol et vous persistez à dire que Boy Chalmers est innocent ? Ce type s'évade de prison et patatras ! une autre femme se fait trancher la gorge ! Si c'est pas la preuve qu'il est...

Exaspéré, le maire n'alla pas plus loin. Il se contenta de secouer la tête en songeant à la bêtise de Sam.

Mais voyant que Sam ne remuait toujours pas, Sims se leva, se pencha au-dessus de son bureau, les poings fermés, et brailla presque :

— Laissez-moi vous dire une bonne chose, mon vieux ! L'affaire Alonzo est *classée*. Je me fous pas mal de savoir si elle était de La Porte, si elle faisait le ménage au tribunal ou si c'était une de vos amies. L'affaire est *classée*. Et maintenant qu'est-ce que vous attendez pour sortir et essayer de vous rendre utile ? Emmenez donc votre adjoint Donny Dawg jusqu'au *Red Barn*, histoire de nettoyer les sucriers, par exemple.

Il avait le visage marbré et violacé.

Sam hocha la tête et tourna les talons.

— Vous entendez ?

— Oui, monsieur le maire, fit Sam d'une voix atone.

Sam avait été trop longtemps shérif de la petite bourgade pour se laisser perturber par la mauvaise humeur du maire ou ses menaces. A La Porte, il faisait partie du décor, au même titre que la pompe du tribunal, relique historique dont les habitants ne pouvaient pas davantage se passer que du défilé de Labor Day.

Sam sourit, il était le lieutenant. Le boss.

Il distingua des voix, une voix masculine et celle de Bunny, petite voix empreinte d'étonnement. Il regarda à travers le rideau de pins. Bunny et son client étaient sous le minuscule porche de bois, et elle chassait de la main les insectes qui étaient arrivés lorsqu'elle avait allumé la lumière sous le porche. Les lucioles filaient au ras de l'herbe, les moustiques formaient un voile de gaze. L'homme s'administra des claques retentissantes sur la nuque accompagnées d'un juron obscène. Puis il éclata de rire.

Sam observait Bunny Caruso, debout dans sa longue robe flottante — sa tunique de médium.

Il ne pensait pas aux femmes de mœurs légères, il pensait aux paumées.

Tony Perry avait vécu seule avec ses deux enfants, n'avait jamais été mariée, n'avait jamais eu beaucoup de contacts avec les gens, seulement avec les hommes avec lesquels elle couchait. Sam fronça les sourcils.

Eunice Hayden, elle, n'entrait pas dans la catégorie des « femmes faciles ». Quoi qu'elle ait pu faire au cours des mois qui avaient précédé sa mort, Sam quand il pensait à elle la voyait sous les traits d'une jeune fille terne, plantée au croisement de Tremont Street et de First, telle la victime d'un naufrage.

« Elle ne se liait pas facilement », avait dit sa mère, voulant sans doute dire par là que Loreen, adolescente, n'avait pas eu un seul ami. Peut-être que Loreen Butts avait été brillante, peut-être que non. A cet âge-là, être brillant, dans certains cas, ça peut être un handicap : ça vous empêche de vous faire des copains.

Bunny Caruso, qui pouffait sous son porche, avait été considérée comme l'idiote de l'école. On s'était moqué d'elle, on l'avait laissée à l'écart. Elle s'était fait virer de partout, avait été méprisée par bon nombre des habitants de La Porte bien avant d'avoir trouvé sa voie. Dans le genre paumée, elle se posait là.

Willow Pauley, qui souffrait d'agoraphobie, avait signalé à la police qu'un homme perché dans un arbre surveillait sa maison. Encore une femme seule, encore une paumée.

Et il y avait aussi la paumée que Sam préférait entre toutes : Maud Chadwick.

2

Caché dans les arbres, il l'avait surveillée.

Ce souvenir s'élevait en lui comme une épaisse fumée noire. S'il ne s'attaquait pas à cette femme, il allait suffoquer.

Assis dans sa cuisine avec son tiroir plein de couteaux, il s'aperçut qu'il haletait, le souffle court.

Il avait passé son pouce sur chacun des couteaux, bien décidé à choisir le plus tranchant. C'est à peine s'il caressa du doigt la lame du couteau de chasse — son préféré ; il le promena imperceptiblement le long de son doigt jusqu'à ce qu'un mince filet de sang apparaisse à la surface de la peau.

Il respira plus aisément.

Les lettres, avait-il pensé jadis, étaient synonymes de mauvaises nouvelles. Il en avait découvert une posée sur le poêle rond et froid. Ce n'était même pas à lui qu'elle était adressée mais au pitoyable vieux poivrot à la moustache en pointe et aux mains calleuses qu'il lui avait fallu appeler « P'pa ». Il avait été obligé de l'appeler ainsi, faute de quoi sa mère aurait refusé de s'allonger près de lui. Et la lettre, c'est à ce vieil ivrogne qu'elle avait été adressée.

Les lettres. Les femmes. Ça allait, ça venait. Les

femmes d'ici le voyaient et ne savaient même pas qu'elles l'avaient vu. Elles ignoraient qu'il était gravé sur leur rétine.

Il songea à Sam DeGheyn embusqué dans la forêt, surveillant les parages. Ça, c'était drôle. Il pouffa de rire rien que d'y penser. Le son enfla dans sa gorge comme de l'écume. C'était tellement tordant qu'il se coupa plus profondément, passant machinalement la lame du couteau sur sa paume.

Il se lécha la main. Cela ne lui fit ni chaud ni froid. C'était rare qu'il ait mal. Il éprouvait une douleur au bas-ventre, maintenant, la pression de l'épaisse tresse de fumée remontant le long de ses membres, étouffante.

Pour l'avoir épiée, tapi dans le bois, il savait exactement où elle allait et quand.

Et le plus marrant, c'était que Sam se figurait être le seul à les surveiller.

Pourtant il avait été là pendant que Sam montait la garde.

Suivant le shérif comme son ombre.

Ça, c'était tordant.

Tous les deux — l'un armé d'un revolver, l'autre d'un couteau —, ils avaient observé les environs, dissimulés derrière les arbres.

Oh, quelle rigolade ! Il était dehors quelque part par là. Il y avait de quoi se tordre de rire. Il sentit sa gorge se serrer et rejeta la tête en arrière.

Derrière la vitre les moineaux s'envolèrent.

3

Au gloussement léger de Bunny Caruso répondit le rire rauque d'un homme qui semblait avoir une attaque et non se payer une pinte de bon sang. Ils étaient debout sous le porche minuscule.

Sam, qui leur tournait en partie le dos, ne pouvait voir qui c'était. Au début, il pensa que c'était peut-être le frère de Dodge Haines, Rob ; puis il y eut ce rire, que Sam crut reconnaître. Mais lorsque la porte grillagée se referma en grinçant et que l'ami de Bunny en complet veston se précipita avec la vitesse du vif-argent vers sa voiture, Sam ouvrit des yeux ronds.

Bubby Dubois.

Dans un premier temps, il eut un bref éclat de rire de saisissement. Dans un second temps, il éprouva un mouvement de colère qui lui noua l'estomac, telle une crampe. Il lui sembla être dans la peau d'un père découvrant que le soupirant de sa fille s'envoie une autre nana. Pourquoi s'imaginait-il que Dubois — qui était infidèle à sa propre femme — devait être fidèle à sa maîtresse, il l'ignorait. Pourquoi se sentait-il humilié, il l'ignorait également. Toujours est-il qu'il avait l'impression d'avoir été trahi.

Le moteur de la Cadillac de Bubby Dubois tictaquait avec la précision d'une bombe à retardement. Sam prit ses lunettes de soleil dans la boîte à gants, se vissa sa casquette sur la tête, enfila avec soin ses gants noirs et sortit de son véhicule. Pour ne pas avoir à claquer la portière, il la laissa entrouverte et s'engagea sur la chaussée défoncée. La fumée montait en volutes du tuyau d'échappement de la Cadillac. Sam évita le gravier et arriva à la hauteur de la portière côté passager au moment où Bubby allongeait le bras sur le dossier voisin du sien et, regardant par-dessus son épaule, s'apprêtait à faire une lente marche arrière.

— Comment ça se présente, ton avenir, Bubby ? s'enquit Sam, tête passée dans la vitre baissée, mains posées sur le rebord de la portière.

Bubby Dubois et la Caddy eurent un sursaut et se figèrent.

— Sam ? C'est toi, Sam ?

Sam, qui mâchait consciencieusement son chewinggum, adressa un petit sourire à Bubby.

— Ouais.

— Ah ben ça alors ! Sammy ! Ça faisait une paye.

— Le monde est petit, Bubby.

Sam se rendit compte — à voir sa façon de triturer le volant et ses yeux qui luisaient comme des piécettes — que Bubby *espérait* que Sam DeGheyn était venu jusque-là pour les mêmes motifs que lui. Cette idée lui sortit brutalement du crâne lorsqu'il vit le reflet de ses prunelles dans les verres miroir.

Sam était appuyé à la portière, bras tendus, comme quelqu'un qui a l'intention de faire basculer une voiture et de la coucher sur le flanc.

— Alors, ton avenir, ça se présente comment ?

Dubois ôta sa paume trempée de sueur du volant et agita la main.

— Bof, pas la peine de te faire un dessin... Y a du bon, y a du moins bon.

135

Il sourit. Il avait des dents d'enfant. Blanches et régulières.

Sam eut un bref aboiement de rire.

— Bon sang, si c'est tout ce que Hubert t'a raconté, t'as dépensé ton pognon pour des prunes.

— Hubert ? s'étonna Bubby, les yeux rivés sur le pare-brise, le front plissé.

— Prince de Liechtenstein, précisa Sam.

Retirant une main de la portière, il ajusta sa casquette. Lentement, il continua à mastiquer tout en regardant Dubois essayer de deviner qui pouvait être cet Hubert, dont il prononçait silencieusement le nom.

— Bunny a *sûrement* demandé à Hubert de lui filer un coup de main. Autrement je vois mal comment tu aurais réussi à entrer en contact avec ceux qui te sont chers.

« *Comme ma femme* », faillit ajouter Sam. Mais sachant trop bien quelles seraient les conséquences s'il se laissait aller à dire une chose pareille, il jugea préférable de s'abstenir.

— Ah... ouais... Hubert ! s'exclama Bubby d'un air entendu. Ben, il était pas très en forme, Hubert, ce soir...

Sam observa la sueur qui, tel un filet de salive, trempait la racine des cheveux de Bubby. Dubois était-il idiot au point de s'imaginer que Sam ignorait ce qui se passait dans la pièce tapissée de miroirs ?

— Ce qu'y a, c'est que j'ai entendu comme un bruit de verre brisé, alors forcément j'me suis fait de la bile pour Bunny, fit Sam, avançant le visage cependant que Bubby reculait d'autant. Ça fait un bout de temps que je suis là.

Les lunettes dissimulaient ses yeux, sa voix était atone.

— Combien de temps ? s'enquit Bubby, pivotant vers lui.

La simple idée que Sam ait pu surveiller le cabanon semblait le mettre dans tous ses états.

— Oh ! disons vingt, trente minutes. J'avais entendu comme un bruit de verre... fit Sam, attendant manifestement une explication.

— Ouais... ouais.

Bubby avait extirpé un mouchoir blanc de la poche de son pantalon et s'en tapotait le visage comme s'il se fût agi d'une houppette.

— C'est une lampe qu'est tombée.

— On aurait plutôt dit un buffet dégringolant par terre. Ou un lit rendant l'âme.

Vas-y, mon vieux, transpire, mouille ta chemise.

— Ou peut-être Hubert préparant un sale coup.

Bunny Caruso, songea Sam, devrait mettre ses clients au parfum. Mais il se dit que seul un flic pouvait apprécier le coup du prince de Liechtenstein. Pourquoi se donner la peine de raconter ça à ses clients ? Seraient-ils capables de goûter le sel de la chose ?

— Les séances, c'est pas de tout repos, à ce qu'y paraît, hein Bubby ?

Bubby s'efforçait de se détendre — remettant son mouchoir dans sa poche, allumant une cigarette — tout en se demandant si c'était bien la tactique à adopter. La main qui tenait le briquet tremblait. Jouant le tout pour le tout, il tenta de plaisanter :

— Pire que le quadrille !

Son rire artificiel ressemblait à un grognement, on aurait dit qu'il se raclait la gorge avant de cracher.

— T'as déjà essayé ?

Si ce salopard s'était risqué à lui adresser un clin d'œil, Sam l'aurait extrait de la voiture en un tourne-main et emmené danser un quadrille de sa façon derrière le cabanon. Non. Sam réfléchit.

— J' tiens pas à replonger dans le passé.

Où est-ce qu'il avait entendu ça ? Maud avait dû le lui dire. Ou le lire. Dans un de ses bouquins. Et le lui répéter. L'espace d'un fugace instant, Dubois, Bunny, le cabanon, la puanteur des cellules de la prison, les déchets des couples désunis, tout fut gommé de son esprit et remplacé par la jetée ; la fête sur l'autre rive ; les eaux noires et lisses du lac. En un instant, sa colère, son humiliation, son désir de se venger, ses airs de matamore l'abandonnèrent, il ôta les mains du rebord de la portière, recula, les fourra dans ses poches.

Ses airs de faux dur, c'étaient ceux du chef de la police, Mr. Danger, Cuir-Noir. Pourquoi était-il en colère ? Après qui en avait-il ? Se figurait-il vraiment, sur ce chemin de terre devant cette cabane qui était le théâtre d'ébats débridés, être un shérif prêt à dégainer son arme pour défendre l'honneur d'une dame ? S'il n'aimait plus sa femme et que cette dernière s'envoyait en l'air avec un autre gars, et si ce type en faisait autant avec quelqu'un d'autre, c'était comique, bêtement trivial. Ce qui le mettait en rogne, c'était de penser que sa vie de couple se déroulait sous l'œil d'un four à micro-ondes et non dans un lit ; que sa femme était une écervelée qui crevait de trouille ; qu'il n'était pas réellement pris au piège mais que c'était pourtant l'impression qu'il avait. Et qu'il aimerait bien se débarrasser de tout ça.

Il ne voulait pas replonger dans le passé. Mais le présent, il n'y tenait pas tellement non plus.

— Sam ?

La voix de Dubois l'arracha à ses ruminations. L'intonation avait quelque chose de plaintif ; on aurait dit un gosse demandant à son institutrice l'autorisation de sortir pour aller pisser.

Sam assena une claque au capot de la voiture.

— Au revoir, Bubby. Je continue ma ronde, dit-il comme si le cottage de Bunny n'était qu'une étape parmi bien d'autres.

De soulagement, le corps de Bubby se détendit. Il tourna la clé de contact, appuya sur l'accélérateur.

— Content de t'avoir vu, Sammy. Toutes mes amitiés à...

Le prénom lui resta coincé dans le gosier. Et Bubby eut aussitôt l'air inquiet.

— Florence, fit Sam, le regardant par-dessus le capot de la Caddy.

— Ouais, Florence.

La voiture partit en arrière à toute vitesse, s'engagea sur la route, soulevant une pluie de gravillons en s'éloignant.

Sam ne se retourna pas mais garda les yeux rivés sur le cabanon de Bunny. Les fenêtres étaient sombres. Elle avait éteint les lumières dès qu'elle avait quitté le porche.

Il avait fait le malin, joué au flic coriace alors qu'il aurait dû aller voir Wade.

Tandis qu'il traversait le chemin de terre pour regagner son véhicule, il se promit d'abréger sa visite rituelle à Wade. Il avait envie de retourner sur la jetée où Maud était assise, seule.

Sam claqua la portière, mit le contact, regarda un instant à travers le pare-brise.

Il était là, quelque part.

Sam avait du mal à imaginer que des actes de violence quelconques aient pu être commis dans la propriété des Hayden. Cet endroit était presque aussi paisible que la vieille jetée, et plus fermement ancré dans la réalité. Encore que... Sam fronça les sourcils en s'engageant sur la route au bord de laquelle s'élevait la grande maison blanche à gauche et débouchant sur la partie goudronnée, près de la grange, où le break blanc de Wade était garé derrière un pick-up Jeep.

Depuis qu'il avait commencé à passer des heures à parler avec Maud tout en observant la rive opposée du lac, Sam s'était mis à se demander s'il ne lui arriverait pas un jour, croyant mettre la main sur quelque chose de solide, de s'apercevoir que cette chose en apparence dense était en fait aérienne et impalpable.

Les sons étaient étouffés ; la disposition des objets semblait résulter d'une chute. A l'extrémité du carré de macadam, une antique Chevy reposait sur des cales. L'épave avait pris l'aspect d'une sculpture ou d'une statue, immuable, point de repère à la signification depuis longtemps oubliée.

Nul n'avait oublié la ferme des Hayden, pourtant. Certainement pas Dodge Haines, dont le cigare brasillait sous le porche et dont le pick-up était garé sur le macadam.

De temps en temps, Dodge rendait visite à Hayden probablement pour mettre un terme aux doutes qui pouvaient encore subsister dans l'esprit de Wade — ou dans celui des membres de la communauté — quant au rôle qu'il avait pu jouer dans la mort d'Eunice Hayden.

Tandis qu'il foulait l'herbe rase, trempant d'humidité ses chaussures, Sam repensait justement aux soupçons qui pesaient sur Dodge Haines, un type qu'il n'avait jamais eu à la bonne, même avant le meurtre de la petite Hayden ; un type qui était une outre gonflée de vent, toujours prêt à faire des plaisanteries de mauvais goût, et fréquentait lui aussi le cottage de Bunny Caruso. Dodge, un type enfin qui devait son surnom à sa fidélité à Chrysler et se prenait pour un irrésistible tombeur. Question séduction, le roué du *Rainbow Café* en était resté aux années quarante, persuadé qu'il suffisait de faire semblant d'embrasser les dames, de leur pincer les cuisses ou de loucher sur leur décolleté pour qu'elles entrent en transe.

Les deux hommes ne pouvaient pas se sentir. Si Sam avait une antipathie marquée pour Dodge, Dodge Haynes, lui, détestait carrément Sam De-Gheyn. Après le meurtre de Loreen Butts, Sam était allé rendre si souvent visite à Dodge que le maire Sims avait fini par lui dire que ça ressemblait à du harcèlement.

— Il y avait autant d'indices indirects permettant de condamner Dodge pour le meurtre d'Eunice qu'il y en avait pour coller celui de Loreen Butts sur le dos de Boy Chalmers, avait rétorqué Sam.

— Bon Dieu ! Sam, vous êtes complètement con, avait répliqué Sims, traînant sa corpulente carcasse autour de son bureau tel un homme chargé de chaînes. C'est Dodge Haines qui a trouvé le corps, non ?

— C'est ce qu'il dit.

— Bordel de merde ! Ça veut dire quoi, *ça* ?

Sam haussa les épaules.

— Je me demande quand il est arrivé sur place exactement.

— Les Moffit ont déclaré qu'ils avaient vu sa camionnette garée près de la grange.

— Ouais. Seulement ils savent pas à quelle heure elle est arrivée.

— Dans sa déposition sous serment, Dodge Haines a déclaré qu'il est allé voir Hayden, qu'il est entré dans la grange où il a découvert Eunice « ficelée comme un saucisson ». C'est l'expression qu'il a utilisée. Et cetera.

Sims jeta un coup d'œil noir à Sam.

— Je sais ce qu'il a déclaré, monsieur le maire.

— Lâchez-moi la grappe, DeGheyn.

— Café, Sam ? s'enquit Wade, soulevant la cafetière en aluminium bosselé qui faisait partie intégrante de la propriété au même titre que la ferme, les vaches et les poules.

Il l'apportait sous le porche le dimanche soir et la posait sur une plaque chauffante de façon à ne pas avoir à aller la chercher et la rapporter à la cuisine. Le porche était son coin favori, le rocking-chair son fauteuil préféré.

Dodge était assis sur la balancelle, dont les chaînes grinçaient lorsqu'il remuait. Il eut un hochement de tête sec et fixa l'obscurité.

— C'est pas de refus, Wade, dit Sam tandis que Wade lui tendait une tasse blanche. Les affaires, ça marche, Dodge ?

Dodge avait une entreprise de bâtiment qui — selon Sam — travaillait un peu trop pour le comté. Dodge et le maire Sims étaient très copains.

— Couci-couça, fit Dodge avec un haussement d'épaules et en agitant la main comme Bubby Dubois l'avait fait avant lui.

Tout le monde devait tirer la langue, à La Porte. Dodge ne buvait pas de café ; il avait une bouteille d'un demi-litre dans un sac en papier brun. Cela faisait partie de son personnage. Sam n'arrivait pas à comprendre. Jouait-il les durs ? Les gars à la redresse ? Les hommes d'affaires bourrés de sens pratique ? Sam n'en savait rien. Peut-être que Dodge n'en savait rien non plus. Toujours est-il que le flacon de Seagram dans le sac en papier kraft faisait partie de son image de marque, comme les bottes de cow-boy, la ceinture large ornée d'une lourde boucle, le cordon qui lui tenait lieu de cravate. Il avait une tête de chien courant : mâchoire épaisse, bajoues, peau pendouillant sous les yeux cernés et comme pochés.

— Z'en voulez une larmichette ?

Dodge tendit la bouteille. Il disait encore « larmichette » pour goutte.

Dodge était obligé d'être correct avec Sam, voire aimable à l'occasion, de façon que personne ne pût le soupçonner d'avoir une dent contre lui.

Sam ébaucha un sourire.

— C'est pas de refus, dit-il de nouveau.

Et de tendre sa tasse de café dans laquelle Dodge versa un filet de whisky. Sam le remercia et se cala contre la rambarde du grand porche, repeinte tous les trois ans. La propriété des Hayden était si impeccable que tout semblait laqué de frais.

La conversation était réduite au strict minimum quand les trois hommes étaient réunis. Les doutes que Sam nourrissait à l'égard de Dodge — et le fait que Dodge en connût l'existence — ne favorisaient pas les échanges ; en outre, Wade n'était pas du genre expansif. Quand il était en tête à tête avec quelqu'un, il parlait assez volontiers. Mais dès qu'il y avait trois personnes en présence, Wade semblait considérer ça comme une réunion mondaine ; or il n'était pas doué pour les mondanités. Sam le revoyait, rôdant d'un air gêné, son gobelet en carton plein de punch à la main, le jour où le maire Sims avait inauguré le nouveau bureau de poste dans Main Street. Le bâtiment carré de brique rose, plus vaste, plus rationnel et climatisé, était totalement dénué de charme.

Sam fit une remarque sur la récolte de tomates de Wade. Et Dodge ajouta, parlant de Fleetwood, le cheval de Wade :

— Vous devriez le faire courir à Brewerstown, ce canasson, un de ces jours.

— Mouais, fit Wade, se balançant et sirotant son café, sirotant son café et se balançant.

— Sans blague, vous devriez y penser, renchérit Dodge. C'est un drôle de bon bourrin.

Il dévissa la capsule de sa bouteille, avala une petite gorgée et revissa la capsule. Il n'était pas radin mais il aimait y aller mollo avec son whisky, à croire qu'il buvait par défi. Sam se dit que Dodge aurait adoré vivre à l'époque de la Prohibition. A condition qu'il ait eu l'âge de boire à ce moment-là, évidemment. Il devait avoir la cinquantaine.

Vinrent ensuite des remarques sur la vieille truie, la demi-douzaine de vaches qualifiées par Maud de « tragiques » avec leurs têtes pareillement blanches et maigres et leur air désespéré, semblables aux comédiens masqués du théâtre grec classique.

Songeant sans doute qu'il avait gagné le droit de partir, Dodge se leva de la balancelle. Sam lui dit de ne pas s'en aller, qu'il s'était arrêté le temps de prendre un café et ne pouvait s'attarder.

Mais Dodge s'étira et bâilla, déclarant qu'il avait eu une dure journée, et descendit bruyamment les marches du porche. Sa bouteille sous le bras, les mains dans les poches de son pantalon, il se dirigea en sifflotant vers son pick-up.

— Alors, Wade, comment ça va ? s'enquit Sam.

La question n'avait rien de rhétorique : au cours de ces dernières années, Sam s'était souvent fait du mauvais sang à propos de Wade. C'était un homme sombre mais doux et plutôt agréable, très apprécié des habitants de La Porte. Dans le genre longiligne et dégingandé, il n'était pas mal, physiquement. La mort de sa fille puis celle de sa femme lui avaient valu la visite de dizaines de voisines venues lui apporter pâtisseries diverses et petits plats en sauce de circonstance. C'était la première fois que Sam avait vu Ella Ponteen vêtue d'une jolie robe et portant une cocotte. Les femmes, mères avant tout, considéraient toujours que le salut était dans la nourriture. « Mange tes épinards, bois ton jus d'orange. » Peut-être n'avaient-elles pas tort.

La question de Sam fut accueillie avec le sérieux qui convenait. Wade se débarrassa de sa tasse de café, allongea les bras, posa les mains à plat sur ses genoux et regarda au loin, derrière Sam, derrière la rambarde du porche.

— J'ai connu des jours meilleurs, Sam. J'ai connu des jours meilleurs.

Et ainsi installé, Wade se mit à parler. La timidité, l'hésitation disparaissaient à mesure qu'il progressait et il progressait selon un schéma familier. Sam avait pris la place de Dodge sur la balancelle et se balançait d'avant en arrière en s'aidant de son pied, un bras sur le dossier de la balancelle, la tête sur son poing fermé. Wade tenait presque toujours le même discours et Sam se demandait si c'était là le secret de la psychothérapie : répéter les mêmes phrases, raconter les mêmes événements puisés au fond de sa mémoire mais avec des mots légèrement différents, comme si l'expérience vécue était une sculpture dont la surface changeait mais dont le centre restait identique.

Était-ce ce type de discours que le Dr Elizabeth Hooper écoutait à longueur de temps, accompagné du

145

même luxe de détails ? Sam regarda au loin, percevant la voix de Wade comme un fond musical assourdi, et se dit qu'il poserait la question au médecin la prochaine fois qu'elle ferait étape à La Porte. Demain peut-être, jour de Labor Day. Elle descendait à la pension Stuck. Il l'avait vue précédemment sortant du *Rainbow* et s'était arrêté pour l'observer. Sam n'avait jamais dit à Maud qu'il la trouvait belle et mystérieuse, cette femme surgie pratiquement de nulle part, dépositaire des vestiges des vies, des souvenirs ébréchés et des sentiments déchirés d'autrui.

— ... Y a quatre ans de ça maintenant et j' comprends *toujours pas* comment quelqu'un a pu faire une chose pareille...

Bien que plongé dans sa rêverie, Sam prêtait cependant l'oreille au monologue de Wade — sempiternelles broderies sur le thème de la solitude, de la culpabilité et du châtiment ; il ne désespérait pas d'apprendre du nouveau, une autre façon de formuler les choses pouvant lui fournir un indice. Aussi écoutait-il, les yeux rivés sur la grange dans l'obscurité.

Assis, les mains crispées sur les accoudoirs comme s'il s'apprêtait à se lever d'un bond de son fauteuil, Wade répétait ce qu'il avait dit à Sam des dizaines de fois déjà, que la perte d'un enfant était l'épreuve la plus dure de toutes. Que, pour Sam, c'était peut-être difficile à comprendre, vu qu'il était sans.

« Être sans. » Comme si la stérilité du mariage de Sam tuait chez lui toute compassion.

— Ce qui est affreux, c'est qu'il s'en est tiré blanc comme neige. C'est pas pensable que quelqu'un ait pu faire ça et qu'il soit passé au travers. Y a des fois où je m' demande si ça serait pas le petit Chalmers, le coupable.

Sam arrêta la balancelle. Combien de fois avait-il

entendu Wade se poser cette question ? Wade n'arrivait pas à s'enfoncer dans le crâne que Boy avait un alibi en béton pour l'heure de la mort d'Eunice. Mais il se disait que ça devait procurer un certain soulagement à Wade d'envisager un suspect possible. Il détourna les yeux des champs lointains, impossibles à distinguer les uns des autres dans le noir.

— J' suis désolé qu'on l'ait pas cravaté, Wade.

— Bon Dieu ! j' vous reproche rien, Sam.

La voix de Wade était tendue, il mâchait un petit morceau de tabac. Avec tant de force qu'on aurait cru que c'était un bout de cartilage. Puis il se laissa aller contre le dossier de son fauteuil et reprit sa tasse, deux doigts dans l'anse, le pouce sur le bord.

— Dodge m'a dit que vous fouiniez dans le coin. « Fouiner », c'est le mot qu'il a employé. Que vous n'avez pas cessé depuis qu'Eunice... euh...

Sam examina le profil de Wade : la chair sous la pommette, l'orbite s'étaient encore creusées, en un an.

— Quand est-ce qu'il vous a raconté ça, Dodge ?

Le grand type haussa les épaules.

— Y a deux mois. A l'époque où Nancy Alonzo a été tuée. Dodge m'a dit que ça vous avait donné à réfléchir, que vous vous étiez mis à vous poser des questions à propos des autres. Loreen Butts. Et Eunice.

Il se tourna lentement vers Sam et d'un ton imperceptiblement accusateur ajouta :

— Vous m'en avez jamais parlé.

Non, il ne lui en avait pas parlé. Sam n'avait pas soufflé mot à Wade de ses soupçons regardant Boy Chalmers.

— J' dirais pas que je fouinais, Wade. Ça fait un bout de temps que la chose s'est produite, après tout. Mais c'est vrai que ça me trotte dans la tête.

147

— Content de l'apprendre. Je croyais que la police avait fait une croix sur l'affaire et oublié Eunice.

Il avala une autre gorgée de café.

— Pas facile d'oublier, Wade... surtout une histoire comme ça.

Sam secoua la tête lorsque Wade souleva la cafetière de la plaque.

— Non, merci.

Il vida sa tasse, se leva et la posa sur la table.

— Il est pas loin de minuit. Faut que j'y aille.

— J' sais pas si ça leur fait tellement plaisir, à Dodge et au maire Sims, que vous fouiniez comme ça.

Wade eut un sourire lent, presque rusé.

— Peut-être pas, non, Wade. Bon, ben, faut que je me rentre.

Ils se dirent bonne nuit et Sam s'éloigna, traversant la cour de terre battue qu'éclairait une demi-lune blême.

4

— Je me demande où ils vont lorsque l'été est fini, murmura Maud, enfonçant tant bien que mal deux doigts dans l'étroit bocal et essayant de les refermer telle une pince sur une olive qui semblait prendre un malin plaisir à lui échapper.

A côté de la coupe en verre destinée aux olives se trouvait une petite assiette avec des zestes de citron et des oignons miniatures au vinaigre. Ainsi qu'une tête d'ail piquée de clous de girofle. L'ail était toujours là, et Sam savait qu'elle attendait qu'il lui demande ce qu'elle comptait en faire ; mais il s'en gardait bien.

— Si mes renseignements sont exacts, Raoul et Ev...

Elle tourna vivement la tête vers lui.

— Je n'ai pas dit que je voulais *savoir*, si ?

Il avait beau l'agacer, elle était contente qu'il fût revenu. Bientôt minuit ; la fête commençait à battre son plein à cette heure-là en général et elle à se sentir déprimée. Commençait ? Ne l'était-elle pas en permanence, déprimée ? Non, ce qu'elle éprouvait maintenant était différent ; superficiel, presque léger. Rien à voir avec la vraie dépression.

— Vous avez dit, fit Sam, sa bière en équilibre sur

l'accoudoir de son fauteuil pliant, que vous vous demandiez où ils allaient, l'été terminé.

— *Se demander*, ça n'a rien à voir avec désirer *savoir*. C'est comme pour leurs prénoms. Quand je vous ai dit que je me demandais comment ils s'appelaient, ça ne signifiait pas que je tenais à les connaître, ces prénoms.

Elle préférait passer en revue des prénoms possibles, en choisir un, le rejeter, recommencer. Connaître leurs noms de famille (elle les ignorait mais elle soupçonnait Sam de les connaître), ce serait s'aventurer trop avant dans le monde de la réalité. Les patronymes renvoyaient impitoyablement à un annuaire, une rue, une ville, un pays. Pour peu qu'il s'agît de noms ordinaires, c'en eût été fait de ses fantasmes sur les propriétaires de la maison du lac. « Raoul. » Ce n'était pas son prénom véritable, elle en avait la certitude. Sam avait lancé les premiers noms qui lui étaient passés par la tête et lorsqu'elle avait réagi (renversant la lampe par terre), il avait eu un sourire rusé et s'était rétracté. Enfin, rétracté à demi : il lui avait demandé si elle croyait vraiment que « Raoul » et « Evita » pouvaient être les prénoms des gens qui vivaient là-bas. Mais Sam était malin ; très malin, même. Il avait peut-être fait semblant de lui faire croire qu'il avait inventé ces prénoms pour dissimuler le fait qu'il les lui avait bel et bien révélés.

Le problème, c'est que ces prénoms lui plaisaient et que compte tenu du glamour hollywoodien qui prévalait de l'autre côté du lac, ils pouvaient fort bien être les bons. Ce qui lui faisait peur, c'étaient les détails de leur existence réelle. Elle n'avait aucune envie d'apprendre qu'ils habitaient Yonkers ou Manhattan. Et s'ils étaient originaires d'une petite bourgade léthargique comme Omaha ? S'ils possédaient une villa banale sise dans une rue non moins banale de Des Moines ? Mais des gens qui se prénommaient Raoul et Evita n'étaient sûrement pas des Américains bon teint, et ils se seraient sûrement précipités du haut d'une falaise plutôt que d'aller s'enterrer dans un trou comme Des Moines. Elle ne voulait pas connaître les tenants et les aboutissants de la vie des propriétaires de la villa, pas plus qu'elle ne voulait se renseigner sur celle de leurs invités, de peur d'être déçue par leur éventuelle médiocrité. Elle préférait laisser son imagination s'en donner à cœur joie, inventer des ports d'attache exotiques pour Raoul et Evita.

A quelques reprises, il y avait eu des plaintes pour tapage nocturne à propos des parties se déroulant de l'autre côté du lac. Mais Sam, avec son tact coutumier, s'était abstenu d'identifier la maison du coupable. De toute façon, ce n'étaient que des invités un peu éméchés chahutant dans l'allée — que Maud ne pouvait voir et qui par conséquent n'existaient pas pour elle. Dieu sait qu'elle n'avait rien contre la boisson, du moment que les verres étaient parfaits et qu'on les levait avec des gestes pleins d'élégance.

Sam avait dit, avec cette perspicacité un peu inquiétante dont il faisait montre parfois, qu'il n'avait pas eu l'intention de lui révéler leurs prénoms.

— J'aurais très bien pu les inventer, pas vrai ? avait-il ajouté en contemplant le lac baigné de lune avec son petit sourire.

— Désolé, s'excusa Sam, qui savait parfaitement où ils habitaient et comment ils s'appelaient, bien qu'il eût peu de contacts avec les estivants, du moins avec ceux qui possédaient les luxueuses propriétés situées sur l'autre rive du lac.

Il lui arrivait d'aller là-bas d'un saut de voiture au crépuscule et de contempler avec émerveillement ces constructions basses et longues nichées dans la verdure, qui faisaient corps avec le paysage dans lequel elles semblaient enfouies, telles des taupes.

Maud n'avait nul besoin d'avoir peur : la réalité ne sauterait pas du ponton de la rive opposée pour nager vers elle, agitant les bras, hurlant, chantant, se noyant. S'il lui venait l'envie de rouler sur ces vieilles routes de l'autre côté du lac, elle les trouverait aussi floues que dans son imagination, aussi dénuées de substance.

« Raoul » lui était venu à l'esprit un soir qu'il sortait avec Florence de l'unique salle de cinéma de La Porte, où ils avaient vu *Le Baiser de la femme araignée*. « Raoul Julia », s'était dit Sam, que rêver de mieux pour évoquer des gens et des personnages exotiques et mystérieux ? Quel nom ! Voilà qui aurait plu à Mrs. Grizzell. Ma Griss se serait régalée avec ce nom-là. Il se demanda si Butts et sa belle-mère étaient toujours dans leur mobile home, assis devant la télé comme ils l'avaient été un an auparavant. Peut-être qu'elle était morte. Car toute sèche et agressive qu'elle était, elle ne lui avait pas semblé si costaud que ça.

« Evita », il était tombé dessus en parcourant la liste des disques du juke-box chromé du *Rainbow*. Il avait trouvé une chanson intitulée *Don't Cry for Me, Argentina*. Evita Perón. Il s'était dit qu'« Evita » irait très bien avec « Raoul ». Qu'ils formeraient un couple idéal.

Et le fait est que ça avait nettement plus de gueule que leurs prénoms véritables, qui étaient d'une grande banalité. Heureusement que Maud les ignorait : elle en aurait piqué une crise.

— N'en parlons plus, dit Maud, magnanime.

Concentrée sur le bocal, elle réussit enfin à dégager l'olive qui était restée coincée, faisant atterrir toutes les autres dans la coupe. De l'autre rive leur parvenaient, toniques, les accents de *Anything Goes*. Il y eut des allées et venues parmi les invités. Certains étaient sortis se promener dans le patio. Maud aimait les taches de couleur des robes des dames bien qu'elles fussent loin et atténuées par la lumière des lampions, qui bleuissaient les verts à moins que les bleus n'aient été jaunis par les verts. *En d'autres termes*, convint-elle, *tu n'en sais rien du tout*. Il faisait trop sombre pour distinguer les changements de coloris. Le patio ressemblait à un îlot chartreuse.

Ils restèrent assis en silence, Sam fredonnant quelques mesures de la chanson, la fumée montant en molles volutes de sa cigarette.

Elle était contente qu'il fût repassé avant de rentrer chez lui. Souvent elle se posait des questions à propos de sa femme Florence, qui venait parfois au *Rainbow* acheter des pâtisseries ou commander un gâteau. Maud ne lui avait jamais adressé la parole ; c'était toujours Shirl qui la servait, près de la caisse. Florence était belle, à la manière incandescente de certaines Italiennes. Sam avait souri lorsqu'elle lui en avait fait la réflexion, et précisé qu'elle était d'origine grecque.

Elle se demandait également où il allait lorsqu'il s'absentait pour ses excursions nocturnes (« faire sa ronde », comme il disait) à La Porte. Faisait-il le tour du lac et longeait-il l'arrière des villas luxueuses ? Vraisemblablement non. Mais il pouvait rester deux, trois heures absent et, bien qu'il lui eût affirmé être allé rendre visite à Wade Hayden, elle avait du mal à l'imaginer seul avec Hayden plus de deux heures de rang.

Non qu'elle trouvât Hayden antipathique. Elle le connaissait uniquement de vue pour l'avoir aperçu derrière son guichet à la poste. Il lui lançait régulièrement des « 'Jour, Maud » et des « R'voir, Maud », entrecoupés d'un grand blanc. Il souriait discrètement tout en donnant un coup de tampon « EXPRESS » au colis qu'elle envoyait à Chad. Discret et distant, le receveur des postes. Maud, ça lui donnait envie de rire. Ils se seraient sûrement entendus comme larrons en foire, de part et d'autre du comptoir.

Elle avait oublié ce qui était arrivé à sa malheureuse fille, Eunice, et, rien que d'y repenser, elle arrêta subitement de se balancer.

Sam se tourna vers elle et la regarda.

— Y a quelque chose qui va pas ?

— Je viens à l'instant de repenser à Eunice Hayden. Je n'arrive vraiment pas à comprendre ce qui a pu se passer. Ça n'a pas de sens.

— Les meurtres, ça n'a jamais de sens.

Sam s'empara des jumelles qu'il se mit à tripoter.

— Ça serait arrivé à Detroit, à Chicago ou à New York, j'aurais compris. Ç'aurait été tellement absurde que j'aurais compris.

— Je ne vous suis plus, fit Sam en examinant les jumelles. Zeiss. Excellentes, ces jumelles. D'où viennent-elles ?

— Du grenier. Je m'explique. A Detroit ou à New York, les meurtres, c'est normal. Mais pas ici. Ici, c'est comme si quelqu'un avait pris une pièce d'un autre puzzle, un carré de ciel, par exemple, et essayé de le caser de force dans un trottoir de couleur noire. En forçant. Et en abîmant tout le jeu.

— Bon sang, Maud, quelle différence ? On ne peut pas non plus caser un bout de ciel dans une rue new-yorkaise.

Il régla les jumelles.

Elle crispa le poing et ferma les yeux. Il comprit qu'il y avait de la bagarre dans l'air.

— Le ciel ne cesse de tomber dans le caniveau, à New York. Arrêtez de tout prendre *au pied de la lettre*.

Ses yeux s'ouvrirent et ses doigts plongèrent dans le bocal d'olives.

— Je déteste ça, quand le piment s'est détaché.

Elle jeta l'olive dans son verre et sortit la bouteille de la glace.

— Tout ce qui est *ici* (Maud fit un geste avec sa bouteille à la main) a un sens. Le lac, la lune, les baraques. Nous sur la jetée. La fête sur l'autre rive. Tout ça tient parfaitement debout.

A l'aide de son pouce et de son index réunis, elle dessina un cercle.

Jumelles devant les yeux, Sam marmonna :

— Mouais... J'en connais qui trouveraient pas ça vraiment parfait.

Maud lui adressa un sourire.

— Cette remarque n'est pas digne de vous. Qu'est-ce que vous fabriquez avec mes jumelles ? Remettez-les où vous les avez prises.

Sam les lâcha, elles se balancèrent au bout de la courroie de cuir noir.

— Bon sang ! c'est pour voir de loin, ces trucs-là. Pas pour compter ses doigts de pied !

Maud entreprit de remonter ses cheveux sur le côté, les roulant, se servant du lac comme d'un miroir. Elle savait que ce geste agaçait Sam.

— Vous connaissez pourtant la règle du jeu : on n'est pas censés voir la party dans ses détails.

Sam poussa un soupir.

— La règle... Vous venez de l'inventer.

Avec une feinte douceur, Maud poursuivit :

— C'est possible. En tout cas, la règle, c'est qu'on doit essayer de voir ce qui se passe en se servant uniquement de ses yeux. C'est ça, la règle du jeu. Se servir des jumelles...

Maud s'arrêta pour avaler une gorgée de martini et agiter le flamant de verre.

— ... ça détruirait l'impression d'ensemble.

Elle leva les yeux vers le ciel nocturne.

— La lune se fendillerait, le lac luirait comme du verre brisé, le patio gîterait, la jetée s'effondrerait.

L'espace d'un instant Sam la fixa.

— C'est de la pure connerie.

Comme s'il y avait des miettes sur sa jupe, elle brossa doucement le tissu.

— Vous dites ça parce que vous êtes aveugle. Avec vos seuls yeux, vous ne voyez rien.

Sam ôta les jumelles de son cou et les posa sur la jetée. Il prit une Coors dans le seau, la décapsula. Au moins, elle avait laissé tomber l'histoire d'Eunice Hayden. Aussi était-il tout content d'être assis là, à l'écouter divaguer au sujet d'une bon Dieu de chambre ou d'une autre de ses visions.

— Je n'ai pas dit qu'il s'agissait d'une « vision ». Je ne suis pas une voyante. C'est un de mes mots préférés, ça, « voyante ». C'est musical... Je parlais d'une chambre imaginaire. Que je n'arrête pas de voir. Ce doit être en Espagne. Il y a des carrelages espagnols sur le sol. Ou en Méditerranie. Le temps...

Sam redressa vivement la tête.

— La Méditerranie ? Ça n'existe pas.

Elle soupira, se prit la tête dans la main.

— Je veux dire dans un pays situé sur les bords de la Méditerranée. Franchement, vous voulez que je vous en parle, de cette chambre, oui ou non ?

— Allez-y.

— Le temps est beau. Pas seulement ensoleillé : soyeux, vaporeux comme de la gaze. Dans la pièce, il y a un lit à montants de fer, une vaste armoire et une chaise en bois devant une espèce de coiffeuse. Un peu de poudre couleur pêche est répandue sur la table. Une vieille boîte de poudre Pond est posée sur le dessus de la coiffeuse... bien qu'il soit sûrement difficile de s'en procurer en Méditerranie. Les rideaux sont transparents comme de la mousseline et bouillonnent autour de la fenêtre qui donne sur la mer. Il y a un étroit balcon de fer forgé sur lequel je peux m'installer — je porte une robe ample et suis pieds nus —, sur lequel je peux m'installer pour contempler la mer. La mer est couleur de jade jusqu'au coucher du soleil et topaze après six heures. La nuit, elle est lie-de-vin. Et elle ne cesse de bouger. Je n'arrive pas à distinguer les vagues qui se brisent sur le rivage parce que ma fenêtre est trop haute, mais je les vois se former, telles des rides minuscules. La nuit, quand la lune brille — et elle brille souvent —, j'aperçois d'étroites bandes d'écume blanche, une frange de blanc.

Maud s'arrêta pour prendre une cigarette dans le paquet de Sam et la tapoter. Elle en avait mais elle préférait lui piquer les siennes.

— Le seau à glace, il est sur le balcon ?

Elle le fixa à travers la flamme bleue.

— Quoi ?

Puis elle regarda le seau et fronça les sourcils comme si elle le voyait pour la première fois sur la jetée.

— Non, jeta-t-elle sèchement. S'il y avait eu un seau à glace, je vous l'aurais dit.

Terrain glissant. Sam décida de s'y aventurer cependant.

— Ben... Comme il m'a semblé que l'endroit ressemblait à ici, je me suis demandé si...

Les yeux de Maud étaient écarquillés, sauvages comme ceux d'une gazelle, tandis qu'elle examinait le paysage alentour.

— Ici ? *Ici ?* Dieu merci, non. La police ne se trompe pas de coupable et n'arrête pas n'importe qui, en Méditerranie.

Le rocking-chair fit entendre un bruit sourd et Sam tira sur sa cigarette à petits coups nerveux.

Il décida d'y aller sur la pointe des pieds.

— De quoi est-ce que vous parlez ?

— Comme si vous ne le saviez pas. Ces femmes violées et assassinées. Nancy Alonzo, Loreen Butts et une autre encore.

Elle fixa Sam.

— Le petit Chalmers que vous avez arrêté...

— Boy Chalmers. Et ce n'est pas *moi* qui l'ai arrêté. Mais la police d'Hebrides. Pour la plus grande joie des maires des deux bourgades. Et celle du procureur de l'État.

Maud se balançait au son de *Moonlight Becomes You*. En rythme.

— Ça, alors ! Vous vous souvenez de Dorothy Lamour ? On m'a dit qu'elle habitait Baltimore, dans le Maryland...

« Tu t'y entends à choisir tes vêtements... » se mit à chanter Maud d'une voix fluette et douce. En l'entendant, Sam évoqua les boissons fraîches aux teintes pastel qu'on buvait à petites gorgées assis dans un fauteuil de rotin blanc sur de grandes pelouses vertes... Nom de Dieu ! Voilà qu'il l'imitait. Il allait devenir pire qu'elle si ça continuait.

— Elle se piquait des fleurs d'hibiscus dans les cheveux. Dorothy serait sûrement mieux dans ma chambre qu'à Baltimore. Je me demande si elle est dans l'immobilier. Il me semble avoir entendu dire qu'elle s'était recyclée dans l'immobilier.

Maud secoua la tête.

— Je ne la vois pas du tout dans cette branche.

Bien qu'elle semblât avoir tout oublié à propos de Boy Chalmers et des viols suivis de meurtre, Sam savait qu'il n'en était rien. Maud oubliait rarement les fils qui constituaient la trame d'une conversation. Pas plus que la femme de l'*Odyssée* — quel était son prénom, déjà ? — n'oubliait de tisser son interminable tapisserie.

— Parlez-moi encore de cette chambre. Ça m'intéresse.

— Pourquoi est-ce que je vous en parlerais ?

Et de continuer à chanter :

Quelle belle nuit pour rêver,
Est-ce que je peux t'accompagner...

— Je peux vous accompagner dans votre chambre ?

Il songea à Florence. Avait-elle rêvé en compagnie de Bubby Dubois ? Comment pouvait-on rêver en compagnie d'un individu pareil ?

La voix de Maud lui parvint, effaçant aussitôt l'image du corps bouffi de Bubby vautré sur celui de sa femme. Voix rusée.

— Vous ne me demandez pas s'il y avait quelqu'un d'autre dans la pièce ?

— Bonne question, fit Sam. Alors, il y avait quelqu'un d'autre ?

Maud arrêta le rocking-chair et se pencha par-dessus l'accoudoir.

— Non.

159

Ruse et douceur.

— Non. Il n'y a pas de chaises sur mon balcon. Je ne suis donc pas assise à contempler l'eau en compagnie d'un débile, membre de la police de surcroît.

D'un geste large, elle tendit la main qui tenait le verre de martini et le liquide se répandit en pluie dans l'air. On eût dit qu'elle baptisait la jetée.

— Merde, murmura-t-elle.

— Votre chambre serait à Venise, que ça m'étonnerait pas.

La remarque semblait banale pourtant elle était d'une inqualifiable étourderie. Il savait pertinemment qu'elle refusait de situer sa chambre avec précision, se contentant de dire qu'elle se trouvait non loin de la Méditerranée. Il savait qu'elle l'observait de sous le voile de ses cheveux.

— A cause de l'eau, ajouta-t-il.

Ce qui l'intéressait, c'était non pas l'emplacement de cette chambre mais la question de savoir pourquoi elle paraissait si sûre de l'innocence de Boy Chalmers. Uniquement par entêtement, sans doute.

— Absolument *pas*.

Elle empoigna la bouteille de vodka et se servit un verre.

— Autour de Venise, il n'y a pas de mer couleur de jade — du moins pas sur la carte postale que j'ai vue. Et, de toute manière, Venise est sur l'*Adriatique*.

Celui qui ignorait ce détail n'était pas digne d'être le confident de son rêve.

— Oh... Ben alors, c'est que j'suis pas assez malin ni assez chic pour la Méditerranie. Ni pour l'Adriatique.

Sam allongea les jambes et fit descendre du sommet de son crâne où elles étaient perchées ses lunettes à verres miroir.

— Pourquoi est-ce que vous croyez Boy Chalmers innocent ?

— Qui ?

Il avait interrompu ses élucubrations et elle allait faire sa mauvaise tête.

— Le type que j'ai arrêté. Et que j'aurais pas dû arrêter.

Elle s'était emparée des jumelles et les braquait sur la rive opposée. Il savait qu'elle refuserait de parler de Boy Chalmers tant qu'il ne lui aurait pas demandé ce qu'elle fabriquait. Sam poussa un soupir.

— Vous ne respectez pas la règle ! Je croyais qu'on n'était pas censés regarder le lac avec les jumelles ?

— Je ne me sers pas de ces jumelles.

S'il avait moins bien connu Maud, il se serait dit qu'elle était ivre morte au point de ne plus savoir ce qu'elle faisait. Mais elle n'était jamais ivre. Sam leva les yeux vers le ciel noir. Il fut tenté de ne pas broncher mais se dit qu'il lui fallait intervenir.

— C'est ce que vous prétendez. N'empêche que vous les avez devant les yeux.

— J'ai les yeux fermés.

Bon Dieu ! ses yeux étaient... Sam ne put se contenir ; tendant le bras, il lui arracha les jumelles des mains. Exactement ce qu'elle cherchait, bien sûr : le faire sortir de ses gonds. Lissant sa jupe, elle fredonna *Moonlight Becomes You*.

Tout en enroulant la courroie autour des jumelles et déposant celles-ci sur la jetée, il dit :

— J'aimerais que vous me disiez pourquoi Chalmers n'est pas coupable.

Silence très digne.

— Maud ?

Enroulant une longue boucle de ses cheveux autour d'un doigt, elle la pressa au-dessus de son oreille. Elle savait que ça l'agaçait, et c'était pour cela qu'elle s'amusait ainsi.

— Je serais vraiment content que vous me fassiez part de vos réflexions. Vous et moi sommes les seuls à être de cet avis. Sims me croit cinglé.

Sans doute avait-il trouvé le ton juste car elle mordit à l'hameçon.

— C'est lui, le cinglé. Un vieux timbré alcoolique qui ne devrait pas être maire.

Elle s'arrêta de tirer sur le cordon de la lampe, allumant, éteignant, éteignant, allumant, comme si elle venait de découvrir les merveilles de l'électricité.

— Il vous déteste parce que si vous vous présentiez aux élections vous lui prendriez son fauteuil de maire à tous les coups. Pour en revenir au petit Chalmers, avouez que la coïncidence est un peu grosse : le jour où Boy s'évade, un autre meurtre se produit.

Elle regarda Sam, l'air embêté.

Il ouvrit d'un *plop* une autre boîte de Coors.

— J'ai pas dit que c'était une coïncidence. Tout ce que je dis, c'est que l'auteur de tous ces meurtres a profité de ce que Boy vadrouillait dans la nature pour remettre ça.

Maud fronça les sourcils et recommença à jouer avec le cordon de la lampe. Éclairant puis plongeant dans l'obscurité l'extrémité de la jetée où le chat noir somnolait.

— C'est bien possible. En tout cas, c'est exactement ce que Chad a dit.

Et voyant Sam la regarder, sourcils haussés, elle opina de la tête.

— Parfaitement.

— Chad ?

— Moui. Il me parlait du meurtrier il y a quelques semaines, ici même. En m'installant la lampe avec les rallonges...

Elle jeta un regard par-dessus son épaule.

Impatienté, Sam la pressa de continuer.

— Pourquoi Chad est-il de cet avis, contrairement aux autres ?

— Parce que Chad n'est *pas* comme les autres.

Avec un soupir, elle pêcha un oignon miniature au vinaigre dans la glace, et le laissa tomber dans son verre avant de se verser un nouveau martini.

— Il est plutôt comme nous.

Et de soupirer de nouveau, comme si Sam, Chad et elle appartenaient à une race à part d'êtres différents qui, dotés d'une sensibilité et d'une finesse de perception supérieures à la moyenne, étaient condamnés à vivre en marge de la société des hommes ordinaires.

— Vous saviez qu'il connaissait Boy Chalmers ?

— Bon Dieu, non ! Vous m'en avez jamais parlé.

— Parce que je ne l'ai appris que ce week-end-là. Chad roulait sur sa vieille bicyclette sur la route d'Hebrides, il y a bien un an de ça. Et il a crevé. Juste au moment où Boy arrivait en moto. Chalmers s'est arrêté et a pris la situation en main. Il est retourné d'un coup de moto jusqu'à son magasin de cycles pour y prendre une pompe et une rustine, ou je ne sais trop quoi. Chad m'a dit qu'il avait été drôlement sympa. Qu'il s'était décarcassé pour le dépanner.

— Pourquoi ne vous a-t-il pas raconté ça après l'arrestation de Boy pour le meurtre de Loreen Butts ?

Elle continuait de jouer avec le cordon métallique de la lampe. Éteignant, allumant. Éteignant, allumant.

— Il m'a assuré me l'avoir dit. Ajoutant que j'avais dû oublier. Mais je n'ai pas oublié. Ça a dû lui sortir de la tête. Vous le connaissez.

Elle continuait de tripoter le cordon.

— Non, justement, je... Ça vous ferait rien d'arrêter de triturer ce machin ? A vous voir on dirait que vous avez vécu éclairée au gaz jusqu'à aujourd'hui. D'abord, vous ne devriez pas avoir de lampe ici, pour l'amour du ciel, Maud !

Elle le regarda calmement et dit, non moins calmement :

— Et pour lire, je ferais comment, sans lampe ?

Elle souleva son livre de poésie.

— Lisez chez vous. Ça m'étonne que Chad vous ait aidée à installer ce truc-là.

Sam se retourna et jeta un coup d'œil derrière lui.

— Il y a au moins une douzaine de rallonges jusqu'à la maison. Jamais rien vu d'aussi idiot !

— Vraiment ?

Maud lisait son poème, articulant soigneusement les mots à voix basse.

Sam serra les dents.

— Vous pourriez avoir un accident. Vous pourriez dégringoler dans le lac, la lampe vous tomberait dessus...

Maud garda les yeux sur son livre pour répondre :

— J'ai souvent pensé à nager avec ma lampe, pour ne rien vous cacher.

Tendant le bras, elle tira sur le cordon. Éteignant, allumant.

Il devrait l'envoyer chez le maire Sims, qu'elle l'asticote un bon coup, le fasse tourner en bourrique. Non, il n'y avait qu'avec lui que Maud était comme ça. Et avec Chad. Il but sa bière et la regarda tandis qu'elle faisait semblant de lire ce poème, articulant les mots avec emphase et agitant les mains, au cas où il n'aurait pas remarqué qu'elle l'ignorait. Elle tourna une page avec un froissement délibéré.

Sam savait bien pourquoi ça l'avait énervée qu'il lui

parle de la lampe ; comme il savait que s'il était aussi irritable, c'était parce que ça le mettait mal à l'aise de savoir Maud assise la moitié de la nuit, seule, sans défense, quand il n'était pas là pour lui tenir compagnie.

— Vous parliez de Boy Chalmers, continuez. Que savez-vous d'autre ?

— Chad ne m'a rien dit d'autre.

Elle ferma le recueil, accessoire de théâtre momentanément dénué d'intérêt.

— Il m'a juste dit qu'il ne comprenait pas que Boy ait pu être l'auteur de ces meurtres. Que *ce putain de* Boy était beaucoup trop gentil. Ce sont les mots qu'il a utilisés.

Elle jeta un regard entendu à Sam.

— Je désapprouve les gens qui vous sortent des « putain de ceci » et « putain de cela » à tout bout de champ. C'est un mot qui devrait être employé avec parcimonie. Ou pas du tout. Il y a des individus qui se croient tout le temps obligés de...

Oh, la ferme ! songea Sam tandis qu'elle discourait sur l'appauvrissement du langage.

— Chad a rien dit d'autre ?

— Non. Mais il faut croire que Boy a fait grosse impression sur lui pour qu'il le croie innocent. Parce qu'il préférerait qu'il soit coupable.

— Que voulez-vous dire ?

— Chad préférerait penser qu'il est coupable.

Maud se tourna vers lui.

— Cela voudrait dire que celui qui a fait le coup est sous les verrous. Ça voudrait dire que je n'ai rien à craindre.

Elle croisa les mains sur ses genoux et regarda le lac d'un air satisfait. Le fait que Chad se fît du souci à son sujet plaisait beaucoup à Maud.

Mais elle avait raison. Chad devait sûrement préférer penser que le tueur était hors d'état de nuire.

— Merci, dit-il. Merci de m'avoir mis au courant.

— De riiiien, dit-elle, recommençant à triturer ses cheveux sur sa tempe.

Avec un sourire, il renversa la tête en arrière et examina le ciel nocturne.

— Dommage que nous puissions pas tous vivre en Méditerranie.

Il la sentit s'immobiliser, heureuse sans doute qu'il se soit souvenu de la chambre de son rêve.

— Les *carabinieri* n'ont peut-être pas besoin d'un nouveau chef.

Elle attrapa la bouteille de Popov et la souleva pour vérifier le niveau.

— Je parie que si vous aviez le choix, c'est cette chambre que vous choisiriez.

L'air écœuré, elle fourra la bouteille dans le seau Colonel Sanders et posa son verre sur le tonneau.

Mais il avait l'impression de lire dans ses pensées : pour elle, il s'agissait d'un jeu, le jeu du que-choisiriez-vous-si-vous-pouviez-obtenir-n'importe-quoi. Et il savait qu'elle ne pourrait résister.

— Vous choisiriez quoi, *vous* ?

— Ça dépend.

Le rocking-chair s'immobilisa.

— Comment ça, ça dépend ? Si vous pouvez avoir tout ce dont vous avez envie, il n'y a pas de « ça dépend ».

— Oh...

Après un silence, Sam dit :

— Où est-ce que je vivrais si je pouvais obtenir tout ce qui me passe par la tête ?

— *Quoi ?... N'importe où*, si vous pouvez avoir tout ce qui vous fait plaisir...

Sam se cala dans son siège et se passa la boîte de Coors sur le front.

— Faut que je réfléchisse.

— Allez-y. Réfléchissez.

Sam aurait voulu répondre « Key West ». Mais elle croirait qu'il ne prenait pas le poème au sérieux, non plus que son besoin de comprendre.

— New York.

Maud cessa net de se balancer et de siroter son martini.

— New York ? Au nom du ciel, pourquoi ? Vous pourriez vivre n'importe où (elle étendit les bras) et vous choisissez New York ? La vallée de la Mort, le désert Mojave, je comprendrais...

Elle se carra dans son fauteuil, le visage tourné vers le ciel noir, et dit :

— Mais pas New *York*.

Serrant les mâchoires sur le dernier mot.

— Alors si je comprends bien, je peux pas vivre où je veux ?

— Je n'ai pas dit ça. Ne faites pas l'idiot.

Elle marqua une pause.

— Pourquoi New York ?

— Parce que j'ai une nièce là-bas. Rosie.

Sam n'avait pas de nièce du nom de Rosie. Il l'avait inventée, l'imaginant marchant le long de la Cinquième Avenue, peut-être à cause de la chanson que jouait le vieux piano du lac, reprise par un chœur aviné : *You Are... my Heart's Boo-kaay*. Il éprouva une soudaine bouffée de nostalgie en songeant à cette jeune fille imaginaire qui n'existait même pas une minute plus tôt.

Maud croisa les bras sur la poitrine, énergiquement. Debout, elle aurait ressemblé en cet instant aux rudes femmes de pionniers des westerns d'antan.

— Vous ne m'avez jamais parlé de Rosie.

— Sans doute parce que je pense pas souvent à elle.

— Cette nièce, elle est de votre côté ou de celui de Florence ?

— Je crois pas qu'elle ait choisi son camp.

Sam consulta sa montre. Une heure du matin. Florence devait avoir choisi son camp, elle. N'importe quel camp, sauf celui de son mari, bien sûr.

— Vous savez très bien ce que je veux dire. Vous me faites marcher.

Sam sourit.

— Peut-être. Rosie est la fille de mon frère.

Maintenant il inventait toute une famille. C'était à force de rester assis en compagnie de Maud, qui n'avait les pieds sur terre que lorsqu'elle travaillait. Aucune importance. Pourvu que Maud continue à parler, tout était permis.

Bang ! fit le fauteuil tandis qu'elle se tournait vers lui, l'œil furieux.

— Quel frère ? Vous n'avez qu'une sœur. En tout cas, c'est ce que vous m'avez dit. Vous ne dites jamais la vérité ?

Sam se mordilla la lèvre.

— C'est pas un frère, c'est un demi-frère. M'man a été mariée une première fois avant d'épouser mon père. Il porte même pas le même nom que moi.

Maud se remit à se balancer.

— Un demi-frère. Dans ce cas les liens de parenté que vous avez avec Rosie se résument à pas grand-chose.

Ça l'agaça de voir avec quelle facilité elle renvoyait au néant la nièce qui venait de naître, avait réussi à atteindre l'âge de dix-huit, vingt ans et descendait maintenant la Cinquième Avenue en faisant du lèche-vitrines. Il la vit aussi nettement que s'il avait été étalagiste, la vit à travers la vitre scintillante de soleil. Blonde avec des yeux bleus couleur de lac...

— Vous ne m'avez toujours pas dit ce qui vous ferait le plus plaisir. A New York. Si vous aviez le choix. Une limousine, par exemple ?

Après avoir fait de Rosie un fantôme de parente, Maud, satisfaite, pianotait avec ses doigts au rythme de la musique. Les invités étaient de nouveau dans le patio. En plissant les yeux, il distingua une silhouette minuscule vêtue de bleu, cheveux d'un blond très pâle.

— Un voiturier.

Elle laissa tomber la cigarette qu'elle portait à ses lèvres.

— Vous êtes censé choisir ce qui vous ferait *le plus* plaisir. Vous ne jouez pas sérieusement.

Sam bâilla et se leva lentement.

— Si. Un voiturier. On est à New York, non ?

Maud jeta sa cigarette dans le lac.

— Bon sang ! vous pourriez avoir la tour Trump, si vous vouliez.

— C'est pour le coup que j'aurais réellement besoin d'un voiturier. Écoutez : j'aimerais que vous rentriez chez vous, maintenant. J'aime pas vous savoir seule dans le noir. On sait jamais quels malades peuvent traîner dans les parages. Il faut que je rentre.

Il ne rentrait pas chez lui ; il allait continuer sa ronde. Sam se pencha au-dessus d'elle, les mains plaquées sur les accoudoirs de son rocking-chair.

— Et débranchez cette satanée lampe.

Il s'éloigna.

— C'est Labor Day ; c'est la dernière réception. Je regarde. D'ailleurs je ne vois pas pourquoi vous devez partir. Vous n'êtes pas de service de nuit demain ?

Sam se retourna vers la jetée, regardant l'arrière de sa tête, son dos rigide.

— Elle a écrit son nom avec son propre sang, énonça-t-elle soudain.

Sam resta planté là un moment et alla lui poser la main sur l'épaule.

— Vous parlez de Nancy ?

— C'est ce qu'ils ont dit. Qu'elle avait écrit « Boy ».

— Je crois pas que c'est à Boy Chalmers qu'elle pensait.

Maud le regarda :

— A qui, alors ?

— A son fils. A son petit garçon.

— *Quoi ?* Vous n'allez pas me dire que vous pensez qu'il... ?

— Bien sûr que non. Il a que sept ans. Non, je crois qu'elle essayait de lui laisser un message. Vous connaissiez Nancy, il me semble. Elle a pas travaillé au *Rainbow* dans le temps ?

— A la plonge, oui, acquiesça Maud, levant les yeux vers lui.

— Bon, vous vous rappelez peut-être qu'elle bossait aussi pour nous. Elle faisait le ménage, le soir, et on bavardait, à l'occasion.

— Au *Rainbow*, Nancy n'adressait la parole à personne. Elle était d'une timidité... J'ai bien essayé d'engager la conversation mais elle gardait les yeux baissés sur ses assiettes. C'est horrible, cette histoire avec son mari. Je crois qu'il la battait comme plâtre. Le plus affreux, c'est qu'on ait fini par lui retirer son fils. Comme si tout ça était de sa faute.

— Vous savez comment elle l'appelait ? « Mon petit garçon. »

— Ooohhh... exhala lentement Maud. « Mon petit garçon. »

C'était une façon tellement vieillotte de s'exprimer. Maud se souvint soudain que sa mère utilisait les mêmes mots en parlant de son frère cadet, l'oncle de Maud, qui était mort, lui aussi. Rupture d'anévrisme. Il était tombé d'un tabouret de bar à quarante-cinq ans. Tout le monde avait trouvé ça drôle ; pas Maud. *Mon petit garçon.*

— Quand elle m'a raconté la chute de son fils dans l'escalier de la cave, je l'ai crue. J'ai eu l'occasion d'aller chez elle. Ces marches étaient d'une traîtrise... Il y avait une sorte de crochet — servant à quoi, j'en sais foutre rien — qui dépassait du mur. Le gamin aurait très bien pu tomber et se casser le bras sur ces saletés de marches. Le petit avait déjà eu tellement d'accidents quand son ivrogne de mari était dans les parages que l'assistante sociale a dû se dire que le môme serait mieux chez des parents adoptifs. Ç'a été un rude coup pour Nancy.

Un rude coup ? Maud n'avait aucun mal à l'imaginer. Rien que d'y penser, elle retint sa respiration.

Sam poursuivit :

— Elle lavait par terre, tordait la serpillière et me parlait de son petit garçon.

Maud écoutait le son de la clarinette de l'autre côté du lac.

— Billie Anderson m'a ri au nez quand je lui ai fait remarquer que ce n'était pas un prénom que Nancy avait écrit avec son sang. Il y avait une sorte de tache, suivie d'un mot. Et ce mot ne commençait pas par une majuscule. Ce n'était donc pas Boy.

Maud eut l'impression d'avoir un poids atroce sur le cœur.

— Oh, Sam ! Vous croyez que ce qu'elle a voulu écrire, c'était...

— ... garçon. « Mon petit garçon. »

Ils restèrent silencieux un long moment, Maud se balançant, Sam planté à côté d'elle.

— A plus tard, dit-il en s'éloignant le long de la jetée.

Il entendit de nouveau le son de sa voix dans son dos et secoua la tête. Qu'allait donc encore inventer Schéhérazade pour le retenir ?

— Inutile que je continue mon histoire, je suppose. Inutile que je vous parle de la noyade.

Elle tendit le bras et tira sur le cordon de la lampe. Un cône de lumière sourdement ambrée éclaira sa chevelure.

— Quelle noyade ?

Il avait croisé les bras. Il la connaissait bien.

— La mienne, dit-elle en toute simplicité, tendant une main languissante vers son verre. Une noyade de toute beauté dans la mer en fusion devant la chambre que je vous ai décrite.

La mer en fusion, nom de Dieu !

— Comment est-ce que ça se passe, cette noyade, dans votre vision ?

Théâtrale, elle lui présenta son profil.

— Je croyais que vous deviez partir.

Sam fixa la lune et secoua la tête.

— Je peux repasser dans une demi-heure. Histoire de m'assurer que vous ne vous êtes pas noyée dans le lac en fusion. En attendant, faites-moi un résumé, vite fait.

Maud s'éclaircit la gorge avec une grandiloquence de diva et dit, regardant droit devant elle :

— J'ignore comment, mais je me retrouve soudain au-dessus de la mer. Qui ressemble à un filet d'or. Le soleil se couche. Je porte une longue, très longue robe d'or fluide et je tombe — non, je ne tombe pas —, je m'envole, je décolle tout doucement et je m'allonge sur la mer où je flotte. Je fais corps avec elle... ma robe, ma peau, c'est comme si la mer se refermait sur moi mais sans qu'on s'aperçoive de ma présence. Je ne fais qu'un avec la mer.

Elle se tut et il attendit. Puis elle se retourna et ajouta :

— Je suis le morceau de puzzle qui manquait.

L'espace de quelques instants, il resta immobile à quelques mètres derrière elle, fronçant les sourcils, frissonnant.

— Éteignez votre saloperie de lampe. J'en ai pas pour longtemps. Je reviens.

5

Il était posté à deux pas du sentier forestier qu'elle avait emprunté pour rentrer chez elle, inspirant l'air humide de la nuit.

Si elle lui était tombée sans défense dans les bras, c'était grâce à sa petite mère chérie — cet ange —, qui la lui avait envoyée pour le consoler du chagrin qu'elle lui avait causé. Sa dernière lettre, sa mère l'avait adressée à ce vieux bonhomme aux joues mangées de barbe, tout juste bon à rester assis devant la table de la cuisine et boire l'argent du ménage.

Le petit pédé s'était évadé de prison ! Il en ricanait encore. Ce petit empaffé s'était tiré, lui fournissant une excellente raison de passer à l'action cette nuit-là, alors qu'il avait hésité jusqu'alors, se disant que c'était trop tôt — trop tôt après Loreen Butts.

Non qu'il se crût en danger. Absolument pas. Mais simplement il aimait l'observer.

Il aimait la regarder descendre Main Street, tête baissée, pieds frôlant à peine le sol. Elle avait l'air d'une feuille, une feuille d'un brun pâle, frêle, que ballottait le moindre souffle de vent.

Il soupira, ce soir, battant le rappel de ses souvenirs.

Et, tout en fouillant dans sa mémoire, il trouva le

manche glacé du couteau qui dépassait de sa hanche. Il lui semblait percevoir les frémissements entendus en cette nuit de juin dans le bois tandis qu'elle avançait le long du sentier. Venant vers lui.

Il se plaqua contre l'arbre, appuya sa tête contre le tronc, le visage dressé vers le ciel, le cou raide. Aussi raide que l'avait été celui de la jeune femme. Il effleura doucement des doigts la toile de son jean, remontant et descendant, remontant et descendant et sentit bientôt la raideur familière tendre le tissu du pantalon.

— Nancy.

Même encore maintenant, il chuchotait son nom, se la remémorant sans peine.

Elle avait sursauté dans l'obscurité sans ombre. Une obscurité si dense que, sous le clair de lune blême, seule la blancheur crue des frênes avait réussi à la transpercer.

Ses yeux à lui aussi avaient réussi à transpercer les ténèbres. Mais ils avaient brûlé des pans entiers de forêt, transformé en cendres les feuilles sèches et dures sur lesquelles leurs corps luttaient.

— Salut, Nancy.

Il l'entendit hoqueter, la vit se cabrer dans le noir, tenter de distinguer d'où venait la voix. Il pouffa de rire.

Elle avait essayé de crier, mais son cri n'avait pas dépassé le stade du gargouillis qu'il avait vite étouffé, une main autour de son cou, en attirant son corps vers lui. Avant de dégainer son couteau, il entendait lui faire comprendre que c'était lui le patron et qu'elle n'était rien de plus qu'une malheureuse petite créature de la forêt, écureuil ou lapin.

Il lui avait attrapé le menton, avait approché sa bouche de la sienne, senti sa langue darder tel un aspic hors de ses lèvres, en direction de ses dents, comme s'il cherchait à la frapper mortellement.

Puis elle fut par terre, les deux mains immobilisées par la sienne, et, comme dans un rêve, le couteau jaillit dans son poing, entaillant ses vêtements, dénudant la chair semblable à du beurre, du menton jusqu'en bas, vêtements flottant, s'écartant sans résistance sous la lame.

Lorsqu'il plongea en elle, elle poussa un hurlement. Le bien-fondé de ce hurlement l'ébranla tout entier. Ses yeux étaient creux, blancs, révulsés, comme si elle n'osait regarder les prunelles aveuglantes de son agresseur.

Il brandit le couteau et attendit qu'elle comprenne dans quel genre de monde il l'avait entraînée.

Elle leva les yeux vers lui, le fixant.

Il sourit et lui trancha la gorge.

Ce soir, il lui fallait s'arracher à ces souvenirs.

Comment se faisait-il qu'elle ait eu encore un souffle de vie en elle ? Où avait-elle trouvé la force de laisser un indice, un mot tracé avec son propre sang sur le sol ?

Et *pourquoi* ?

Pourquoi avait-elle écrit le prénom de ce pédé, cette couille molle qui n'aurait jamais eu le culot de faire ce qu'il avait fait ? Pourquoi avait-elle écrit ce nom avec son sang ?

Depuis cette nuit de la fin juin, il tournait et retournait la question dans sa tête. Ça finissait par le rendre dingue. La seule réponse qu'il avait trouvée, c'était qu'il fallait voir dans ce signe une manifestation de la main de Dieu — ou de celle de sa chère, de son angélique mère —, qui voulait s'assurer que le mal serait puni. Et que les justes resteraient libres.

Il n'y avait pas d'autre explication possible.

176

Cela signifiait qu'il était sur la bonne voie. Que ce n'était pas trop tôt.

Et Dieu seul savait que celle-là méritait la mort, elle aussi.

Il aurait aimé s'attarder encore un peu dans le bois, une main sur le couteau, l'autre contre son cou, à évoquer ses souvenirs.

Mais il lui fallait s'éloigner, descendre le sentier, gagner son poste d'observation, l'endroit d'où il pourrait voir si elle allait sortir ce soir comme elle le faisait d'ordinaire, et dans quelle direction elle s'en irait.

Si quelqu'un méritait de mourir. Si quelqu'un méritait de mourir...

6

Selon lui, elle buvait. Certains habitants de La Porte auraient peut-être eu du mal à croire que Willow Pauley buvait en cachette mais Sam, lui, n'avait aucun mal à accepter la chose. Il souhaitait seulement que les habitants de la petite bourgade aient le bon goût de baisser leurs stores, de tirer leurs rideaux et, à l'occasion, de fermer leur porte à clé.

Sam était retourné à pied jusqu'à sa voiture d'où il observait Willow Pauley dans sa cuisine blanche brillamment éclairée, plantée près de l'évier, portant un verre à ses lèvres, l'éloignant, le portant de nouveau à ses lèvres selon un rythme bien établi.

La maison de Willow n'était pas située à l'écart du bourg comme celle de Bunny Caruso. C'était une bâtisse de brique trapue sise au milieu d'un vaste terrain donnant en plein sur la grand-rue. Malgré cela elle jouissait d'une tranquillité qui faisait défaut à ses voisines car elle était entourée d'arbres, essentiellement des frênes et des conifères. Avant sa mort, le père de Willow avait été pépiniériste à la sortie de l'agglomération. Il avait une telle passion pour les arbres qu'il s'était inspiré de la botanique pour baptiser ses deux filles et son fils, lesquels se prénommaient respectivement : Willow, Ashley et Oak [1]. Mr. Pauley avait tant planté de frênes, de pins et de chênes chez lui que la partie arrière de la propriété était maintenant enfouie sous la verdure.

Et c'était toujours l'arrière de la villa que Sam surveillait. Le vieux chemin de terre qui faisait le tour du lac se divisait en petits sentiers, tels des ruisselets s'échappant d'un cours d'eau, qui finissaient par former des passages à peine plus larges que des ornières. L'une de ces ornières aboutissait à cet endroit-là. Ce qui permettait d'accéder à la propriété en passant par-derrière. Sam était descendu de son véhicule et avait fait un rapide tour des lieux sous le couvert des arbres.

Maintenant, assis à son volant, il montait la garde comme il l'avait fait devant chez Bunny, souhaitant intérieurement que Willow vive sa vie tous stores baissés.

Il jetait un œil, point final. Il ne pouvait faire davantage et ce qu'il faisait, il le faisait pendant ses heures de loisir. Même si son hypothèse sur les meurtres était complètement farfelue, il n'avait rien à perdre. Il bâilla et consulta le cadran lumineux de sa montre avant de reporter les yeux sur la fenêtre. Une heure et quart du matin. Et Willow cuisinait. Cuisinait et buvait. Elle leva de nouveau son verre et, à la lumière, il vit que c'était un verre à vin, un grand verre à dégustation.

Sam examina les rayons du volant et songea à Nancy Alonzo. Quel âge pouvait-elle bien avoir eu ? Trente, trente-cinq ans peut-être. Mais elle en paraissait à peine vingt. Toute sa vie elle avait trimé dur et seules ses mains avaient vieilli. Il la revoyait debout devant lui, tordant ses mains rouges et rugueuses, lui

---

1. *Willow* = saule, *ash* = frêne, *oak* = chêne.

demandant s'il pouvait l'aider à récupérer son fils. *Je ne lui ai jamais fait de mal, shérif. Jamais je ne ferais de mal à ce cher petit.* Sam lui avait rétorqué qu'il n'en doutait pas un instant, qu'il savait bien qu'elle ne l'avait jamais maltraité. Il s'efforça de faire pression sur le service de l'action sanitaire et sociale mais on lui parla de tous les autres « accidents » qui étaient arrivés au petit, et on lui fit comprendre qu'il n'y avait rien à faire. Pauvre Nancy.

Pauvre Nancy. Même maintenant, deux mois après les faits, Sam avait du mal à se dire que tout ce que Nancy Alonzo avait récolté pour une vie de dur labeur et de sacrifices, c'était cette mort horrible.

Sam leva le nez de ses mains croisées et regarda la fenêtre de Willow. Sims n'avait aucun mal à croire que les événements s'étaient déroulés comme il le pensait, se disait Sam. Pour Sims, le meurtre de Nancy Alonzo et l'évasion de Boy Chalmers étaient autant de cartes tombées du ciel qu'il s'était fait un malin plaisir de remettre entre les mains du shérif.

Sam regarda à travers le pare-brise vers la porte de derrière de Willow, le petit porche de bois, les marches qui y menaient. La porte n'était probablement pas fermée à clé.

Le problème, c'est qu'il s'était laissé aller à des suppositions ; il en avait bien conscience. Toutefois, s'il partait avec la conviction solidement ancrée au fond de ses tripes que Boy Chalmers n'était pas l'auteur du meurtre qui avait eu lieu près de l'*Oasis* et la certitude que la police d'Hebrides ne s'était pas franchement décarcassée pour coincer le meurtrier, il devait pouvoir arriver à quelque chose. Un autre type était coupable, et pour pouvoir progresser dans son enquête, il lui fallait supposer que cet autre type était quelqu'un du cru. Sedgewick ne cessait de parler d'Hebrides et de La Porte comme de deux localités distinctes. Mais le meurtre de Tony Perry avait eu lieu dans ce bois qui était un no man's land ; et l'*Oasis Bar and Grill* était à cheval entre La Porte et Hebrides.

Dans tous les cas, s'il voulait tenter d'agir seul et pendant ses heures de loisir, il était obligé de laisser tomber les rondes à Hebrides. Il ne connaissait pas les femmes de cette localité ; il ignorait leurs habitudes ; et Hebrides était beaucoup plus vaste que La Porte. C'était également une bourgade qui n'était pas de son ressort, professionnellement parlant, bien qu'il n'en eût rien à cirer.

S'il perdait son temps, c'était *son* temps.

Il soupira, tourna les yeux vers la fenêtre de derrière de la cuisine brillamment éclairée, et vit Willow allumer une bougie, comme si elle attendait un soupirant. Ce mot démodé lui vint spontanément à l'esprit. Willow Pauley n'était pas femme à avoir un soupirant.

7

Il l'observait depuis près d'un an.

Il la regarda descendre l'escalier de sa maison, cramponnée à la rampe de bois, posant les pieds sur les marches avec précaution telle une vieille femme ou une infirme. Tête baissée, elle fixait ses pieds et la lumière du réverbère nimbait sa chevelure d'un halo d'argent. Elle atteignit le trottoir, remonta son col de fourrure et prit la direction du nord, vers l'endroit où le trottoir finissait abruptement. Comme si les frontières de La Porte étaient délimitées avec une extrême précision.

De là où il se tenait pour l'instant, glissant la lame du couteau denté dans l'étui de cuir qu'il avait fabriqué tout exprès, il voyait aussi bien ce qui se passait à droite que ce qui se passait à gauche. Impossible de trouver meilleur poste d'observation pour examiner les passants remontant ou descendant la grand-rue. Nul ne pouvait l'apercevoir ; nul ne savait qu'il était là.

Malin, il avait toujours été malin. Baissant la tête, il pouffa de rire. C'était drôle, vraiment tordant. Puis, retrouvant son sérieux, il remonta la fermeture Éclair de sa veste et, telle une créature de la nuit — tel un renard émergeant de sa tanière —, il sortit de son refuge.

Son manteau était blanc ou peut-être crème. Cela l'aidait à ne pas la perdre de vue dans l'obscurité que trouait la seule lueur jaunâtre des réverbères. Il était à l'extrémité de la ville ; il n'y avait personne dans les parages, et nul ne se serait risqué de ce côté-là à cette heure de la nuit, de toute façon. Il avait suffisamment observé les lieux et suffisamment longtemps pour ne pas faire d'erreur sur ce point.

D'une certaine manière, il l'aimait bien, il l'aurait aimée encore davantage si elle avait été une fille bien. C'était une femme qui avait des habitudes régulières. Comme lui. Elle était fiable. On pouvait compter sur elle. On pouvait être sûr qu'elle ferait toujours la même chose au même moment. Oui, on pouvait compter sur elle.

Cette pensée le fit hésiter, trébucher imperceptiblement, et il sentit sa poitrine se serrer légèrement.

Dans sa gaine de cuir, le couteau frottait contre sa cuisse. Il le sortit de l'étui et passa avec délicatesse son pouce le long de la lame.

Même s'il se laissait distancer, qu'il la laissait prendre de l'avance, il la distinguait sans peine grâce à la couleur de son manteau. Son manteau était blanc (*ta robe était bleue*).

Son pied racla le trottoir tandis qu'il s'immobilisait. Il ferma les yeux, porta la main à son oreille, la frictionna avec la paume, comme un nageur dont l'oreille est pleine d'eau. D'où était venu ce vers ? *J'étais tout en bleu.*

Il se remit en marche à pas lourds. Il distinguait le bouquet de pins juste après l'endroit où le trottoir prenait fin et savait qu'elle se promènerait dans son sommeil le long de la chaussée à cet endroit-là. C'était une rêveuse, une somnambule. (*J'étais tout en bleu.*) Il trébucha ; dans sa tête, la pression s'accentua.

Tu portais une robe d'or.
J'étais tout en bleu...

Deux personnes. Qui chantaient. L'image qui lui traversait l'esprit était celle d'un homme et d'une femme assis devant une toile peinte représentant un coucher de soleil au bord de la mer, et qui chantaient. Sa main était sur le manche du couteau. Ses ongles s'enfonçaient dans sa paume. Quelque chose de lourd s'écoulait de lui, le poids qui pesait sur sa poitrine pesait maintenant sur ses membres. Ce n'était pas la même pression que quatre ans plus tôt, ni que deux, ni qu'un an auparavant. Cette douleur s'accompagnait d'une sensation de réconfort. Le réconfort que l'on éprouve quand on fait ce qui est juste.

Il avait regagné du terrain sans même s'en rendre compte. Soudain, elle s'immobilisa. Il se figea, glacé. Si elle se retournait... Il s'enfonça dans l'ombre de l'allée de la dernière maison.

Mais elle ne regarda pas en arrière. Elle se savait condamnée. Les autres l'avaient su ; si elles s'étaient débattues, c'était pour le principe ; il ne s'agissait que d'une dispute amicale.

Tu portais une robe d'or.
J'étais tout en bleu...

Une dispute amicale. Son visage était aussi huileux que le couteau parce que trempé de sueur, aussi s'essuya-t-il le front avec son bras. Il sentit sa détermination faiblir et lutta, buté, pour la conserver intacte. Les voix des chanteurs le dérangeaient. Il s'efforça de les faire taire et continua de marcher.

Pourquoi ne se retournait-elle pas ?

Lorsqu'il avait vu la femme à l'*Oasis Bar and Grill*, il n'avait pas compris ce qui l'avait poussé à la suivre dehors, à mettre ses pas dans les siens. Ses lèvres étaient humides et luisantes comme du cuir verni rouge, elles brillaient dans l'atmosphère enfumée de l'*Oasis*. Son corsage argent était transparent comme de l'eau, une eau qui enveloppait, épousait ses seins aux pointes pleines... Attention, terrain glissant. C'était plus tard qu'il avait découvert l'existence du petit garçon, *son* petit garçon...

Comme si quelqu'un avait actionné un interrupteur dans son cerveau, un fil crépita, sa tête s'inclina spasmodiquement sur la gauche ; son corps fut parcouru par le courant. Il pleurait, sa volonté l'abandonnant, glissant telle la sève d'un arbre.

Pour reprendre ses esprits, dresser une manière de barrière autour de lui, il examina les maisons à gauche et à droite. Là, le porche de miss Ruth, impeccable, laqué de chocolat. L'arrière de la villa de Willow Pauley, d'où s'échappaient des taches de lumière à travers les arbres ; est-ce qu'elle était debout ? La rangée de pompes devant la station-service Red Bird.

La vue des fenêtres familières et des pâtés de maisons carrés de La Porte l'aida à respirer plus facilement. Pourquoi fallait-il toujours qu'elle se rende au bout du trottoir et s'arrête là, sans poser le pied sur le chemin de terre ni dans le bois ? N'y avait-il pas longtemps qu'il attendait ?

Je m'en souviens bien...

Les voix des chanteurs enflaient, prenaient de

l'ampleur, et la scène sortie d'un vieux film lui traversa soudain l'esprit. Elle avançait maintenant vers les arbres, et il se rappela la petite fille du film, celle qui était devenue une femme pratiquement en l'espace d'une nuit. Mais sa robe était *blanche*, d'un blanc virginal, barrée d'une ceinture noire comme le péché. Son corps d'homme lui parut sans poids, aussi léger que le cône de brume que projetait le dernier réverbère.

Elle était petite là-bas, loin devant lui, son manteau blanc à peine plus gros qu'un papillon de nuit.

Il quitta le dernier carré de trottoir, accélérant l'allure, marchant d'un pas régulier. Seul le mouvement de son esprit était différent. En esprit, il déboulait vers elle. Il trébuchait sur le sol rude du chemin plein de nids-de-poule, les bras tendus vers elle.

Son seul point d'appui était le couteau, qui dans son imagination avait atteint la taille d'un arbre.

Un papillon de nuit blanc, frémissant...

8

Les éclats de rire tranchants comme des lames de couteau venaient d'un autre bateau. D'un geste vif, Maud tira sur le cordon pour éteindre la lumière et referma son livre.

Elle avait laissé la lampe allumée pendant que Sam s'éloignait dans l'espoir qu'il se serait retourné et aurait pris bonne note de son refus de lui obéir, de se rendre à ses injonctions, de se ratatiner de peur à la pensée des horreurs innommables qui peuplaient la nuit de leurs sourires ivoirins. Les horreurs, elle en avait son content — connues, nommées et répertoriées ; aussi n'avait-elle besoin ni des tam-tams de la jungle ni des buissons frissonnants.

Voix aiguës, cris, piaillements de rire s'échappèrent d'une embarcation carrée perchée sur des manières de flotteurs et surmontée d'une toile frangée, qui devait transporter de nouveaux invités. Maud plissa les yeux pour essayer de distinguer les contours flous du bateau, qui avait fait demi-tour au milieu du lac et mis le cap sur la réception.

Ces gens avaient-ils fait route ensemble depuis le départ ou venaient-ils d'autres villas où se déroulaient d'autres parties ? L'embarcation s'était-elle arrêtée pour les prendre au passage le long de la rive et les emmener jusque chez Raoul et Evita ?

Cette cargaison de silhouettes sombres s'harmonisait avec l'allure quasi funèbre du bateau. Seules l'extrémité brasillante des cigarettes, les flammes menues et fantomatiques des bougies plantées dans des globes en verre indiquaient que les voix n'étaient pas désincarnées.

Maud s'abrita les yeux, regarda vers le ponton lointain. Une heure et demie du matin. Et la réception recevait un nouvel arrivage d'invités. Cela pouvait durer jusqu'à l'aube, voire jusqu'au matin. Le weekend de Labor Day marquait la fin de la saison tout comme celui de Memorial Day en indiquait le début.

Où allaient-ils, Raoul et Evita, lorsque la saison était finie ? C'était une question qui turlupinait Maud, tant les destinations possibles étaient nombreuses. Le Brésil, par exemple, car quand on se prénommait Raoul ou Evita...

Tandis qu'elle essayait de déloger les deux olives coincées au fond du bocal, elle se demanda, écœurée, *pourquoi* elle se basait sur des prénoms que Sam avait probablement inventés pour se livrer à toutes sortes de spéculations concernant ces gens. Les prénoms, il n'avait commencé à en être question que lorsque *Le Baiser de la femme araignée*, film dans lequel jouait un certain Raoul Julia, était passé à La Porte. C'était un homme d'une grande beauté ; elle avait vu le film à deux reprises. La seconde fois, elle s'était assise juste devant Joey, qui était venu la rejoindre et partager avec elle son énorme sac de pop-corn. Il le mangeait à pleines poignées, se le fourrant dans la bouche avec la main, proférant des remarques sur l'« enculé » qui servait de faire-valoir à Raoul jusqu'à ce qu'elle lui dise de bien vouloir la boucler. Après ça, bien installés à l'Empire, ils avaient regardé Raoul cracher des flammes sur l'écran comme s'il avait un poêle rempli de charbons ardents derrière les yeux. C'est après la projection de ce film que Sam lui avait sorti ce prénom. « Evita », elle ignorait où il l'avait pêché. A moins que ce ne fût dans la comédie musicale. Elle ne pensait pas qu'il y eût une actrice nommée Evita dans *Le Baiser de la femme araignée* mais n'en était pas autrement sûre. Maud but son martini à petites gorgées.

Sa proue nappée de brouillard, l'embarcation aurait pu être un vaisseau fantôme. Filets de brume traînant dans son sillage tel un drapeau en lambeaux. Équipage squelettique. Le voyage des damnés...

Oh, pour l'amour du ciel, pesta-t-elle intérieurement, arrête ! Les gens du lac étaient tout sauf des damnés. Ils étaient probablement tous originaires de New York, Boston, ou de propriétés situées dans les Poconos et ceinturées de murets de pierre. Selon Maud, ils étaient trop fortunés et dotés de trop de bon sens pour se soucier de leur image. Les hommes n'achetaient jamais la revue touristique *Travel and Leisure* au drugstore ; ils se contentaient de l'extraire du présentoir et de la lire, plantés là, jusqu'à ce que Bobby Cooper leur fonce dessus en leur désignant du doigt la pancarte écrite à la main. Alors ils payaient leur *Times* avec un simple haussement d'épaules et s'éloignaient d'un pas nonchalant.

Il y avait longtemps qu'ils avaient renoncé à « villégiaturer » dans des petits bleds « marrants » découverts au fond des Dolomites ou à passer une saison entière en Islande. Ils étaient trop malins pour ça, se disait Maud. Ils étaient tombés sur La Porte par hasard, tout simplement, avaient vu l'énorme lac et s'étaient tapé sur les cuisses de plaisir. La Porte n'était pas de ces endroits où l'on se vantait de « passer l'été », on y séjournait quelque temps, tout au plus. Il fallait une confiance en soi à toute épreuve — étayée sans doute par la possession de quelques mines de diamant — pour avoir droit de cité parmi les habitués qui fréquentaient La Porte l'été, la bourgade étant sise trop au nord et trop à l'intérieur des terres pour prétendre faire un jour partie des lieux dits branchés et devenir une station à la mode. Maud se basait sur des notions assez floues pour parvenir à ces conclusions, pourtant cela ne l'empêchait pas de continuer à se disputer avec Shirl, pour qui les estivants n'étaient qu'un tas de radins. Maud, elle, lui faisait remarquer qu'ils étaient tellement friqués qu'ils n'hésitaient pas à lui extorquer une troisième tasse de café sans même payer les trente *cents* de supplément.

— Bon, ces connards sont friqués, et alors ? se rebiffait Shirl, attrapant le plateau de beignets tout chauds dans la vitrine et le posant bruyamment derrière elle sur l'une des étagères de verre.

Une fois que les gens du lac, parés de leurs beaux habits blancs et de leurs lunettes dernier cri, avaient semé des pages du *Sunday Times* sur toutes les tables, englouti leur petit déjeuner, et qu'ils s'apprêtaient à acheter des sachets de beignets à emporter, alors venait pour Shirl le moment tant attendu, le moment magique. Bien qu'il y eût un plateau entier de beignets à l'aspect succulent posé derrière elle, elle leur déclarait froidement qu'il n'y en avait plus ; un coude appuyé sur la caisse et l'autre contre la hanche, elle attendait l'inévitable mouvement de menton vers le plateau chargé de pâtisseries. « Ceux-là, c'est pour donner, y sont pour les pauvres de La Porte. » Ajoutant que, non, ils ne pouvaient pas davantage acheter la tarte aux pommes qui restait. « Les pauvres de La Porte » étaient le cheval de bataille dominical de Shirl, qui n'hésitait pas à rendre les estivants fortunés responsables de la gestion perverse de la municipalité et du déficit budgétaire de la commune.

Maud, plantée derrière le comptoir où elle trempait les verres sales dans l'eau bouillante, écoutait en secouant la tête. La Porte avait son contingent de pauvres, oui ; mais Shirl aurait été incapable d'en identifier un, même si on l'avait casé entre Lee Iacocca [1] et Elizabeth Taylor. (« Cette espèce de morveuse ? Elle a des yeux... Pas de quoi en faire un plat ! Des yeux, tout le monde en a : moi, toi. Même Joey, il en a, des yeux. »)

Malgré tout, ils distribuaient généreusement les pourboires ; et, le dimanche, Shirl se faisait un sacré paquet de pognon. Ils trouvaient l'endroit « pittoresque », sans doute à cause des boxes en bois tout esquintés, du comptoir au plateau de marbre et de la propriétaire aux traits taillés à la serpe, qui n'arrêtait pas de fumer en mâchant férocement son chewinggum. Ça leur plaisait, aux clients, de se faire rembarrer, de ne pas réussir à la convaincre de leur vendre ses beignets. A leurs yeux, Shirl constituait le dernier tenant de la libre entreprise ou quelque chose dans ce goût-là, alors qu'en fait elle était tout bonnement mesquine.

Maud demandait toujours à travailler au comptoir, le dimanche. (Charlene, qui ramassait de gros pourboires, n'avait aucune objection à s'occuper de la salle.) Elle n'avait pas envie de les voir de près. Pulls

---

1. Homme d'affaires américain qui fut appelé à la tête de Chrysler en crise et opéra un redressement économique spectaculaire de la firme.

de tennis et casquettes formant des taches blanches, lunettes de soleil sophistiquées conférant au *Rainbow* l'aspect d'une salle de congrès fréquentée par des spationautes : Maud n'en distinguait pas davantage. Elle avait peur de ne plus être capable de les imaginer en smokings et robes froufroutantes ; peur surtout de tomber sur Raoul et Evita, de deviner que c'étaient eux, de remarquer leur peau mate, de surprendre leur léger accent...

Maud secoua la tête pour s'éclaircir les idées. Sam avait inventé les prénoms. Ils s'appelaient probablement Kelly et Craig, ils habitaient la tour Trump et ils se promenaient avec des petits chiens. Et pourtant...

Elle entendit le bateau débarquer son contingent de nouveaux arrivants avec force piaillements et jappements de petits chiots, justement.

Elle dodelinait de la tête mais se redressa lorsque la porte du patio s'ouvrit soudain, sans doute sous la poussée de la musique.

Brazil.

C'était un présage.

Maud chassa de son esprit la tour Trump mais pas New York. A cause de Rosie.

L'embarcation s'éloignait du ponton et allait s'amarrer près des autres petits bateaux. Au son de *Brazil*, plusieurs des taches de couleur s'assemblèrent pour former, mais oui, une file indienne, qui se mit à serpenter jusqu'à la porte du patio.

Ainsi, depuis tout ce temps, Sam avait une nièce qui vivait à New York et il ne lui en avait jamais parlé. Maud regarda de l'autre côté du lac, les yeux étrécis.

A moins qu'il n'eût menti.

TROISIÈME PARTIE

CHAD

1

C'était une parfaite inconnue. Que faisaient-ils allongés sur ce somptueux lit à baldaquin au milieu d'un tas de manteaux ?

Cela après deux danses éméchées près de la piscine, chacun tenant un grand verre de rhum dans lequel était fichée une fleur exotique. Danser, c'était beaucoup dire. Ils s'étaient plutôt contentés de rester appuyés l'un contre l'autre.

Bethanne s'était débarrassée de son slip à l'instant où ils avaient franchi le seuil de la chambre, tel un invité se déchaussant par respect pour la coutume orientale. Ils avaient conservé le reste de leurs vêtements.

Les voix de plus d'une centaine d'invités enflaient et diminuaient au rez-de-chaussée dans le double living des Bond ainsi que dans la bibliothèque, double également — à moins qu'il ne se fût agi d'une salle de billard —, qui lui faisait face. Il y avait suffisamment de gens pour donner à penser que la moitié d'entre eux n'étaient que le reflet des autres renvoyé par les glaces. Il n'avait jamais vu des vêtements pareils. Ils auraient dû faire installer un podium. Mini-jupes ornées de sequins, longs pantalons de velours.

Visages aux pommettes hautes, lèvres et yeux comme émaillés.

L'une des invitées était allongée près de lui. Quel âge pouvait-elle avoir ? Vingt ans, comme lui ? Seize ? Impossible de donner un âge aux femmes, maintenant. Son nom de famille ? Il l'ignorait.

— T'as pas envie de te faire une ligne, t'as pas envie de coke, t'as pas envie de fumer un pétard et t'as pas envie de baiser. Alors qu'est-ce que je fous là ?

— Tu voulais que je te verse dans la baignoire d'à côté. Tu as l'air tellement imbibée, liquide...

Le fait que la salle de bains jouxtât la chambre attribuée à Chad était sûrement la raison pour laquelle les manteaux avaient été déposés là. Les Bond avaient suffisamment de domestiques et de penderies pour ranger les vêtements en bas ; mais les riches apparemment étaient gens capables de foncer au premier pour faire un petit pipi dans la salle de bains de marbre après avoir jeté leur manteau dans la première pièce venue.

Il souleva légèrement la tête pour voir ce qui lui recouvrait les pieds. Il était en chaussettes, ayant retiré ses chaussures par égard pour Ralph Lauren. De la fourrure argentée. Du renard, peut-être. En matière de fourrure, il ne connaissait que le vison russe de Velda. Était-ce de la zibeline qu'on avait abandonnée sur le bras de ce profond fauteuil ? Il ne voulait pas savoir ce qu'était ce blanc luisant. Le week-end de Labor Day était plutôt chaud et ces bonnes femmes se trimballaient encore avec ces invraisemblables carcans.

La fille roula sur le côté, le coude sur l'oreiller, son petit menton pointu couleur caramel sur la paume. Elle évoquait la crème renversée, joliment caramélisée, qui trônait sur les buffets du rez-de-chaussée. Ses longs cheveux dorés par le soleil dessinaient des vrilles, sa robe était un fourreau or qui virait au roux lorsque la soie se plissait à la hauteur de ses hanches. Elle tripotait la montre de Chad, impressionnée par la Rolex. Promenant les doigts de ses mains musclées de joueuse de tennis sur le devant de sa chemise, d'une voix rauque elle demanda :

— Qu'est-ce que tu veux ?

Il avait ingurgité trois cocktails au rhum, lui qui buvait en général de la bière et fumait à l'occasion un peu d'herbe. Elle avait sorti sa provision de coke, une petite glace et une lame de rasoir dès qu'elle s'était jetée sur le lit, juste après s'être débarrassée de sa culotte. Tout ça d'un même mouvement fluide et plein d'aisance comme si la chose allait de soi. Il lui dit de remettre son slip et de ranger son matériel, qu'il n'avait pas envie de toucher à ce truc-là. Bizarrement, elle lui obéit. Puis elle extirpa de son sac une flasque miniature en argent et but une gorgée avant de la lui passer, s'essuyant la bouche d'un rapide revers de main.

Il avait souri, trouvant à ce geste quelque chose de touchant. Répondant à sa question, il dit :

— Mille dollars.

Chad contempla le plafond qui luisait doucement. Comment les Bond s'y prenaient-ils pour obtenir ces effets de lumière ? Sans doute avaient-ils soudoyé les étoiles.

— Quoi ? fit-elle, cessant de faire courir ses doigts sur sa chemise.

— Mille dollars. Une erreur de la banque.

— Eh ben, appelle-la, ta banque de merde ! Vas-y !

Elle lui expédia des vrilles de cheveux dans la figure.

Il souffla dessus pour les chasser.

— Ils ont fait une boulette. C'est un chèque de cent

dollars que ma mère a versé sur mon compte. La banque s'est gourée d'un zéro.

Un manteau en peau de phoque glissa au bas du lit lorsqu'elle se redressa d'un bond et s'assit, jambes croisées.

— Ne me dis pas qu'on va parler d'argent !

A sa façon de prononcer le mot, on aurait dit qu'il avait mauvais goût. Elle roula, s'écartant de lui, ramena ses somptueux cheveux en arrière et s'octroya une autre gorgée d'alcool.

— Malheureusement, cet argent, je l'ai claqué.

— Ta queue aussi, elle est claquée, dit-elle en rebouchant la flasque.

Puis elle sortit autre chose de sa bourse métallique et, penchée au-dessus de ses jambes croisées, se mit à écrire.

Jamais il n'aurait cru que le réticule pût contenir tant d'objets. Sans doute possédait-il un double fond dont, en magicienne consommée, elle arrivait à extraire toutes sortes d'accessoires, baumes et calmants, licornes et djinns.

Toujours est-il qu'elle était là, sur le lit, bien réelle et sexy, griffonnant dans son carnet de chèques.

— Si tu es si fauché que ça, comment as-tu fait pour te payer la Rolex que tu as au poignet ?

Chad sourit en la voyant écrire laborieusement, un bout de langue pointant entre les petites dents nacrées. Il y avait en elle quelque chose de si vulnérable qu'il avait envie de lui tapoter l'épaule.

— Elle vient de Hong Kong.

Mensonge. C'était son père qui lui en avait fait cadeau.

— Vous les fauchés, vous êtes d'un chiiiaaaant ! fit-elle, faisant traîner le mot en longueur.

Elle devait plaisanter. Mais non. *Crac !* Elle poussa

le chèque vers lui, jeta son chéquier par terre, roula sur le côté et se mit à déboutonner sa chemise. Tenant le chèque à bout de bras, Chad loucha dessus à la lumière étrange qui émanait des moulures du plafond. De son autre main, il entreprit de reboutonner sa chemise.

— On se connaît même pas. C'est un chèque de mille dollars.

Tendant la main, elle fit mine de s'attaquer à sa braguette.

— Seigneur ! me dis pas que ton pantalon est fermé par des boutons.

— C'est un pantalon français. Ou italien, je sais plus. Je l'ai emprunté.

Bethanne approcha son visage, fixant le vêtement, fascinée. Puis elle entreprit de tripoter les petits boutons.

Il examinait le chèque. Même le contact des doigts minces et racés courant sur le tissu de son pantalon n'arrivait pas à le faire bander. Le sexe flasque, il contemplait le rectangle de papier.

— Pourquoi est-ce que tu me fais un chèque de mille dollars ? En quel honneur ?

S'arrêtant de jouer avec les boutons, elle pressa le pénis indolent entre ses doigts.

— Parce que tu m'as dit que tu les devais à ta banque. Ou quelque chose comme ça. Qu'est-ce qui te prend ? Où est le problème ? T'es dans les vapes ou quoi ? Tu veux que je me foute à poil ? T'as envie de quelque chose de spécial ?

Elle se tortillait, essayant de s'extraire de sa robe succincte.

— Tu veux bien tirer sur la fermeture Éclair ? fit-elle en lui présentant son dos.

Il ne broncha pas. Il resta allongé là, songeant aux

mille dollars qu'il devait rembourser à la banque avant que sa mère découvre le pot aux roses.

Trois mois s'étaient écoulés avant que la banque s'aperçoive de son erreur et l'un des directeurs adjoints avait convoqué Chad. Mr. Frobish s'était montré très compréhensif lorsque Chad était allé le voir. Les gens étaient généralement compréhensifs avec Chad.

Oui, Mr. Frobish avait compris que Chad s'était imaginé que c'était son père qui avait versé la somme sur son compte. Oui, il pouvait laisser un certain temps à Chad pour rembourser. Mr. Frobish n'ignorait pas que Ned Chadwick était plein aux as. Oui, deux mois, ça lui semblait raisonnable.

Les filles du genre de Bethanne n'avaient pas de problèmes avec leur banquier. La mère de Bethanne était agent de change. Elle lui avait dit ça comme si Wall Street était l'endroit où se retrouvaient naturellement toutes les mères.

— Et la tienne, qu'est-ce qu'elle fait ? avait-elle demandé sur la terrasse sans manifester d'intérêt particulier.

Il était resté silencieux, menton appuyé contre le front soyeux.

— Elle est dans la restauration.

— Mmmm. Ça doit être chouette d'avoir un restaurant à soi. C'est tellement chiant de se battre pour obtenir une table correcte quand on réserve quelque part.

— Le restaurant ne lui appartient pas.

Comme le sujet ne l'intéressait pas, elle n'avait pas fait de commentaire.

Pour l'heure, ses airs agressifs manquaient de

conviction ; trop défoncée, elle était difficilement crédible. Malheureusement, c'était une bavarde et elle jacassait, d'un ton de plus en plus somnolent, lui demandant pourquoi il l'avait entraînée au premier dans sa chambre, tout ça pour... *Pfut !* Rien.

— Qu'est-ce qu'il y a qui va pas, Chaddie ?

Chaddie. Bon Dieu ! C'était encore pire que Murray.

Murray, il fallait être un type du genre de son père pour choisir un prénom pareil. Murray. Ce n'était ni un nom de famille, ni un prénom d'ami, ni celui d'un vieux vantard du New Hampshire (État dans lequel son père était né) qui serait resté assis au drugstore local à jouer aux dames en se curant les dents. Murray, c'était un nom dont il n'y avait rien à tirer. Murr. C'était pas un surnom, ça ! Les gosses qui étaient dans les petites classes avec lui avaient tout de suite compris. Et avec des voix fluettes et maniérées de circonstance, ils l'avaient baptisé « Mary ».

En fin de compte, il leur avait menti et prétendu que Murray n'était que son second prénom. Que son véritable prénom était Ed. Mais ses copains, qui venaient chez lui demander après Ed, s'entendaient répondre par sa mère qu'ils s'étaient trompés d'adresse et qu'il n'y avait pas d'Ed ici. A l'âge de sept ou huit ans, on n'a pas vraiment envie de tenir tête à une maman, on se figure toujours que les mères cachent des couteaux derrière leur dos, même lorsqu'elles sont dans l'entrebâillement de la porte, l'air gentil, mais niant qu'il y eût un Ed chez elles.

— Je suis ravie de voir que tu trouves ça drôle.

Chad avait presque oublié la présence de Bethanne.

— Quoi ?

— Tu as ri. Ou gargouillé. Je sais pas.

Elle était maintenant assise, le dos appuyé contre la tête de lit, genoux repliés, tirant sur sa jupe satinée pour la faire descendre sur ses cuisses. Ses yeux étaient fermés et elle fumait de l'herbe, tenant un mégot étroit entre le pouce et l'index.

Nom de Dieu ! s'étonna-t-il, qu'est-ce qu'elle a encore bien pu réussir à caser dans son réticule ? Une pipe à eau ?

— Je réfléchissais.

— A l'argent...

Elle inspira bien à fond, s'emplissant les poumons de fumée.

— Pourquoi tu tapes pas Billy ? Il est pourri de fric.

« Billy », c'était comme ça qu'on l'appelait chez lui.

— Zéro ? Au collège, on l'appelle Zéro.

Bethanne réussit à grand-peine à tourner la tête vers lui, yeux écarquillés.

— *Zéro ? Lui ?* Ça m'étonne qu'il t'adresse la parole.

Elle referma les yeux.

— C'est une invention à lui. Un jeu de mots à propos de son nom de famille.

Elle était trop défoncée pour se soucier de savoir ce que Billy Cooper Bond faisait de son nom. Elle tendit mollement le bras vers lui pour lui passer le joint.

Au lieu de discuter, il le prit dans l'espoir que ça lui clouerait le bec. Il tira dessus mais sans inhaler. Il avait déjà beaucoup trop fumé. Lorsqu'il rendit le pétard à Bethanne, elle dormait. Elle s'était brutalement endormie et ronflait, crachotant comme un petit moteur.

C'était sa mère qui avait trouvé la solution à propos

de son nom. La troisième ou la quatrième fois qu'un de ses copains était venu demander Ed, elle avait compris ce qui se passait. Elle lui avait demandé pourquoi il se faisait appeler Ed au lieu de Murray. Il avait eu une peur bleue sans trop savoir pourquoi. Peut-être parce que le fait de refuser son prénom équivalait à la rejeter, elle. A s'octroyer le statut d'orphelin.

Chad s'assit, posa les pieds par terre et examina ses chaussures. Les Docksiders n'allaient pas très bien avec le pantalon. Il les avait payées quarante-neuf dollars avec l'argent que sa mère lui avait envoyé. Juste avant qu'il lui en réclame cent. Pour se payer des bouquins.

Les manuels, ça coûte cher, lui avait-il dit. Les voyages et la coke aussi, s'était-il bien gardé de préciser.

— Des livres de cours ? Au beau milieu du tri-·mestre ? Et ceux que tu as achetés au début de l'année, qu'est-ce qui leur est arrivé ? Ils ont tourné ?

Bon Dieu ! Il avait horreur qu'elle fasse de l'humour quand il était en position de faiblesse.

— Ma-maaan !

Ton écœuré.

— Il nous a demandé d'en acheter un autre. Le prof de français aussi.

— Tu n'as pratiquement pas ouvert le bouquin de français que tu as acheté il y a deux mois. Forcément, tu sèches les cours.

Comment le savait-elle ? Elle devait y aller au flan. Deviner. Et comme il avait laissé traîner ses notes du trimestre dans la maison, elle était tombée juste, bien sûr.

— Je vais aux cours. J'y vais. J'ai manqué une fois, parce que j'étais malade. Écoute, il faut absolument que je l'aie pour vendredi.

— Vendredi ? C'est dans quarante-huit heures, Chad.

— Tu peux pas me le chronoposter ?

— Quoi ?

Oh, merde ! Maintenant elle allait lui ressortir la liste des mots qu'elle haïssait. Et elle n'en manquait pas.

— J'ai un fils de dix-neuf ans — dont la mère est loin de rouler sur l'or — qui passe sans doute le plus clair de son temps dans les dortoirs des filles quand il ne se saoule pas à la bière...

Il savait qu'une fois lancée elle pouvait continuer comme ça longtemps. Aussi reposa-t-il le téléphone pour aller se chercher une bière. Revint, reprit l'appareil.

— ... qui a des notes déplorables en français...

Reposa de nouveau l'écouteur avec un soupir. Comment se faisait-il qu'elle, timide avec les étrangers au point de se transformer en zombie en leur présence, pouvait jacasser à n'en plus finir quand il l'avait au bout du fil, faisant une montagne d'une taupinière, grossissant les faits les plus insignifiants ? Il s'empara du téléphone : oui, elle continuait à donner de la voix. Doux Jésus ! Le Greyhound démarrerait vendredi avec les autres types et lui serait encore là, à l'écouter bavasser au bout du fil.

— ... dix-neuf ans. Pourquoi faudrait-il que je te le « chronoposte » ?

Pourquoi ne se contentait-elle pas de dire oui ou non ? Il sourit :

— Okay, alors envoie-le-moi en express.

Silence. Il sourit. Il lui clouait généralement le bec

comme ça. N'en faisait-elle pas autant ? Et il savait qu'au bout du fil elle s'efforçait de ne pas éclater de rire.

— Ha, ha ! Très drôle. Dis-moi, pourquoi avoir attendu tout ce temps pour me parler de ça ?

Parce qu'on n'y avait pas pensé avant, s'abstint-il de lui dire.

Il raccrocha, et se sentit coupable. Il se sentait toujours coupable quand il pensait au travail épuisant de sa mère et à son salaire de misère. Et, se sentant coupable, il se mit en rogne. C'était plus facile de lui en vouloir à elle qu'à son père. Son père était trop distant, silhouette perdue dans le brouillard.

Donc il raccrocha et se sentit coupable. Et la culpabilité, y a rien de tel pour vous donner envie d'un bon pétard.

Son père les avait plaqués lorsqu'il avait sept ans, et Chad avait toujours eu la sourde terreur que sa mère en fasse autant.

Elle préparait une de ces tartes au citron qu'il détestait, passant le couteau autour de la croûte, en repensant à tout ça. *Si tu ne veux pas faire partie de la famille...* Il était sûr qu'elle allait dire ça.

Mais on est que deux !

Déjà, elle s'en allait, emportant l'horrible tarte. *Si ma tarte au citron ne te plaît pas...*

Mais ce qu'il redoutait ne s'était pas produit. Elle s'était contentée de retirer le petit bourrelet de pâte qui dépassait et lui avait demandé pourquoi il ne lui avait jamais avoué que son prénom le gênait à ce point-là. S'il n'aimait pas « Murray », peut-être qu'il pourrait essayer « Chad ». Il prononça le mot à plusieurs reprises. *Génial.* Surtout parce que c'était son nom, ou du moins une partie de son patronyme. Pourquoi n'y avait-il pas pensé tout seul ?

Puis il se demanda comment ça lui était venu, à elle. Est-ce qu'elle désirait un autre fils que lui ? Était-ce pour cela qu'elle avait si facilement abandonné son prénom ?

Il lui déclara qu'il détestait cette tarte au citron.

Chad se redressa, posa les pieds par terre et examina ses chaussures. Sa mère lui avait envoyé de quoi les acheter, ainsi qu'un autre chèque — qu'elle avait fait mettre sur son compte — pour les livres dont il aurait besoin.

C'étaient les cent dollars que la banque avait comme par un coup de baguette magique transformés en mille tickets. Il essaya de se rappeler comment il avait réussi, avec l'aide de quelques grammes de coke — c'était dans la coke qu'était passée la quasi-totalité de l'argent maternel —, à se convaincre (il fallait qu'il ait été sacrément dans le potage) que sa mère lui avait expédié mille dollars. Elle ne les avait pas. Il s'était tenu le raisonnement suivant : lorsqu'il lui avait raconté qu'il était pris à la gorge, elle avait dû appeler son père et lui soutirer ce pognon. Comme si sa mère était du genre à appeler son père pour ça... Il fallait qu'il eût été drôlement dans les vapes pour se tenir des raisonnements pareils...

Bethanne avait raison : Zéro était pourri de fric. Son père devait à l'heure qu'il était être en train de parier un millier de dollars au poker avec ses potes, jetant dix billets dans le pot. Mais il ne pouvait pas se décider à taper Zéro. Il ne savait pas pourquoi. Question de dignité, peut-être.

Son seul sujet de fierté était l'argent qu'il avait

réussi à gagner cet été en repeignant des maisons à Hebrides et à Meridian. Mais il n'avait gagné que la moitié de l'argent, comme ça. S'il n'avait pas dû dépenser une partie de ses gains pour se payer une chambre à Meridian, il aurait réussi à en mettre davantage à gauche. Mais sans voiture il ne pouvait pas s'appuyer les allers-retours jusqu'à La Porte. L'un dans l'autre, il avait réussi à envoyer cinq cent vingt-cinq dollars à Mr. Frobish, le suppliant de lui accorder un nouveau délai de deux mois. Cela dit, quant à savoir comment il allait se procurer le reste de la somme dans les deux mois à venir, il n'en avait pas la moindre idée.

Il se leva du lit et s'approcha de la fenêtre pour regarder dans le noir la lune qui semblait tombée dans la piscine. Le bassin serait bientôt recouvert et jonché de feuilles dès que les Bond regagneraient Manhattan. Bizarre, cette façon qu'ils avaient de cesser de vivre ici dans ce palais et de s'installer dans leur duplex avec terrasse, comme si leur vie était coupée en deux.

Des voix de femmes résonnèrent dans l'escalier, accompagnées d'un froissement de taffetas. Femmes se rendant aux toilettes. Ce n'était pas un comportement digne d'un bon invité, de se terrer ainsi dans sa chambre. Il allait falloir qu'il rejoigne les autres en bas.

Le téléphone sur la table de nuit le fascinait, avec son bouton tel un œil de serpent qui était toujours rouge, faisant partie de quelque système de sécurité, sans doute. Il fixa le cadran et les chiffres lumineux.

Chad songea que ce serait facile de décrocher, d'appeler son père, de se procurer l'argent de cette façon. Deux fois la somme nécessaire. Son père serait ravi de recevoir un SOS de Chad, d'avoir l'occasion de le tirer d'embarras, de jouer les sauveurs, tout en lui tenant des discours sur les emprunts et l'honnêteté. Ou pire, de devenir dans cette mini-conspiration contre Maud le copain de Chad, son *compadre*. Un *compadre* qui s'empresserait de mettre Velda au parfum. Il l'entendait d'ici :

— Le gamin a tout bonnement « oublié » cette histoire de zéro en trop. Tu trouves pas ça dingue, Vel ? Elle est bonne, non ?

Chad les imaginait lors d'un de leurs médianoches — huîtres et champagne —, surexcités à l'idée que le petit avait joué un bon tour à sa mère.

Il décrocha le téléphone, obtint l'opératrice. Il lui dit vouloir appeler en PCV, ne pas posséder de carte de téléphone.

Elle laissa sonner huit, neuf, douze fois avant de lui annoncer que son numéro ne répondait pas.

Il raccrocha.

Comme s'il ne savait pas, au fond, que ça ne répondrait pas. Il n'ignorait pas qu'elle était sur la jetée, occupée à examiner cette villa de l'autre côté du lac.

Au moins, songea-t-il en allumant une cigarette, j'ai essayé.

Menteur.

Sans qu'il s'en rende compte, Bethanne s'était réveillée ; elle s'était levée et, jambes flageolantes, enfilait son slip en soie. D'une main fine et hâlée, elle se tenait à l'une des colonnes du lit. Le réticule doré pendait à son bras, la chaîne prise dans le creux de son coude, et oscillait tandis qu'elle essayait de passer un pied puis l'autre dans sa petite culotte.

Pour la première fois depuis qu'ils étaient dans cette chambre, il eut envie de lui sauter dessus et de la renverser sur le lit. Parce qu'en cet instant elle avait arrêté de frimer et était touchante de concentration, ainsi occupée à se rhabiller. Quel sérieux !

Toutefois, il s'abstint ; il lui aurait fallu repartir de zéro, ça aurait pris trop de temps — même si, du temps, il en avait à revendre.

Bethanne trébucha et se mit à injurier les fourrures (« saloperie d'hermine de merde », « chierie de vison ») dans lesquelles elle avait dû se prendre les talons, marmonnant, leur décochant des coups de pied comme s'il s'était agi d'animaux vivants.

Chad était toujours allongé sur le lit, essayant de se décider à redescendre. Il n'aimait pas cette réception, il avait horreur des mondanités. Et comme Zéro était le seul qu'il connût, il se sentait intimidé.

Il avait dû s'assoupir. Lorsqu'il émergea, il s'aperçut que quelqu'un avait ouvert la porte de la chambre et jeté un autre manteau sur la pile. S'il ne changeait pas les vêtements de place, il serait dérangé jusqu'à l'aube par leurs propriétaires qui viendraient récupérer leur bien.

Une demi-douzaine de manteaux de fourrure. Doublures de satin soyeux, vison doux, zibeline capiteuse. Et le blanc : il y avait donc des femmes qui n'hésitaient pas à se parer de la fourrure d'un léopard des neiges ?

De quel droit joues-tu les moralisateurs ? se demanda-t-il en prenant le couloir pour rejoindre la pièce où il lui semblait avoir vu la bonne déposer un tapis de manteaux. La porte était légèrement entrebâillée. Il entra avec son fardeau. S'arrêta net.

Devant la fenêtre, debout au milieu d'une flaque de lune, unique lumière éclairant la pièce, se tenait Eva Bond, nue jusqu'à la taille.

L'Anglais, habillé de pied en cap, était assis au bord du lit. Chad l'entendit prendre une profonde inspiration : il semblait furieux de cette intrusion. Chad n'avait pas envie de décoller le nez de la brassée de manteaux qu'il transportait ; il voulait quitter les lieux, tête baissée, yeux rivés sur le sol.

Il recula, fermant la porte aux jurons que lançait le Britannique.

— Je me suis trompé de pièce.

En bas il y avait encore une bonne centaine d'inconnus. Le mouvement et la chaleur des corps, le tintement des verres et des bouteilles... Combien de caisses de champagne avait-il aperçues dans la cuisine ? D'où venaient donc tous ces gens ?

Cet après-midi, en voiture avec Zéro, il n'avait vu aucune autre maison entre la sortie de Belle Harbor et la propriété des Bond. Et Belle Harbor était à huit kilomètres de là.

Il avait fait halte sur le palier. L'escalier se déployait en fer à cheval jusqu'au hall du rez-de-chaussée, qui formait une immense pièce dallée de noir et de blanc. Un lustre à pendeloques de cristal donnait à certains des invités des allures kaléidoscopiques.

De son poste d'observation, il avait l'impression d'être sur un balcon et songea à une salle de théâtre. Le décor était aussi théâtral que le spectacle que lui avaient offert les Bond alignés sur les larges marches blanches de la vaste maison en début d'après-midi, lorsque Zéro avait garé la Porsche dans l'allée. Sa famille ne s'était pas « rassemblée » sur les marches. On eût dit que les Bond avaient été placés, « disposés » là par un photographe de magazine chic, voire par un metteur en scène français ou italien désireux de faire passer un message, de donner aux spectateurs un aperçu de leur vie intérieure. Les Bond étaient à des kilomètres les uns des autres, de même qu'ils étaient à plusieurs marches de distance. La mère se tenait les mains croisées devant elle, le soleil de midi tapant sur sa robe à rayures et formant un halo autour de ses cheveux d'un blond très pâle. Mr. Bond était planté sur la seconde marche, flanqué de Mrs. Bond ; plus haut il y avait la sœur de Zéro. Tous trois semblaient pétrifiés, tels des comédiens attendant que le metteur en scène crie : « Moteur ! »

L'espace de quelques incroyables secondes, ils étaient demeurés parfaitement immobiles. Puis, subitement, le père de Zéro était descendu à leur rencontre avec un grand sourire et une sonore formule de bienvenue ; il avait passé un bras autour des épaules de Zéro tout en serrant la main de Chad.

Zéro s'était dégagé en douceur, avait esquissé un geste faussement leste sur la personne de sa jeune sœur, Casey, et salué sa mère d'un simple hochement de tête accompagné d'un sec :

— Eva.

Maintenant cette même Eva était au bas de l'escalier, parlant à l'Anglais comme s'ils venaient de se rencontrer par hasard. L'hôtesse faisant la conversation à l'un de ses invités. Sa robe de satin gris glissait, fluide, des fines épaulettes aux chevilles ; ses cheveux blond argent avaient l'aspect métallique de l'allume-cigare de la Porsche de Zéro. Elle était parfaitement immobile. Le verre tulipe semblait le prolongement naturel de sa main. C'était une femme belle, lisse, qui semblait économiser son énergie. Lorsque Zéro les avait présentés, ses doigts fins s'étaient glissés dans la main de Chad. Pas de chichis, pas de gaucherie ; une attitude pleine de sobriété sur les larges marches.

Il aurait voulu battre en retraite, remonter l'escalier et redescendre par un autre chemin, mais elle l'avait aperçu. Elle le regarda droit dans les yeux, calmement. L'homme, près d'elle, leva la tête et sourit d'un sourire dénué de remords.

Chad continua de descendre l'escalier, s'abstint de sourire en passant près d'eux et s'immobilisa lorsqu'il entendit l'homme lancer :

— Un instant, mon petit vieux. J'aimerais vous dire un mot.

« Mon petit vieux. » Ce type ne doutait de rien.

Chad se retourna et vit que le Britannique souriait toujours ; un vrai champion du sourire, se dit Chad, un drôle de salopard. Chad ne lui rendit pas son sourire.

Le « compagnon » de Mrs. Bond tendit la main à Chad.

— Maurice Brett. Vous, c'est Chad, je crois. On se serre la main ?

Peut-être par simple réflexe, Chad tendit la main et c'est en la retirant qu'il aperçut les billets.

— L'argent, y a que ça de vrai, fit Brett avec son sourire infernal.

Trois billets. Chad les fixa. Trois cents dollars.

Eva Bond leva les yeux vers Maurice Brett. Le sang afflua de ses épaules lisses à son visage avec tant de violence que les lueurs du soleil couchant parurent se peindre sur son décolleté. A l'évidence, elle ne semblait pas penser que l'argent était la seule chose importante au monde, ni que ce pouvait être un baume capable de soulager une conscience tourmentée.

La première pensée de Chad — aussi automatique

que sa poignée de main — fut qu'il allait pouvoir rembourser une partie des cinq cents dollars qu'il restait devoir à la banque. Cela le mit encore plus en rogne. Pliant les billets en quatre, il les fourra dans la poche de la veste de Maurice Brett.

— Faut pas vous croire obligé d'acheter mon silence. A qui voulez-vous que je parle, d'ailleurs ? A Mr. Bond ? Aux invités ? Je les connais même pas.

Maurice Brett fit rouler son cigare entre ses dents.

— A Billy.

— *Zéro ?*

Le regard de Chad passa de l'un à l'autre. Eva Bond avait repris son attitude glaciale et allumait une cigarette sans même regarder Chad.

— Vous rigolez ? C'est mon meilleur copain. Vous croyez que je m'amuserais à le démolir en allant lui raconter que sa mère est... ?

Les mots d'Eva Bond l'arrêtèrent net :

— Démolir Billy ? Franchement, vous auriez tort de vous en faire pour ça.

Elle était aussi placide que le lac par-delà la terrasse.

— Je ne suis qu'un invité dans cette maison et ce que vous faites ne me regarde pas. Mais vous croyez vraiment que ça ne lui ferait ni chaud ni froid, à Zéro ?

Elle lui jeta un regard noir.

Franchement, vous auriez tort de vous en faire pour ça... C'était presque pire que la scène surprise dans la chambre.

— Je ne lui dirai rien, inutile de vous faire de la bile, Mrs. Bond.

Traversant une forêt de flûtes de champagne, serveurs, éclats de rire, robes et smokings, il s'éloigna. Une femme dont les seins semblaient déborder de leur fourreau de satin crème l'attrapa par le bras, s'étonnant de ne pas lui avoir été présentée.

— Je m'appelle Brie Sardinia. Vous êtes l'ami de Billy, réussit-elle à articuler tout en sifflant son champagne et lui prenant la main.

« Brie » : le nom lui allait à merveille car on aurait dit un fromage à point, bien crémeux.

— Mon mari passe la nuit là-dedans (elle jeta un coup d'œil par-dessus son épaule en direction de la salle de billard) à jouer au poker. Vous voulez danser ?

D'autres robes, d'autres smokings les pressaient contre le mur. Chad sauta sur le prétexte. Il y avait trop de monde pour danser... plus tard, peut-être... ravi de vous avoir rencontrée...

— On pourrait aller du côté de la piscine, cria-t-elle dans son dos.

Faisant mine de ne pas avoir entendu, il se dirigea vers l'une des portes-fenêtres afin de sortir prendre l'air. En passant devant la salle de billard, il aperçut Mr. Bond et quatre autres messieurs plongés dans une âpre partie de poker. Il reconnut un médecin ; puis un nommé Brandon, qu'on lui avait présenté ; supposa que le grand type taciturne devait être Mr. Sardinia, le mari de Brie. Le cinquième avait l'air trop cachottier pour s'être mis avec Brie. Ses cartes étaient si près de sa poitrine qu'il y avait tout lieu de croire qu'il se démettrait les cervicales en y jetant un œil.

Chad descendit les larges marches jonchées de feuilles et se dirigea vers l'endroit où la pelouse était aussi lisse qu'un green de golf et où s'étalait la piscine qui luisait telle une opale sous les flots de lumière émanant de la villa. Le système stéréo sophistiqué véhiculait le son jusque-là. De petits groupes s'étaient formés pour bavarder et boire. Le gazon était si bien tondu que l'on pouvait danser dessus. Ivre, Zéro dansait seul. Bras écartés, il claquait des doigts avec lenteur, ondulant sur une version jazzy de *After You've Gone.*

214

Casey se lança à son tour, s'efforçant d'imiter son frère, tandis qu'un saxo couinait *Who's Sorry Now ?* Mouvements lents, aisés, presque hypnotiques. Casey était la seule personne de la famille dont Zéro semblait apprécier la compagnie. Elle portait une robe noire moulante au décolleté profond, pas vraiment de son âge, agrémentée de manches évoquant les ailes d'une chauve-souris. Lorsque Zéro la vit dans cette tenue, il remarqua :

— Ça aurait drôlement plu à Charles Addams.

— Maman a dit que je pouvais la mettre, fit-elle d'un ton geignard, très petite sœur, en rajoutant, sembla-t-il à Chad.

— Quand est-ce que *maman* t'a *interdit* de porter quoi que ce soit ?

Zéro jouait les grands frères mais il n'avait pas tort : Chad se demanda s'il arrivait à Eva Bond de refuser quelque chose à sa fille. En tout cas, Mr. Bond ne refusait rien à sa fille, lui ; il en était manifestement fou. Ce sentiment excessif n'était pas payé de retour : Casey préférait son inaccessible mère. Les gens étaient comme ça. La personne qui était de l'autre côté du lac, si loin qu'on ne pouvait que l'appeler, était celle qu'on finissait — erreur fatale — par essayer de rejoindre à la nage.

Chad atteignit le vieux hangar à bateaux au bord du lac et le ponton qui en dépassait, dont les planches étaient à moitié pourries. Dans le hangar, il y avait deux canots à rames qui semblaient n'avoir pas été remis en état depuis des années. Ils se balançaient doucement au gré du clapotement de l'eau. L'abri sentait le renfermé. La peinture des embarcations s'écaillait et l'un des avirons était cassé. Le jeune homme s'assit sur un banc de bois, alluma une cigarette et s'appuya contre le mur humide.

Il commença à se poser des questions à propos du hangar : pourquoi n'était-il pas utilisé ? Pourquoi les Bond n'y avaient-ils pas amarré un hors-bord ou un catamaran ? Ou un yacht. Zéro n'avait-il pas fait allusion à un yacht ?

L'eau de cale clapota contre les planches et les bateaux oscillèrent sous la poussée des vagues créées par le passage d'un bateau pressé d'arriver à destination.

William Bond savait-il qu'un connard baisait sa femme ?

Un poème lui revint en mémoire :

J'ai mis à mon petit père ses habits...

La tête dans les mains, il s'efforça de se souvenir de la suite.

Je lui ai demandé où s'en allait l'eau qui court.

Incapable de se rappeler les vers suivants, il se leva avec impatience, fourra les mains dans ses poches et examina les petits bateaux. Dans le poème le père était le fils. Et c'était ce dernier qui habillait son père, et non le contraire. A la fin, toutefois, les rôles étaient de nouveau inversés, la réalité reprenait ses droits. Chad aurait bien aimé pouvoir se remémorer la suite.

L'eau claquait autour des bateaux. Chad l'observa un moment puis grimpa dans l'un des canots, prenant appui sur les planches. Même bien amarrée dans le hangar, la petite embarcation n'avait pas l'air fiable, elle semblait susceptible d'être emportée par la plus faible vague ou la brise la plus légère. Il alluma une cigarette et, les coudes sur les genoux, fuma, tanguant avec le bateau.

Des pas retentirent sur le gravier. Il se retourna et reconnut Zéro à son écharpe de soie blanche. Puis il y eut un bruit de galopade et la lune, se dégageant de sa gangue de nuages, éclaira le visage pâlichon de Casey qui courait après Zéro sur le sentier, ses longues manches plissées flottant derrière elle.

— Tu t'embêtes ? A la bonne heure ! fit Zéro, comme si l'ennui était la spécialité de Belle Harbor.

Il monta dans le canot, ordonnant à Casey de se dépêcher. Une fois qu'elle fut montée à son tour, Zéro dégagea les avirons des tolets.

— Qu'est-ce que tu fous ? Tu penses tout de même pas nous emmener sur le lac avec cette ruine, si ? jeta Chad, lançant des regards affolés autour de lui.

— Non. Je pensais juste aller faire une balade sur l'autoroute.

Ce n'était pas un rameur expérimenté ; il s'y prit de telle façon qu'il heurta le ponton avec un bruit sourd.

Casey était assise, tranquille, les coudes sur les genoux.

— Personne sait où on est, dit-elle avec satisfaction.

— J'ai les pieds dans l'eau, maintenant, observa Chad.

Sans relâcher son effort, Zéro ramait.

— Tu sais nager.

Chad regretta soudain de ne pas avoir réussi à joindre sa mère au téléphone. Pourquoi ? Pour qu'elle lui apporte des gilets de sauvetage au triple galop ?

Il se demandait pourquoi ils se dirigeaient vers le milieu du lac. Zéro n'avait pas ôté son écharpe blanche, il avait gardé sa veste de smoking et n'avait pas non plus desserré sa cravate, comme quelqu'un qui a le feu quelque part.

Zéro lâcha un des avirons et sortit une flasque en argent qu'il lança à Chad.

Chad but un coup et remarqua :

— Je croyais que tu avais un yacht. Tu m'avais dit que tu avais un yacht.

— On en a un. Quelque part, je sais plus trop où, fit-il d'un air indifférent.

— Tu aurais égaré tes boutons de manchettes que ça ne te tracasserait pas davantage.

Derrière lui, Casey fredonnait une vieille chanson à propos d'un merle. A cent mètres du ponton environ, Zéro retira les rames de l'eau noire et plissée. Comme la robe de Casey.

Tandis que Zéro allumait une cigarette, Chad dit :

— Ça t'arrive souvent ? De danser et puis de ramer jusqu'au milieu du lac dans cette barque pourrie ? Je te signale qu'on a de l'eau jusqu'à la cheville, mec.

— Arrête de te miner. On voulait seulement t'arracher des griffes de Bethanne. Il y a un gilet de sauvetage par terre, derrière toi.

Casey laissa un instant tomber le merle et éclata de rire.

— C'est une nymphomane, tu savais pas ?

Retour à la chanson :

— *Où ma petite chérie m'attend...*

— *Le sucre, c'est tout douceur, elle aussi*, entonna Zéro. Allez, tout le monde la connaît, cette chanson !

— T'es là au milieu du lac dans un canot qui ressemble à une passoire, en train de chanter *Adieu, joli merle*.

Ce n'était pas une question, seulement une constatation.

Soudain Casey se leva, faisant tanguer l'embarcation.

— *Personne ici ne peut m'aimer ni me comprendre...*

— Assise ! hurla Chad.

— *Oh ! les histoires tristes qu'ils me racontent.*

Zéro était penché en arrière, les jambes à demi recouvertes d'eau.

— Le bateau coule, dit Chad.

— *... allume la lumière.*

— *Je rentrerai tard ce soir.*

Le canot s'enfonçait avec une étrange régularité, les entraînant tous les trois, tel un bateau en carton de comédie musicale qui traverse la scène derrière un barrage de vagues peintes. Le bateau de carton-pâte allait sombrer derrière les vagues postiches et les spectateurs applaudir leur numéro. C'était un naufrage calme, qui se déroulait sans hâte, comme pour leur laisser le temps de beugler la fin de la chanson.

— *Mer-le... Adieeeuuuuuuu !*

L'eau leur arrivait maintenant à l'épaule.

Chad contemplait l'eau sombre, sentant l'hystérie le gagner. Il avait enfilé le gilet de sauvetage, certes. Mais la petite Casey ?

La petite Casey flottait, allongée sur le dos.

— Va peut-être falloir faire quelque chose, dit Zéro. Cigarette ?

Jambes fouettant l'eau, un bras levé, il sortit son étui en argent et resta à faire la planche en fumant. Le bateau gisait probablement au fond du lac.

— Non, merci, refusa Chad. J'essaie d'arrêter de fumer.

Il cracha de l'eau, secoua la tête pour chasser ses cheveux collés sur ses yeux, porta la Rolex à son oreille. Est-ce que ces montres étaient étanches ?

— Maintenant que la séance d'échauffement est terminée, on passe à quoi ?

Casey s'agitait bruyamment dans l'eau, plongeant, remontant, chassant l'eau de ses yeux.

— Pour l'amour du ciel !

Chad tenta de se dépouiller du gilet de sauvetage pour le lui donner ; après tout, il nageait assez correctement.

— Elle nage comme un poisson. Elle se défend mieux que nous.

Les vaguelettes créées par les ébats nautiques de sa sœur faisaient tourner le corps de Zéro dans le sens des aiguilles d'une montre puis en sens inverse.

— Qu'est-ce que tu as à t'agiter comme ça ? Tu sais pas pourquoi les gens se noient ? C'est pourtant simple : la loi de la gravité.

— Oh, merde ! lâcha Casey, qui nageait en décrivant une manière de cercle et, s'arrêtant, se mit à battre des jambes. Si tu dois nous faire des discours chiants sur la gravité, je me tire.

Et elle s'éloigna en direction du rivage, vers la maison qui, longueur ondulante et lumières espacées, ressemblait à un train.

Zéro appela Casey, qui n'était plus très loin de la rive, son style d'une précision chirurgicale ridant à peine l'eau.

— Attends-nous pour rentrer à la maison, tu entends ?

La réponse lointaine — « Okay » ? « Va te faire foutre » ? « Salut » ? — flotta jusqu'à eux.

— On va mariner dans notre jus toute la nuit ? C'est ça, ton plan ? s'enquit Chad, tout en se débarrassant de ses Docksiders à cinquante dollars.

C'est sa mère qui allait être contente... « Tu les a perdues ? Comment peut-on perdre une paire de chaussures ? Elles te sont sorties des pieds alors que tu

220

traversais le campus et tu ne t'en es pas rendu compte... ?» Voilà ce que sa mère lui dirait, en se mettant de plus en plus en colère.

— T'as envie d'aller retrouver cette conne de Bethanne ? Casey a raison : c'est une nymphomane.

Il commençait à avoir mal aux bras et aux jambes à force de les agiter.

— Et si on poursuivait cette petite conversation dans un fauteuil confortable ?

Mais Zéro semblait très à son aise, flottant et dérivant, l'extrémité de sa cigarette rougeoyant comme une étoile quand il inhalait, la fumée couvrant l'eau de brume quand il soufflait. Il avait l'air aussi à l'aise que sur le lit de Chad quelque temps plus tôt. Casey (ou son sillage) était presque arrivée à destination. Chad n'avait pas vraiment la frousse, mais il se demandait si cette petite expédition n'était pas complètement dingue.

Porté mollement par l'eau et les yeux sur les étoiles, il aurait presque apprécié l'expérience s'il n'avait autant pensé à la scène surprise dans la chambre et à ses Docksiders qui devaient maintenant reposer par le fond tel un trésor englouti. Il sentit une rougeur lui empourprer le cou et le visage. Il ne lui avait jamais rendu l'argent qu'il avait économisé : il avait en effet réussi à acheter les chaussures en solde à moitié prix.

Cette somme jointe à la « petite monnaie » que son père lui avait envoyée était passée dans l'herbe et la bière. Dans un peu de coke, aussi. Un peu seulement, car, Dieu merci, il n'était pas accro. Sam aurait bel et bien pu l'embarquer, ce soir-là au *Red Barn*.

— Mais je le ferai pas. Contente-toi d'arrêter d'en prendre, si tu es aussi malin que je le pense.

— J'en prends pas souvent. A l'école, ça a dû m'arriver une ou deux fois... pour me détendre.

— Te détendre ? Tu te fous de ma gueule ?

— Je suis pas accro. Je sais ce que je fais : j'en renifle, mais raisonnablement.

Sam jura doucement.

— A qui tu crois parler ? Me prends pas pour un con, petit !

Sam avait poursuivi sur ce ton. Chad l'aimait bien mais il avait horreur qu'on lui fasse la morale.

— L'argent, tu le trouves où ?

D'un ton vache.

— Tu fais du baby-sitting, peut-être ?

Il avait failli lui renvoyer une réflexion de petit morveux mais s'était ravisé, sachant qu'il valait mieux ne pas jouer au plus malin avec Sam. Non que Chad eût peur que Sam raconte tout à sa mère. Pas de danger qu'il fasse une chose pareille. Il aimait trop Maud.

Ce dont Chad se souvenait maintenant, c'est que Sam et lui étaient restés assis dans la voiture de police sans parler pendant un bout de temps, dans un silence non dénué d'agrément malgré les circonstances.

La première fois qu'il avait vu Sam, il avait dix ans. C'était près du tribunal ; Sam regardait une Rolls garée près d'une bouche d'incendie. Il avait un revolver sur la hanche et des lunettes de soleil pour se protéger les yeux. Son blouson de cuir dissimulait mal l'étui de son arme. Il examinait la voiture en secouant la tête. Puis il avait aperçu Chad, qui sortait de la séance de cinéma de l'après-midi, plein de Gary Cooper. On repassait *Le train sifflera trois fois*. Il pensait qu'il pourrait peut-être raconter à sa mère qu'il avait perdu les deux dollars afin de retourner voir le film le samedi d'après. Il remuait tout ça dans sa tête quand il avait aperçu Sam. Sortir d'un cinéma où on vient de voir un shérif, interprété par Gary Cooper en plus, et tomber sur un shérif en chair et en os avec ses lunettes noires et son holster... voilà qui donne à réfléchir.

Sam s'était tourné vers Chad, le prenant à témoin :

— Y a des gens...

Puis il avait de nouveau secoué la tête.

— Y en a qui s'imaginent que la loi est pas la même selon qu'ils ont une Rolls, une Jaguar ou une camionnette Ford.

Ça avait étonné Chad, cette façon que le shérif avait eue de lui parler. Comme si lui, Chad, était une de ses connaissances, un autre adulte avec lequel il échangeait des idées.

Chad s'était aussitôt redressé, s'efforçant de gagner quelques centimètres, et lui avait donné son point de vue sur la situation :

— C'est sûrement quelqu'un qui habite près du lac.

— T'as peut-être raison. Bon...

C'était comme s'ils échangeaient ce genre de propos de trottoir depuis des années.

— Vous allez lui coller un PV ?

— J'aimerais trouver un autre moyen d'enfoncer le clou, de lui faire comprendre qu'on ne doit pas stationner près des bouches d'incendie. Les contredanses, ces gens-là s'en fichent. Ils sont pleins aux as.

Sam haussa les épaules.

— Faut qu'il soit riche pour avoir une bagnole comme ça.

Sam sortit son carnet à souche, remplit le formulaire, le détacha et le colla sous l'essuie-glace.

— Je t'ai pas vu en compagnie de Mrs. Chadwick, toi ?

— Si, m'sieur.

— Tu serais pas son fils, des fois ? Elle a un fils, il me semble.

Chad avait été très fier en sentant planer un certain doute dans la question de Sam DeGheyn. Le shérif avait donc pu croire un instant qu'il était un *ami* de Maud Chadwick ?

— C'est exact. Je m'appelle Chad. Mon vrai prénom, c'est Murray. Mais j'ai préféré changer.

Il tenait à ce que le shérif comprenne qu'il avait pris son problème en main comme un grand.

— « Murray », ça me plaisait pas.

— Hum, hum. C'est des choses qui arrivent. Je m'appelle Sam DeGheyn. Content de faire ta connaissance.

— Moi aussi.

— J'ai fini mon service. Je vais au *Rainbow* prendre un café. Tu m'accompagnes ou tu as des trucs à faire ?

Pour la seconde fois, Chad avait été scié. Personne ne l'avait encore jamais invité à boire un café. Et puis ça lui plaisait, cette façon qu'avait Sam de lui demander s'il n'était pas occupé, comme s'il s'adressait à un adulte — l'avocat que sa mère connaissait, le médecin, un officier de police. Il détestait le café, mais là n'était pas la question.

Alors il avait emboîté le pas à Sam et l'avait suivi au *Rainbow*, où Shirl, qui n'était à cette époque pour lui qu'une femme costaud au visage massif n'arrêtant pas de jacasser d'une voix forte, avait servi à Sam un café et à lui un soda. Sa mère n'avait pas encore commencé à travailler au *Rainbow*.

C'était la première fois que Chad avait trouvé La Porte sympa depuis qu'ils s'y étaient installés. Avant, il avait toujours eu cet endroit en horreur. Il était toujours partant pour retourner à Sweet Air, mais depuis ce samedi après-midi il avait envisagé un éventuel retour là-bas avec moins de force.

— Regarde, je coule.

— Mais non, fit Zéro qui flottait à quelques mètres de Chad.

Il se serait confondu avec l'eau sans son écharpe blanche et son plastron de chemise.

Chad se mit à agiter l'eau, battant des pieds, bien décidé à troubler le calme de Zéro. Il se demanda si Zéro n'allait pas se tourner vers le nord et se mettre à nager en direction de la mer.

— Fais la planche. Repose-toi, dit Zéro. Des fois, il se passe des choses bizarres, là-bas.

Là-bas ? songea Chad. Là-bas où des gens buvaient, mangeaient, écoutaient tout simplement de la musique pendant qu'ici on faisait la planche en smoking au milieu du lac... Mais alors qu'il commençait à flotter, il se sentit soudain agréablement isolé. Les yeux vers les étoiles, porté par l'eau, il aurait trouvé ça génial s'il n'avait pas autant pensé à sa mère et aux Docksiders. Allongé sur ce matelas d'eau authentique, il s'efforça d'inventer un mensonge plausible. Il se disait qu'elle ne le croirait pas lorsqu'il lui avouerait les avoir perdus au milieu d'un lac. « Alors, comme ça, tu as fini par réussir à marcher sur l'eau, Chad. J'étais sûre que tu y arriverais. »

Loin dans le noir, une silhouette minuscule agita le bras et donna de la voix. Casey était arrivée à bon port.

— On ferait peut-être bien d'y aller, dit Zéro, jetant sa cigarette et la regardant décrire un arc de cercle dans le ciel.

Puis il se retourna et se mit à nager.

— On fait la course ?

— Oh, merde, la ferme ! Mes chaussures sont au fond du lac. Des pompes neuves...

Zéro s'approcha de lui.

— Et alors ? T'as qu'à en prendre une paire à moi. Allons-y !

— C'est pas les mêmes. Elles ont coûté un paquet de fric à ma mère. Qu'est-ce que je vais lui raconter, moi, maintenant ?

Zéro avait une brasse d'avance sur lui et cria :

— La vérité. Où est le problème ?

— Ben voyons, fit Chad, recrachant une gorgée d'eau et rattrapant Zéro. Et tu crois qu'elle va avaler ça ? Elle est pas idiote.

— Elles croient tout ce qu'on leur raconte, mon pote. Même quand on leur dit qu'on marche sur l'eau.

2

Ils suivirent un étroit sentier pour aller du hangar à bateaux à la villa. Zéro arrachait au passage les fleurs sauvages qui poussaient çà et là. Il cassa une petite branche de saule dont il recueillit les feuilles juste avant qu'ils ne franchissent la grande porte. Chad secoua sa montre. Elle n'avait pas l'air de marcher. L'ayant enlevée, il la laissa tomber dans un bac de plantes ornementales et emboîta le pas à Zéro.

Ils pénétrèrent tout dégoulinants d'eau dans le vaste hall. Les rares invités debout près des tables Sheraton ou appuyés contre la rampe tournèrent des regards intrigués, désapprobateurs vers les trois arrivants. Puis, bientôt ennuyés, ils reprirent leurs conversations.

— Viens, Ophélie, dit Zéro en tendant le bras vers Casey, qui se dirigeait vers l'escalier pour aller retirer sa robe noire bonne à tordre.

— Qu'est-ce qui se passe ? fit-elle d'un ton geignard au moment où Zéro la soulevait de terre, déposait une poignée de fleurs écrasées et de feuilles de saule sur sa tête et la portait vers l'une des arches du living, lequel était presque aussi vaste qu'une salle de bal.

— Ferme les yeux, bon sang ! ordonna Zéro. Et laisse-moi faire.

— Si tu crois que je vais...

— Ferme les yeux, je te dis !

Le living en contrebas était comble ; les invités se rassemblaient, se séparaient, se regroupaient. Quelques-uns d'entre eux seulement parurent remarquer Zéro qui, debout au milieu de l'ouverture voûtée, tenait dans ses bras Casey trempée et ornée de fleurs.

Eva Bond, dont le profil scintillait à la lueur du feu, avait dû sentir leur présence bien que tournant le dos à la porte.

Les trois marches moquettées et l'arche qui les surmontait formaient une manière de scène miniature où se tenaient Zéro et Casey. Avec une élocution d'un raffinement que Chad ne lui connaissait pas, Zéro lança :

Que de sa chair vierge et blonde
Jaillissent des violettes.

Éclats de voix ; cris sporadiques vite étouffés ; bruit d'assemblée inspirant à fond sous le coup de l'émotion avant que les invités comprennent qu'il s'agissait d'une farce.

Le visage d'Eva Bond était impénétrable tandis qu'elle traversait la pièce avec sa flûte, indifférente aux rires nerveux, aux yeux écarquillés et à la peur qui rôdait en catimini. Elle gravit lentement les trois marches et se planta en face de son fils. Zéro la transperça du regard. Casey se tortilla et entrouvrit un œil.

Puis Mrs. Bond continua son chemin, traversant le

hall de marbre en direction de la salle de billard et de la bibliothèque.

Rageusement, Casey frappa Zéro au bras et se libéra.

— Pourquoi est-ce que tu laisses pas tomber ? s'écria-t-elle en courant vers l'escalier.

Zéro alluma une cigarette avec lenteur ; les invités lui tournèrent le dos.

— Personne n'aime *Hamlet*, ici ? fit-il avec un semblant de sourire.

Et s'éloignant, il ajouta :

— Bethanne est toujours dans le secteur ?

Chad se moquait pas mal d'attraper la crève : trempé ou non, il lui fallait présenter des excuses à la mère de Zéro. Il la vit se diriger vers la bibliothèque, s'arrêter un instant pour répondre aux remarques que lui adressaient son mari et ses copains de poker tandis qu'elle passait près d'eux. Puis elle s'engouffra dans la bibliothèque dont elle referma les hautes portes derrière elle.

Mr. Bond l'intercepta :

— Chad, tu as des munitions ? Du plastique ?

Chad se tourna vers la table de jeu, feutre vert et noyer.

— Quoi ?

— Des cartes de crédit, mon grand. American Express, Visa, Diners, NatWest. Mais d'où sors-tu dans cette tenue ? Tu es tombé dans la piscine ?

Chad observa le cercle de visages hilares, cinq, tournés vers lui dans l'expectative, comptant tous manifestement sur lui pour résoudre leur problème. A l'exception du médecin, toutefois, qui fronça les sourcils et dit :

— Non, non, non. Diners, American Express ou Lloyds Visa. Plus personne n'utilise la NatWest, aujourd'hui.

Chad n'avait jamais vu auparavant de jetons carrés ou rectangulaires comme ceux-ci : bronze, blancs, noirs ; carrés, ronds, rectangulaires.

Brandon, visage porcin, qui semblait détenir la plus grosse partie des jetons — deux grands tas de bronze, un de blancs, une poignée de noirs — plongea la main dans un immense bol en verre où les glaçons fondaient, formant une mini-mare. Puis il prit un zeste de citron dans une soucoupe, se le fourra dans la bouche, et, attirant à lui le pichet de martini, se servit. Il fit ensuite glisser le pichet vers le mari de Brie. Mr. Sardinia, brandissant le récipient en cristal, s'adressa à Chad :

— Martini ?

— Qu'est-ce que tu as sur toi ? répéta le père de Zéro. Une carte Diners, peut-être ?

— Une Access, c'est tout.

Mr. Bond repoussa ses lunettes à monture de corne sur son nez.

— Une quoi ?

Le médecin s'éclaircit la gorge pour préciser :

— Une carte de retrait.

Il parlait d'une voix basse et lasse, comme s'il avait été à l'hôpital, apprenant à la mère de Chad l'état de santé plus que critique de son fils. Puis il jeta une carte sur la table. « Ouais, ah, ouais », firent les visages souriants tournés vers Chad, le pauvre connard qui allait être le dernier à savoir que sa pierre tombale et l'emplacement de sa dernière demeure avaient déjà été choisis.

— Billy ! s'écria soudain Mr. Bond, abattant son poing sur la table.

Puis se tournant vers Chad :

— Il en a une cargaison, lui.

Le père de Zéro s'enfourna un glaçon dans la

bouche, une olive, puis souleva le pichet et but. S'essuyant le menton avec une serviette, il ajouta à l'adresse de Chad :

— Va lui demander ses cartes, tu seras gentil. Je sais qu'il a une Diners, une Lloyds, il doit bien avoir aussi une Express.

Il plaqua une carte de crédit sur la table, côté identité tourné vers le feutre. Les dos des cartes étaient presque tous semblables, les signatures dissimulées par des bandes de ruban adhésif.

— Tu joues ?

Les autres dévisagèrent Chad, éméchés mais prêts à l'accepter. Le pichet, après avoir circulé de main en main, était revenu près de Brandon.

Chad jeta un coup d'œil autour de lui :

— J'ai jamais joué avec des cartes de crédit. Ça serait pas plus simple d'utiliser des... Peu importe.

Il alla frapper à la porte de la bibliothèque et entra lorsqu'elle cria :

— Entrez !

Eva Bond était assise derrière un immense bureau d'acajou, les bras posés sur le plateau, les mains croisées. Derrière elle, il y avait une porte-fenêtre ; le clair de lune éclaboussait sa chevelure, dessinait des losanges sur la table de travail dont les bords se fondaient dans l'ombre. La lumière étrange et diffuse dont la source était cachée éclairait faiblement diverses parties de la pièce. Cette fois elle semblait provenir des rayonnages ou du mur derrière les étagères, de sorte que les tranches de certains volumes semblaient baigner dans de l'or.

— Chad, dit-elle, l'examinant de la tête aux pieds, vous allez prendre froid.

— Je suis presque sec, fit-il en s'efforçant de sourire.

D'un fauteuil de cuir brun foncé à haut dossier jaillit la voix de Maurice Brett :

— Billy et toi, vous faites la paire.

Son visage et sa main apparurent, la fumée montait en volutes au-dessus de lui.

— Dieu merci, tu ne nous as pas pris en flagrant délit.

Son sourire avait un charme inquiétant.

— Désolé de vous avoir interrompus.

S'adressant au dos de Chad, Eva Bond lança :

— Restez, Chad !

On aurait dit un ordre, bien qu'il ne pensât pas que c'en fût un.

— Et bouclez-la, Maurice, s'il vous plaît.

Elle était assise parfaitement immobile, dos droit, mains croisées ; très cadre supérieur, la robe exceptée. Elle lui désigna le divan de cuir.

— Vous ne vous asseyez pas ?

Elle sourit, insista.

— Allez-y, ne craignez rien.

Chad se demanda si elle faisait allusion à l'état de ses vêtements ou à la présence de Maurice.

— Au fait, désolé de ma grossièreté, fit Brett, qui n'en pensait manifestement pas un mot.

— Ce n'est rien, dit Chad, refusant de le regarder.

— Vous devez me prendre pour un radin.

Chad ne souffla mot. L'accoudoir de cuir du divan luisait souplement. Il songea à la peau de Bethanne.

— ... je devrais vous faire une offre plus généreuse. Mille dollars ?

Brett bougeait doucement la tête, les billets coincés entre ses doigts.

— Exactement ce dont vous avez besoin, si je ne m'abuse, mon petit vieux.

Chad se sentit glacé. Comme lorsqu'il avait barboté dans le lac.

— Je n'ai besoin de rien.

— Mais peut-être que votre maman, ça la dépannerait. Pour l'amour du ciel, ne restez pas planté là, asseyez-vous. Vous voulez savoir comment je suis au courant, pour l'argent ? Je tiens ça de Bethanne. C'est drôle, mais elle a trouvé votre histoire charmante : quelqu'un qui refuse de se laisser acheter. C'est rigolo, compte tenu des circonstances. Alors vous êtes toujours persuadé que je veux vous faire chanter ?

— Non, dit la mère de Zéro. Non. Vous essayez de le manipuler. Pourquoi ne sortez-vous pas, Maurice ?

— Erreur, ma chère. J'essaie d'aider ce pauvre jeune homme.

Brett se leva et se dirigea d'un pas vif vers la table, saisit le téléphone.

— Allez-y, appelez votre mère.

Chad se demanda pourquoi il se donnait la peine de répondre à ce type :

— Elle n'est pas là.

Brett jeta un coup d'œil à sa montre.

— Bon Dieu ! Il est une heure passée. Vous avez peur de la tirer du lit ?

— Elle n'est pas à la maison.

Chad baissa la tête pour dissimuler son sourire.

— Elle est sur la jetée.

Brett haussa les sourcils.

— Comment ça ? Vous habitez à Atlantic City ? Elle se ruine au jeu ?

— A cette heure-ci, reprit Chad, elle est au bout de la jetée.

— Qu'est-ce que ça signifie ?

— Pour vous, rien.

Brett regagna son fauteuil, rempocha son argent, alluma une autre cigarette.

— Nom de Dieu ! Qu'est-ce que vous avez dans le corps, vous, les ados ? Tenez, prenez Billy...

Eva Bond s'était levée, doigts étalés sur le plateau du bureau, tête baissée.

— Dehors ! ordonna-t-elle, les yeux rivés sur Brett.

— Okay, chérie. Y a juste un détail qui me chiffonne. Billy — Zéro, comme vous l'appelez si justement — s'est surpassé, ce soir.

Il se tourna vers Chad.

— A quoi rimait cette comédie, au juste ?

— Zéro est un extraverti, il aime jouer. C'est un clown, et un type super-sympa. Mais ça, je suis sûr que ça vous a échappé. Vous ne devez pas avoir d'enfants.

— Dieu merci, non !

Les mots tombèrent comme des pierres de la bouche de Maurice, le sang afflua à son visage.

Il est furieux, songea Chad. C'est donc qu'il y a autre chose sous ses airs condescendants.

— Parce qu'il aime humilier sa mère.

Il marqua une pause.

— Mr. Brett... commença Chad.

— Ah ! J'ai droit à un peu de respect, maintenant ?

— Non. Ce que j'aimerais savoir, c'est à quoi vous jouez, *vous*. Au revoir.

Comme excuses à la maîtresse de maison, c'est réussi, se dit-il. Il frissonnait en montant l'escalier.

Zéro était allongé sur le lit d'une autre chambre décorée par Ralph Lauren, vêtu d'un peignoir en soie et de chaussons de cuir souple ; mains derrière la nuque, fixant le plafond. On l'eût dit flottant de nouveau sur le lac.

La pièce était peu éclairée, l'éclairage indirect jetait des ombres liquides sur les murs et le plafond.

— T'as vraiment fière allure, dit Zéro, les yeux rivés vers sa penderie. Prends-toi donc des vêtements secs.

— Ton paternel a besoin de tes cartes de crédit.

Zéro roula sur le côté.

— Bordel de merde ! Me dis pas qu'ils jouent encore à ce jeu de con ? « Diners, American Express, Lloyds, Visa », fit-il en imitant la voix de son père tout en tapotant du petit doigt pour faire tomber la cendre d'un cigare invisible. J'ai une carte Exxon ; les autres, je m'en suis débarrassé, j'en ai ras le bol d'entendre leurs noms. Tu sais comment ils paient à la fin de la nuit ? Tout ce qui dépasse sept cents tickets — c'est la somme qu'ils trimballent sur eux quand ils viennent jouer — est débité sur leur compte. P'pa a une petite machine *ad hoc*. Et les jetons ? Jetons de vestiaire et autres. A part ça, je suis infoutu de te dire ce qu'ils ont inventé comme règles. Tu devrais les voir jouer au billard...

Zéro passa les jambes par-dessus le bord du lit et posa les pieds par terre.

— Je ferais peut-être bien d'aller retrouver les invités. Bethanne est avec qui ?

— La dernière fois que je l'ai vue, elle était avec ton meilleur copain. Le rouquin.

Zéro lui jeta un regard étrangement triste.

— Mon meilleur ami, c'est toi, vieux. Elle était debout ? Couchée ?

— Ils étaient dans la piscine.

Zéro ferma la porte de la penderie, se glissa dans un pantalon ample. Italien, songea Chad. Armani ? Ferenzi ?

Il fourra les pans de sa chemise à l'intérieur et enfila une veste, aussi ample que le pantalon.

— Ouvre le tiroir du bas de la commode, s'il te plaît. Il me faut une écharpe.

La commode était juste derrière le fauteuil de Chad. Il se contorsionna pour ouvrir le tiroir. Il devait y en avoir deux douzaines. Les écharpes de soie blanche luisaient à la lumière incertaine. Chad en attrapa une qu'il lança à Zéro. Pourquoi s'était-il imaginé que Zéro n'en possédait qu'une alors que celle qu'il portait avait toujours l'air de sortir d'une boîte ?

— Merci, fit Zéro, enroulant l'écharpe autour de son cou. Approche, tu veux ?

Il avait ouvert l'autre côté de la penderie et, plié en deux, examinait les chaussures.

— Jette un œil là-dessus. J'ai deux paires de Docksiders que je ne porte pratiquement jamais. Ça doit être deux tailles différentes, parce que c'est Eva qui les a achetées et qu'elle ignore quelle est ma pointure. Tu crois qu'elle me reconnaîtrait au poste de police dans une séance d'identification ?

L'espace d'un instant, Zéro demeura silencieux.

— Essaie-les.

— Merci, non.

— Bordel, qu'est-ce que ça veut dire ? C'est de ma faute si tu as paumé tes pompes, non ?

— Tu pouvais pas deviner que le bateau coulerait. T'avais pas prévu qu'on serait obligés de rentrer à la nage.

Zéro laissa tomber les chaussures par terre.

— Bordel de merde, arrête de discutailler ! Y a deux paires de godasses et sur les deux y en a une qui doit t'aller, Cendrillon, parce qu'elle est trop grande pour moi. De toute façon, je les mets jamais.

Pourquoi discutait-il ? Il aurait été bien en peine de le dire.

— Je retrouverai les miennes.

— Elles sont au fond de ce putain de lac, mec.

Zéro était appuyé contre la penderie, bras croisés, poussant les Docksiders du bout du pied.

— Tu vas me demander une combinaison de plongée, maintenant ?

— Pourquoi ? T'en as une ? fit Chad, se redressant.

— T'es vraiment cinglé, mon pote. Encore plus allumé que moi. Non, j'en ai pas. Mais il doit y en avoir quelque part dans la maison. P'pa ou l'un de ses copains doit avoir ça. Je vais leur demander de te la dénicher. Ça va les faire marrer. Écoute, qu'est-ce qu'elles ont de tellement spécial, tes godasses ?

Chad haussa les épaules.

— C'est pas seulement les chaussures, y a autre chose.

— Cette autre chose, ça doit être quelque chose !

Zéro s'était rallongé sur le lit. Tendant le bras, il ouvrit la porte de la table de nuit en noyer qui s'avéra être un réfrigérateur miniature. Il en extirpa une bière et la lança à Chad.

— Vas-y !

— Comment ça ?

— Raconte-moi ce qui te pousse à faire la chasse à ces saletés de godasses.

Chad s'en tira par une question :

— Où est Casey ?

— Dans sa chambre, j'imagine, en train de réinventer la guillotine.

Un coup fut frappé à la porte, qui s'ouvrit avec violence.

Casey, comme si on l'avait sifflée, se tenait dans l'entrebâillement, silhouette noire, toujours vêtue de sa robe noire, les cheveux dégoulinants d'eau et maculés d'herbes.

— Ça y est, elle a fini. T'as une drôle de touche, bébé. D'où sors-tu ?

— J'étais en bas, à faire des ronds de jambe aux invités. Les gens commencent à s'en aller.

— Parfait. Je vais pouvoir me redéshabiller.

— Tu pourrais au moins faire un saut en bas, dit-elle sans y mettre la moindre emphase.

Elle s'attardait, la main sur la poignée de la porte. Puis elle annonça :

— Je suis en train de mourir.

Zéro se retourna vivement et la dévisagea. Il laissa retomber sa tête sur l'oreiller.

— Encore ?

Elle n'essaya pas d'entrer dans la chambre. Chad se pencha en avant, mais sans réussir à distinguer l'expression de son visage. Sa voix était vraiment funèbre.

— Je suis en train de mourir. Si tu trouves ça drôle, bordel...

— Cesse de dire des grossièretés, coupa Zéro, se mettant un bras sur la figure.

— Tu le fais bien, *toi*. Si tu crois que tu es un exemple pour moi...

— Et tu souffres de quoi, cette fois ?

— Comme si ça t'intéressait !

— La dernière fois que tu m'as fait le coup, c'était à l'occasion de la fête qu'on avait organisée entre mecs la veille de la remise des diplômes.

— Je parie que vous avez passé des films de cul.

Casey ôta un brin d'herbe de ses cheveux.

— Des films gore !

— Tu es dégoûtant !

— Tu oublies que tu avais dix ans et nous vingt et un. Cette fois-là, tu souffrais de polyarthrite et tu marchais avec deux cannes.

— J'avais horriblement mal, dit-elle d'un ton raide.

— Parce que tu étais tombée de ce putain de cheval sur le dos duquel Kent Desormeaux lui-même avait refusé de monter. Après, tu nous as déclaré que tu étais en train de mourir de ce que tu appelais un « hématome subliminal ». Je te signale en passant que c'est pas subliminal mais subdural, qu'il faut dire.

— J'ai eu un accident, je me suis cogné la tête et il a fallu des mois avant que ça se déclare. Tu t'en souviens pas ? Bon, je suis en train de crever mais tu t'en fiches. Lorsque tu me verras flotter sur l'eau comme *elle*, tu t'en mordras les doigts.

Zéro bâilla.

— Ouais. Je me les mords déjà. Comme ça, quand ça se produira réellement, tu sauras à quel point ça m'a retourné.

— D'abord, faut que je commence par devenir folle.

Voix pleine de colère mais musicale. Voix de folle, version Casey.

— J'espère que je serai là quand ça se produira. On peut savoir de quoi tu es atteinte, cette fois ?

Un moment d'hésitation.

— Du sida.

Ils n'avaient toujours pas décollé de leurs sièges, le bol de glaçons et le pichet étaient de nouveau pleins à ras bord.

Pendant qu'il descendait au rez-de-chaussée — ce qui avait été l'affaire de quelques instants —, Chad avait pris une décision. Il allait partir demain (aujourd'hui, en réalité), retourner à La Porte, dût-il faire du stop. Il laissait tomber l'université au moins pendant un an. Et il s'installait chez sa mère. Ou alors, il se trouvait une piaule à Hebrides et mettait de l'argent de côté en repeignant des bicoques pendant un an.

Et durant ces courts instants, son sentiment de culpabilité à l'égard de Maud s'était soudain tari. Remplacé par un autre. Maintenant, c'était à propos de Zéro qu'il se sentait coupable. Coupable de le laisser tomber.

La main dans sa poche arrière, il tâtait les cent dollars qu'il avait mis de côté pour le voyage. Sa mère lui avait refilé un billet de vingt (« au cas où tu aurais à glisser un petit pourboire aux domestiques »).

Le cercle de visages se tourna vers lui, souriant. Chad rendit leur sourire aux joueurs. Ils semblaient aussi ravis que les nains recevant la visite de Blanche-Neige. Puis il regarda le bol en Waterford, la mini-mare qui se formait au fond ; et enfin il fixa Mr. Bond, qui agitait ses cartes de crédit dans sa direction.

— Je peux jouer ?

Chad avala trois martinis coup sur coup ; réussit à bluffer Mr. Sardinia — qui avait un flush American Express — avec sa paire de Diners ; eut raison de la paire de Lloyds de Brandon grâce à ses trois Visa.

Lorsque l'un des domestiques vint lui taper respectueusement sur l'épaule pour lui dire que Mrs. Bond l'attendait dans la bibliothèque, Chad avait devant lui deux cent cinquante dollars de jetons de vestiaire provenant de divers établissements : *Pierre's, les Quatre Saisons*, et *Au Pied de Cochon*, à Paris.

Et il n'avait toujours pas réussi à comprendre les règles du jeu.

3

Eva Bond était debout devant la porte-fenêtre derrière le bureau, le regard dans le vide. Semblant, pour autant que Chad pût en juger, contempler les vitres sombres.

— J'ai eu peur que vous ne perdiez, dit-elle.

— Ils ne m'auraient pas laissé perdre, sourit-il.

Elle portait un léger manteau couleur de crème surie, simple au point de ressembler à de la camelote. C'était un vêtement qu'elle aurait pu dénicher sur un cintre de l'Emporium à Hebrides, petit magasin maintenant fermé, où tout avait l'air étriqué, pauvre et démodé, vendeurs et murs inclus. Chad y était allé des années plus tôt acheter un cadeau d'anniversaire pour sa mère. Il n'y avait guère que deux pelés, trois tondus, mais ni le directeur ni le personnel ne semblaient se rendre compte que les affaires périclitaient dangereusement. Le directeur continuait gaillardement d'arborer une fleur à la boutonnière — un œillet blanc — et les vendeuses des cols amidonnés — blancs aussi — en lin ou dentelle, et pas le moindre bijou. Dans le magasin frais et sombre, tandis qu'il errait de rayon en rayon (écharpes, gants, verrerie, porcelaine), elles parlaient à voix basse, manipulant leurs articles bon marché comme si ç'avait été de la soie ou du Sèvres.

Pour commencer, il avait acheté un foulard. Puis une paire de gants en coton marron, que la vendeuse avait extirpée de la vitrine où reposaient d'autres paires de gants, enfermées dans des boîtes en plastique. Enfin il avait fait l'acquisition d'un verre à pied au rayon verrerie. La responsable du rayon n'avait pas semblé trouver bizarre qu'il n'en prît qu'un. Chaque article avait été enveloppé lentement, soigneusement, presque religieusement dans du papier de soie cependant que chacune des vendeuses l'entretenait — à tour de rôle et d'une voix feutrée — du temps, de l'université et de La Porte.

Le magasin était sombre et frais et il avait eu un choc en se retrouvant sur le trottoir chauffé à blanc par le soleil.

Il se sentait mal à l'aise et triste. Mal à l'aise parce qu'il avait acheté des choses dont sa mère ne se servait jamais : elle ne portait ni foulards en nylon ni gants. En outre, il s'était rendu compte, en voyant le verre couché dans sa boîte, que ce n'était pas un verre à martini mais un verre à champagne qu'il avait choisi. Cela étant, il lui avait paru hors de question de le rendre à la charmante dame en col blanc. En s'en allant, il avait éprouvé un sentiment de tristesse insondable lorsqu'il s'était retourné pour regarder le magasin, qui avait l'air condamné.

Six mois plus tard, l'Emporium d'Hebrides avait subitement fermé ses portes. Jour après jour, il s'était senti obligé d'acheter le *Banner* d'Hebrides pour lire les annonces que faisait passer le magasin et avait été soulagé de les trouver en bonne place dans le quotidien, un peu comme un visiteur qui se rend à l'hôpital pour voir un ami malade et constate avec joie qu'il est encore en vie. Puis les annonces avaient disparu, et il avait épluché le journal pour voir si l'on y donnait des nouvelles du magasin. Et oui, un entrefilet sinistre annonçait que l'Emporium était en faillite. Conscient de se monter la tête, il lui avait cependant semblé détecter dans le compte rendu fort sec retraçant l'histoire de l'établissement une vague note moralisatrice et sarcastique de nature à laisser entendre que la ville avait enfin réussi à se débarrasser d'une présence maléfique tapie au coin de Walnut Street et de Beech Street.

Chad avait pris le car pour se rendre jusque là-bas. Le magasin était cadenassé, vitrines condamnées par des planches, stores baissés, camouflé comme s'il avait été trop laid pour que quiconque pose les yeux dessus.

Il n'avait pas pu raconter à sa mère les circonstances dans lesquelles il avait effectué ses achats. Ni la raison de ses choix. Lorsqu'elle avait déballé les gants puis le foulard, il s'était empressé de lui faire remarquer qu'elle aurait besoin de gants en hiver ainsi que d'une écharpe. Qu'elle ne prenait pas assez soin d'elle. Il la regarda et vit dans ses yeux une lueur de déception. Après tout, elle avait discrètement multiplié les allusions pour guider son choix : cirage, ciseaux à ongles, etc. Puis elle avait déballé le verre et l'avait examiné un moment. Après quoi elle s'était levée et rendue dans la cuisine. Elle en était revenue avec une bouteille de champagne. « Comment as-tu deviné ? » En souriant, mais d'un sourire qui manquait d'entrain, elle avait versé du champagne dans la flûte et dit : « Désolée, tu devras te contenter d'un verre à eau. »

Chad avait souri avec découragement ; il avait raté son coup ; il l'avait déçue. Ils s'étaient plongés dans un silence défensif. Finalement, après avoir essayé les gants plusieurs fois, secoué le foulard, elle avait fait une remarque à propos des cadeaux que son père lui faisait. Présents de dernière minute...

Ne pouvait-elle donc voir que ses cadeaux à lui étaient totalement différents ?

Pourtant il se demanda pourquoi, alors qu'à l'Emporium il cherchait ce qui ferait réellement plaisir à sa mère, il lui avait acheté des choses qui ne lui plaisaient pas.

Tout cela lui traversa l'esprit alors qu'Eva Bond, tournant le dos à la fenêtre, hochait la tête dans sa direction.

Lorsqu'il la vit debout dans sa somptueuse robe du soir de grand couturier et son manteau pathétique, Chad eut une sorte de révélation : il songea que cette Mrs. Bond n'avait rien de commun avec celle qui l'avait accueilli sur les marches de la villa.

— Pourquoi ce manteau ? lâcha-t-il pour se donner une contenance.

Elle sourit légèrement, contemplant le vêtement.

— Je vais faire un tour à pied. La plupart des invités sont partis.

Elle s'approcha du bureau, posa une main sur un grand livre.

— Je tenais à vous voir. A vous prier d'excuser...

Elle leva le bras comme pour désigner le fauteuil qu'avait occupé Maurice Brett, mais le laissa retomber, n'achevant pas son geste.

— Inutile.

Il avait failli ajouter : « C'est votre vie, vous la menez à votre guise. » Mais cela lui avait semblé d'une brutalité inqualifiable car, pour l'instant, elle avait l'air si frêle, si vulnérable...

De nouveau, elle regagna le fauteuil derrière le bureau et s'y assit. Peut-être s'en servait-elle comme d'une barrière de protection. Elle ouvrit le gros livre,

244

le referma. Regardant Chad, elle laissa un pénible silence s'installer avant de se décider à parler.

— J'aurais bien une suggestion à vous faire, seulement j'ai peur que vous ne la preniez mal. D'abord je voudrais vous féliciter pour la façon dont vous avez refusé l'argent de Mr. Brett.

Tout en étudiant l'un des motifs byzantins du tapis, elle sourit :

— Billy en aurait fait autant.

Sidéré, Chad la fixa. Mais elle ne s'en rendit pas compte et continua d'examiner le tapis. La suggestion qu'elle allait risquer semblait oubliée.

— Est-ce qu'il est populaire... est-ce qu'on le trouve sympathique ? A l'université, j'entends.

— Quand on a autant d'argent, c'est pas facile de faire le tri et de savoir où sont ses vrais amis, ce n'est pas votre avis ?

Il sourit.

— Mais je dirais que oui.

Chad éprouva un soudain sentiment de malaise. Car la question n'avait rien à voir avec l'université ni avec la popularité de son fils.

— Je me posais la question. Il a des copains ici, mais personne d'assez...

Elle fronça les sourcils à la recherche du mot juste.

— Assez quoi ? fit Chad, essayant de l'aider.

Elle leva les mains puis les laissa retomber sur les accoudoirs du fauteuil. Tous ses gestes semblaient futiles, sans objet. Elle lui jeta un regard hésitant, détourna les yeux.

Après un silence, elle poursuivit :

— En mars dernier, vous devez être au courant, j'ai passé deux semaines à le chercher. J'ai téléphoné à son appartement. Mon mari aussi. Je ne connaissais aucun de ses amis. Vous êtes le seul qu'il ait jamais invité à passer quelques jours à la maison. En désespoir de cause, j'ai appelé le doyen. J'ai ainsi appris que Billy n'était pas allé en cours depuis deux semaines, qu'il n'avait pas réglé ses frais de scolarité, qu'il ne s'était manifesté en aucune façon. Le doyen, navré, m'a expliqué qu'il avait dû le rayer de la liste des étudiants, qu'il ne le reprendrait que lorsqu'il aurait réglé ses frais de scolarité. Il y avait plus de deux mois qu'il aurait dû les payer. Son père était effaré, compte tenu des sommes qu'il avait envoyées à Billy.

D'un ton qui était presque d'excuse, elle dit :

— Alors j'ai appelé la police. Mon mari était fou de rage ; il m'a dit que cela ferait plus de mal que de bien, que je ferais une drôle de tête si les flics venaient sonner à ma porte...

Chad se souvenait fort bien de tout ça. Pendant près de deux semaines, en mars, Zéro s'était arrêté de fonctionner, telle une horloge qui tombe en panne. Il avait cessé d'assister aux séminaires (même au séminaire sur Shakespeare), raté deux réceptions monstres, cessé de se montrer au *Mooney's Bar* ou au *Qwiklunch* — un de ses bistrots de prédilection, où en deux occasions au moins il s'était battu avec un autre type, réussissant à lui flanquer la tête dans le plat de pois chiches, et avait empêché le patron d'appeler les vigiles du campus en lui fourrant des billets de cent dollars dans la poche. Chad avait fait le tour de tous les endroits fréquentés par Zéro, le *Bowlerama* compris. Zéro ne jouait pas au bowling (il ne pratiquait aucun sport) ; il se contentait de prendre un hot-dog à la moutarde et aux oignons et de regarder les joueurs.

Chad fut absolument sidéré de le retrouver au bout

d'une semaine assis en silence dans le noir, tant Zéro semblait avoir de l'énergie à revendre. Par tous les temps, il se promenait manteau déboutonné — pardessus de cachemire ou imperméable —, son écharpe de soie blanche flottant derrière lui. Son physique, son look — qu'il devait tantôt à Bill Blass, Perry Ellis ou Armani — incitaient les filles les plus sexy du campus à lui courir au train.

Pourtant, sa liaison la plus longue — six mois —, Zéro l'avait vécue avec une fille au visage menu et à la voix douce répondant au nom de Paula. Une fille nerveuse et banale à ceci près que c'était un cerveau (sa spécialité était la biochimie) et qu'elle était d'une gentillesse extrême. C'était le genre de fille capable d'affronter le blizzard pour aller à la recherche d'un chaton égaré. Sans doute parce que Paula n'était ni belle ni sexy, le bruit avait couru que Zéro devait être homo. La rumeur aurait facilement pu être démentie par l'une des trois ou quatre superbes nanas avec lesquelles Zéro était sorti quelque temps avant de les rayer de la liste de ses relations comme on annule un chèque. Mais elles n'avaient rien fait pour mettre fin à ces bruits. Lorsque la rumeur était parvenue aux oreilles de Zéro, un soir au *Mooney's*, il avait renversé sa bière et Chad s'était attendu à ce qu'éclate une scène digne de celles du *Qwiklunch*. Mais au lieu de cela, Zéro avait ri à s'en étouffer. « Je crois savoir d'où elle vient, celle-là, avait-il dit. Sûrement du *quarterback* qui est tout juste bon à marquer des points sur un terrain de football. »

Zéro avait les belles femmes en horreur.

Pendant toute cette semaine de mars, Zéro n'avait répondu à aucun de ses coups de fil. Alors Chad avait fini par se décider à aller frapper à sa porte. Voyant la Porsche garée à sa place habituelle, Chad en avait conclu que Zéro devait être dans son appartement.

A l'intérieur, il faisait noir comme dans un four. Zéro avait crié : « Entrez ! » Venant de l'obscurité relative d'un crépuscule de mars, Chad avait dû cligner des yeux pour réussir à distinguer les contours du divan et Zéro assis à une table de bridge dressée près de la fenêtre. Il regardait dehors, les yeux rivés sur un bouquet d'arbres sombres aux branches encore vierges de feuilles.

— Eh bien, Chad, avait dit Zéro comme s'ils venaient d'avoir une longue conversation et que l'heure de conclure était arrivée.

— Où diable étais-tu ?

— Ici. A fumer et à boire.

Il souleva de quelques centimètres une bouteille de Jameson Black Bush.

— C'est tout ?

Dans la pénombre, Chad s'efforça d'examiner les lieux.

— T'as pas pris de coke ? Pas même un chouïa d'herbe ?

— La drogue, c'est pas mon truc. Je ne me suis jamais défoncé. Tu le sais.

Exact. Et il ne paraissait pas bourré non plus. Jamais il ne s'était saoulé. Dans une autre pièce, le téléphone sonna. Chad fixa son copain.

— Tu vas pas répondre ?

— Le répondeur s'en chargera, dit Zéro à la fenêtre.

La sonnerie cessa. Le bruit métallique d'une voix se fit entendre sur la bande.

— C'est encore Eva. Elle arrête pas d'appeler. C'est au moins la huitième ou la neuvième fois.

Chad sentit la moutarde lui monter au nez. Lui-même avait appelé une demi-douzaine de fois. Si Zéro voulait rester claquemuré chez lui, c'était son problème. Mais il y avait une semaine que la plaisanterie durait maintenant et c'était sa mère qui...

— Pourquoi tu réponds pas, bordel de merde ? Ta mère doit être malade d'inquiétude !

Le silence et l'obscurité s'épaissirent tandis que Zéro tournait les yeux vers lui.

— Eva, ma « mère » ?

Il eut un petit sourire.

— Et si on parlait un peu de *la tienne*, de mère ?

— Eh ben quoi, ma mère ?

— Comment est-elle ?

— Je te l'ai déjà dit, fit Chad, mal à l'aise.

De l'auriculaire, Zéro fit tomber la cendre de sa cigarette.

— Elle lit de la poésie et se crève le cul dans un restau minable pour permettre à sa merveille de fils d'avoir des sales notes en français et de fumer des pétards.

De sous ses sourcils sombres, il jeta un regard perçant à Chad, qui se sentit piqué au vif. Furieux.

— De quel droit tu critiques ma façon de vivre ? Tu te démerdes pas tellement mieux que moi !

A peine eut-il lâché ces mots qu'il les regretta en voyant Zéro, qui ne s'était pas vexé, tourner le visage vers les vitres dégoulinantes d'eau et les arbres nus, derrière lesquels la neige tombait, doucement éclairée par le globe d'un lampadaire. En cet instant, Zéro lui apparut sous un jour complètement différent. Le Zéro qui portait des manteaux de cachemire, des écharpes en soie, des costumes italiens, roulait en Porsche décapotable, était en fait quelqu'un qui se moquait éperdument des biens de ce monde.

— Écoute, mec... commença Chad.

— Laisse tomber, tu veux ? fit Zéro d'un ton dépourvu d'animosité, presque aimable.

Chad n'en avait rien fait. Il s'était assis à la table de bridge, sans que Zéro parût se soucier de sa présence, s'était versé une goutte de Jameson et avait examiné la pièce, se demandant que dire. Mais la pièce ne lui avait rien appris sur son occupant et, de nouveau (ce n'était pas la première fois qu'il rendait visite à Zéro), Chad avait eu l'impression bizarre que les meubles pourtant soigneusement choisis ne portaient pas la marque de leur propriétaire.

La pièce n'était pas pleine de ces meubles de pacotille qu'on trouvait dans la plupart des studios d'étudiants, achetés à la hâte dans des boutiques sombres dont les propriétaires grincheux ne se donnaient pas la peine de réparer les ressorts cassés pas plus qu'ils ne se souciaient de faire briller les portes, et qui dépendaient pour gagner leur croûte des arrivées et des départs des étudiants. Chad s'était rendu avec Zéro dans plusieurs de ces officines et s'était aperçu à cette occasion qu'il aurait horreur de dépendre de semblables transhumances pour subsister.

Zéro, lui, n'achetait pas de toc. Il avait le don de dénicher au milieu des meubles aux ressorts fatigués, veufs d'un pied, entassés les uns sur les autres, les pièces anciennes dont les brocanteurs ignoraient la valeur véritable. C'est ainsi qu'il avait fait l'acquisition du buffet Sheraton marqueté au-dessus duquel il avait accroché un beau miroir biseauté, du secrétaire en bois de rose, du fauteuil élisabéthain — au bois si foncé qu'il semblait rescapé d'un incendie — pourvu d'un dossier haut et d'accoudoirs terminés par des gargouilles sculptées.

Chad laissa son regard se poser tour à tour sur une

douzaine de pièces et il songea que l'appartement où vivait Zéro ressemblait à un petit musée, avec son mobilier beau ou bizarre mais en tout cas unique. Pourtant, malgré sa singularité, son originalité, le logement en disait moins long sur son occupant qu'une chambre d'hôtel anonyme où le voyageur de passage eût trouvé le moyen de poser une photo de sa famille sur une commode. Zéro ressemblait à ce voyageur mais à un voyageur sans photos, ou à un visiteur qui serait venu et aurait refusé de laisser sa carte.

Peut-être à cause de l'obscurité ou peut-être parce qu'il avait inconsciemment feint de l'ignorer, ce n'est qu'après avoir passé la pièce en revue que Chad remarqua le pansement blanc. La manche du pull de cachemire s'était relevée lorsque Zéro avait porté la cigarette à ses lèvres et le pansement semblait presque lumineux, tel un petit drapeau blanc sur fond d'eau noire.

La gorge de Chad se serra. Il eut du mal à prononcer les mots.

— Qu'est-ce que tu as au poignet ?

— Hein ? fit rêveusement Zéro.

Il gratifia Chad d'un regard qui semblait tourné vers l'intérieur.

— Ton poignet. Qu'est-ce qui t'est arrivé ?

Zéro baissa les yeux, contempla son bras.

— Je me suis brûlé.

Sourire lent.

Tous deux étaient assis à la table de bridge près de la fenêtre dont le rebord se couvrait de neige, qui s'amoncelait sur le toit des voitures.

L'allée luisait dans le cône de lumière qui coulait du lampadaire.

— *Shadowland*, murmura Chad. Ça te rappelle rien ?

Shadowland — le pays des ombres —, c'était le surnom qu'ils avaient donné à cet hiver lorsque, juste avant les vacances de Noël, étudiants et enseignants avaient été bloqués par des chutes de neige si importantes que tout le monde avait dû rester barricadé chez soi dans la petite ville. Chad et Zéro s'apprêtaient à partir lorsque leur vol avait été annulé ; tant mieux, d'ailleurs, car il leur aurait été impossible de se rendre à Chicago dans la Porsche de Zéro pour attraper leur avion : la voiture était en effet enterrée sous un monceau de neige, réduite à un monticule blanc au milieu d'autres monticules tout aussi blancs alignés le long du trottoir.

Bizarrement, aucun d'eux n'avait déploré ce contretemps. Prenant la chose avec philosophie, ils avaient réussi à faire un saut chez l'épicier et le marchand de vins et spiritueux avant que les commerces ne ferment.

Ils longeaient le *Paper Store* lorsque Zéro, apercevant des chapeaux en papier dans la vitrine, avait insisté pour poser la caisse de champagne qu'ils venaient d'acheter et entrer choisir des cotillons.

Ils avaient passé cinq jours à boire du Dom Pérignon, à manger des sandwiches au salami et du caviar, et à observer depuis l'appartement plein d'ombres de Zéro les chasse-neige qui évoluaient lourdement dans la rue.

Ils avaient porté leurs chapeaux de cotillon cinq jours d'affilée et inventé des personnages correspondant aux couvre-chefs. Il y avait huit chapeaux, ce qui faisait quatre personnages chacun. Zéro, assis sur le fauteuil élisabéthain, une couronne dorée sur la tête, récitait des vers du *Roi Lear* ; Chad, chapeau surmonté d'une grenouille, faisait la chasse au sorcier ; sous un chapeau de fée long et pointu, Zéro pleurait, jouant le rôle de la princesse de Shadowland. C'était son personnage préféré. La princesse à son réveil avait trouvé le roi, la reine et les dames d'honneur partis, envolés, jusqu'au moment où elle avait reconnu dans les ombres mouvantes qui glissaient sur les murs glacés le roi, la reine, les ministres et les domestiques. Le travail de la princesse consistait à rendre forme humaine à ces ombres.

Il y avait un chapeau-éléphant et un chapeau-lion ; un chapeau orné d'une photo d'Elvis Presley grattant sa guitare ; un chapeau pointu noir avec des étoiles argent ; et un autre avec une Studebaker également argent. (Celui-là, Zéro en était fou ; il adorait se mettre dans la peau de la Studebaker.) Ils avaient décidé qu'il s'agissait de chapeaux dépareillés et laissés pour compte, d'exemplaires qui n'avaient pas trouvé preneur. Que la femme à lunettes qui tenait le *Paper Store* (et n'avait certainement jamais assisté à une fête costumée de sa vie) leur avait fait un prix pour le tout, trop contente de se débarrasser de ces rossignols. Peut-être qu'à l'origine elle avait eu en magasin huit chapeaux à l'effigie d'Elvis commandés par un club de fans ; tout un jeu de chapeaux à têtes d'animaux destinés à pimenter un goûter d'enfants ; une série complète de couvre-chefs ornés de voitures pour les dingues de bagnoles.

Dans les histoires imaginées par Chad et Zéro, chacun devait jouer un rôle dans le scénario concocté par l'autre et porter le couvre-chef approprié pour interpréter ce rôle. Zéro embrayait sur l'intrigue amorcée par Chad et Chad à son tour rajoutait des éléments de son cru à celle qu'avait inventée Zéro. De fil en aiguille, les événements se compliquaient à l'envi, prenaient un tour de plus en plus fantastique. Le lion réparait les pneus crevés ; la grenouille préparait des sandwiches au salami avec du caviar pour le sorcier. Le seul problème, c'était les changements de chapeau : si par mégarde la grenouille parlait avec le chapeau d'Elvis sur la tête, il lui fallait verser un dollar d'amende. Si vous étiez la Studebaker et que vous vous transformiez en Elvis, votre partenaire devait changer illico de façon de parler (on ne parle pas à Elvis comme on parle à une Studebaker), faute de quoi, il avait une amende d'un dollar.

Zéro ne payait jamais d'amende car il se glissait dans la peau des personnages et en sortait aussi facilement que l'eau coule sur les cailloux à travers les herbes. Mais son personnage préféré était toujours celui de la princesse de Shadowland.

Lorsque vint le jour où Chad et Zéro purent rentrer chez eux, ils décidèrent — dans la mesure du possible — de faire figurer dans un même récit tous les personnages de leur répertoire, se changeant à la vitesse de l'éclair, se mettant tantôt dans la peau de l'un et tantôt dans celle de l'autre, racontant leurs voyages et leurs aventures. Zéro annonça qu'ils vivraient tous ensemble à Shadowland, Elvis et la princesse, Lear et la grenouille, le sorcier et l'éléphant, la Studebaker et le lion.

A la fin, chacun d'entre eux était censé résoudre le dilemme de la princesse : trouver un moyen de transformer les ombres en roi, reine et domestiques. Mais ce dernier jour, lorsqu'ils s'éveillèrent d'un sommeil fortement imbibé de champagne, le soleil était si éclatant qu'ils durent tourner le dos à la fenêtre. Dehors, la Porsche avait fait sa réapparition dans toute la plénitude de son rouge géranium ; les passants allaient et venaient, portant des paquets bariolés, sur le trottoir d'où toute trace de neige avait pratiquement disparu.

Aussi, afin de réussir à rallier Chicago et prendre leur avion, il leur avait fallu se dépêcher, se doucher, se raser et se changer et fourrer leurs valises dans la voiture.

Ils n'avaient pas rompu le charme ; ils n'avaient pas résolu l'énigme ; le palais restait plein d'ombres au milieu desquelles la princesse errait en soupirant.

C'est ainsi du moins que Chad la voyait en ce moment, assise de nouveau dans l'appartement de Zéro, regardant tomber la neige. Marchant au milieu d'enfilades de colonnes noyées d'ombre. Il regarda Zéro qui regardait tomber sans se presser la neige de mars, se dit qu'il n'avait pas dû entendre sa question.

— Shadowland, ça te rappelle rien ?

Il crut que Zéro ne répondrait jamais car le silence s'éternisait.

Finalement, Zéro se détourna de la fenêtre et dit :

— Cette saloperie de grenouille n'a jamais été foutue de conduire correctement : elle a renversé Elvis et bousillé la Studebaker.

— Qu'y a-t-il de drôle ? s'enquit Eva Bond avec un sourire.

La pièce pleine d'ombres à laquelle songeait Chad céda soudain la place à cette pièce à l'éclairage étrange et le jeune homme comprit qu'il devait être resté assis là sans parler depuis un moment.

Il secoua vivement la tête, s'efforçant de se souvenir des paroles d'Eva Bond. Cela lui revint tout d'un coup.

— La police ? Vous avez téléphoné à la police ?

— Le policier m'a rappelée pour me dire que tout

était en ordre. Billy avait le teint pâle, certes, l'air fatigué ; mais le flic l'avait trouvé décemment habillé et l'appartement était en ordre. « Aucune trace d'orgie, Mrs. Bond. » Le policier a ri. « Votre fils a été charmant, absolument charmant. Votre mère nous a contactés, lui ai-je dit, elle aimerait que vous lui passiez un coup de fil. »

L'air triste, elle regarda Chad.

— Vous parlez d'un motif pour alerter la police ! « Votre mère nous a contactés. »

Elle soupira, ajouta :

— Je me demande pourquoi il faisait le mort.

C'était ça, alors ? Il devait jouer le rôle du porteur de mauvaises nouvelles, de celui qui narre de piteux événements et se fait pendre pour sa peine ? Pour des raisons qui lui échappèrent, cela le mit en colère.

— Pourquoi ne pas poser la question à Zéro ?

Elle se leva, se tourna vers la porte-fenêtre, se retourna de nouveau.

— Billy ne me répondrait pas.

— Et pourquoi pas ?

Il y eut un silence.

— Je sens une indignation vertueuse percer dans votre voix. C'est sans doute parce que vous avez vingt ans et des idées précises sur ce que les parents doivent être et faire.

Elle sourit.

— La plupart des enfants ont une âme de moralisateur.

— Vraiment ?

Chad trouva la formule agaçante et injuste. D'autant plus agaçante qu'elle s'accompagnait de ce petit sourire entendu. Il se dit qu'il lui fallait se montrer à la hauteur. D'un ton uni, il énonça :

— Vous trouvez que nous sommes des ingrats ?

Incapable de contrôler sa voix, il poursuivit, dérapant dans les aigus sous le regard froid d'Eva Bond :

— Vous ne vous rendez pas compte du putain de sentiment de culpabilité que vous êtes capables — vous, les parents — de faire naître chez nous ? Je vous pose la question : pourquoi Zéro vous a-t-il laissée deux semaines sans nouvelles ? Pourquoi a-t-il monté cette petite comédie avec Casey ce soir ?

Les yeux d'Eva Bond étaient toujours rivés sur lui.

— J'ai trouvé ça plutôt bon. Un peu bizarre, peut-être, comme les parties de poker de son père, mais brillant dans son genre. Billy adore attirer l'attention.

— *L'attention ?* Vous ne voyez donc pas ce que ça cache ?

Sans répondre directement, elle enchaîna :

— Nous avons tous eu des parents.

Elle entreprit de boutonner son manteau, se tournant de nouveau vers la fenêtre.

— Nous avons tous été déboussolés, tourneboulés.

Elle marqua une pause.

— Il y a longtemps que j'ai renoncé à essayer de changer le cours des choses. Les choses se produisent, c'est tout. Vous ne pouvez ni en modifier le cours, ni les tenir à distance, comme on brandit des croix sous le nez du diable.

La main sur la poignée de la porte-fenêtre, elle sourit.

— Vous êtes persuadé que je ne l'aime pas, n'est-ce pas ?

Une fois sur le sentier, elle se retourna et lui adressa un petit geste de la main.

Il écouta le bruit de ses talons griffant le gravier. Puis, s'approchant du bureau, il examina le gros album de cuir qu'elle avait feuilleté. C'était un album de photos, de ceux qui existaient dans le temps. Il admira le soin avec lequel les instantanés étaient fixés à l'aide de petits triangles noirs.

La plupart des clichés représentaient Zéro ; un bon nombre étaient de Zéro et Casey ; deux douzaines environ montraient Zéro et sa mère : il y en avait beaucoup moins de son père ; et beaucoup moins encore de toute la famille. Et ils avaient été pris par des appareils différents : Polaroïd, 36 mm, vieil Instamatic.

L'album était fatigué, certaines des pages se détachaient des anneaux de métal. Il avait manifestement été compulsé maintes fois. Comme il allait le refermer, quelques photos décollées tombèrent par terre. Chad baissa les yeux et vit Eva Bond, l'air conquérant, en tenue d'aviatrice. Appuyée contre un petit monomoteur, elle était vêtue d'un blouson de cuir, d'un casque et d'une écharpe blanche. On aurait dit de la soie blanche. L'espace d'un instant, il fixa sans le voir le motif du tapis sur lequel gisaient les clichés. Se baissant pour les ramasser, il eut l'étrange impression de contempler deux vies, vécues des années auparavant, aujourd'hui tombées en désuétude, irrécupérables. Il songea à Zéro, assis dans son appartement sombre ; il songea à la mère de Zéro, debout un instant plus tôt près de la porte-fenêtre. Il éprouva un vif sentiment de malaise.

En entendant le moteur de la voiture, Chad s'approcha du sentier qu'elle avait emprunté pour rejoindre le garage suffisamment vaste pour contenir une demi-douzaine de véhicules. Les phares de la BMW de Maurice Brett étaient allumés. La voiture effectua une marche arrière, fit gicler des gravillons en accélérant et bondit vers la longue allée.

Quoi ?

Il n'arrivait pas à le croire. Maurice Brett, en guise d'expiation ?

Zéro était planté devant la fenêtre qui donnait sur le sentier que sa mère venait d'emprunter, le contemplant avec tant d'intensité que Chad dut prononcer son nom à deux reprises.

L'air hagard, il se détourna. Chad aurait tout aussi bien pu être un revenant surgi du passé, qu'il n'arrivait pas à situer. Son visage était couleur de cendre.

— Où est-ce qu'elle va ?

— Quoi ? Qui ? De quoi tu parles ?

Zéro traversa la chambre à la vitesse de l'éclair, dévala l'escalier. Chad le suivit, le vit entrer dans l'immense living, maintenant vide, où il ne restait plus que du champagne éventé, des cocktails abandonnés, des mets fatigués. Il entendit des cris. Le bruit du verre brisé. Puis il aperçut Casey dans le hall, emmitouflée dans une vieille robe de chambre, les pieds dans les chaussons de cuir de Zéro.

— Remonte te coucher ! ordonna Chad.

Mais elle continua de le dévisager, tortillant la cordelière de son peignoir.

Lorsque Chad réitéra son ordre, elle partit en direction de sa chambre. Cependant, quand il arriva au bas de l'escalier, il la vit plantée sur le palier, regardant par-dessus la rampe.

Les yeux braqués sur son fils, Will Bond tenait un verre à la main, que Zéro lui arracha des doigts et qu'il jeta contre le mur. Ce que le père essayait de dire se perdait dans le fracas des verres et des bouteilles brisés — que Zéro jetait contre la porte du patio, contre le vaste miroir surmontant la cheminée, contre la cheminée elle-même. Et Zéro hurlait :

— Tu le savais, n'est-ce pas ? Tu aurais pu l'en empêcher ! C'est ma mère, bordel de merde !

Zéro dépassa Chad en trombe et se rua vers la porte d'entrée. Quinze secondes plus tard, Chad entendit rugir le moteur de la Porsche.

Nom de Dieu, il allait conduire cette voiture à toute allure. La Porsche risquait même de les rattraper, malgré l'avance qu'ils avaient prise. Est-ce que la Jaguar des Bond pouvait se montrer à la hauteur ?

— Que se passe-t-il, nom d'un chien ? s'enquit Will Bond, qui titubait, non à cause de la vodka mais à cause de la soudaineté des événements.

— Donnez-moi vos clés de voiture, s'il vous plaît !

Will Bond resta planté sans bouger, regardant Chad avec des yeux embrumés.

— *Les clés de la Jag, bordel !*

L'air stupide, le père de Zéro plongea la main dans sa poche et lui jeta le trousseau.

La Jaguar s'élança le long de l'allée. En cinq minutes il atteignit l'autoroute, se demandant s'il devait mettre le cap sur le nord ou sur le sud. Il vira vers le sud et appuya à fond sur l'accélérateur. Il ne lui fallut que peu de temps pour se rendre compte de la puissance du véhicule.

Chad perçut un froissement de tissu à l'arrière, jeta un œil dans le rétroviseur et vit Casey passer de la banquette arrière sur le siège du passager, toujours enveloppée dans son peignoir.

La Jag fit une embardée et ils faillirent se retrouver sur le bas-côté.

— Bon Dieu ! Tu pourrais te tuer !

Haussement d'épaules indifférent.

— Et alors ? Je vais mourir, de toute façon.

4

Combien d'avance Zéro avait-il sur lui ? Cinq, peut-être dix minutes. Seulement il conduisait une Porsche et il pouvait rattraper la BMW. La BMW, elle, respecterait la limitation de vitesse.

La Porsche la rattraperait, oui. Et ensuite ? Chad imagina Zéro roulant à côté de la BMW et, tel un officier de la police de la route, faisant signe à ses occupants de se garer sur le bas-côté. S'ils refusaient d'obtempérer, la Porsche tiendrait la BMW à l'œil, Zéro dût-il lui coller au train. Mais la voiture s'arrêterait. Chad se prit à espérer que Zéro serait assez raisonnable pour ne pas essayer de lui faire quitter la route.

Chad s'efforça de se représenter l'expression du visage d'Eva Bond, la confusion qui serait la sienne lorsqu'elle comprendrait à quel point elle comptait pour Billy.

Depuis quand souffraient-ils ainsi en silence ? Qu'est-ce qui les poussait à faire durer cette situation ?

S'il roulait à cent trente à l'heure, la Porsche, elle, devait faire du cent soixante. Champs, fermes, clôtures défilaient, flous, difficiles à distinguer les uns des autres. Ça allait trop vite ; il n'était pas habitué à conduire cette voiture, il ne savait pas jusqu'à combien elle pouvait monter avant de les envoyer dans le décor ou contre la paroi rocheuse, à gauche. Il ralentit, descendit à cent dix. Même à cette vitesse, il se fit doubler par deux voitures, dont l'une était pleine de jeunes hilares et défoncés.

Près de lui, Casey semblait perdue dans sa robe de chambre trop vaste. Il y avait un bout de temps qu'elle n'avait pas ouvert la bouche, sans doute sommeillait-elle. Et soudain, il aperçut, fonçant derrière lui, les phares rouge et bleu d'une voiture de la police de la route. *Merde !* Il frappa sur le volant, s'apprêtant à se ranger sur le bas-côté, lorsque le véhicule le dépassa en trombe. Derrière lui il en arrivait un autre, leurs sirènes hurlaient ; et derrière la seconde voiture, deux motards. Il ralentit. Obliqua en douceur vers l'accotement.

— Qu'est-ce qui se passe ? s'enquit Casey, se redressant sur son siège.

— Rien. Rendors-toi.

— Qui t'a dit que je dormais ? Je vois pas comment je pourrais fermer l'œil, bordel ! Tu roules comme un malade et tu as la police au cul !

Il rejoignit la chaussée et se remit à faire du cent dix.

— C'est pas après moi qu'ils cavalent. Ferme-la, tu veux ? Et puis d'abord, je voulais pas de toi.

Il se demanda si elle savait, si elle se doutait que sa mère couchait avec un autre type.

D'une voix très basse, elle remarqua :

— On ne l'attrapera jamais.

Chad se demanda quel sens — propre, figuré ? — donner à la phrase de Casey. Elle semblait infiniment triste.

Puis il entendit le ululement d'une ambulance arrivant en sens inverse. Au milieu du virage, juste devant lui, il aperçut des voitures de police, des flics en uniforme, des curieux, leurs visages baignés d'une lumière d'un rose morbide que renvoyaient les globes des gyrophares. Quelle que fût l'heure, il y avait toujours des amateurs pour zyeuter en cas d'accident. Ça devait être un sacré putain d'accident.

Quant à la lumière, c'était celle d'un incendie. Un motard lui fit signe de se ranger. Il s'était à peine arrêté qu'il descendit de la Jag en trombe et hurla à Casey de ne pas bouger.

— Qu'est-ce qu'il y a ? Qu'est-ce qu'il y a ?

Voix râpeuse, yeux écarquillés, emplis de terreur.

— Qu'est-ce que c'est, Chad ?

Larmes.

— Un accident.

Il lui mit un bras autour des épaules et lui demanda de rester dans la voiture, sachant qu'elle n'en ferait rien et le suivrait. Chad n'avait fait que quelques pas lorsqu'un motard l'arrêta :

— On ne va pas plus loin, mon garçon.

Chad se souvint des autres voitures, des deux véhicules qui l'avaient doublé, des jeunes manifestement défoncés.

Chad déglutit.

— Il y a des survivants ?

Le policier fit celui qui n'avait pas entendu.

— Écoutez ! Parmi les gens qui roulaient devant moi, il y en avait que je connaissais. Vous pourriez au moins répondre à ma question, nom de Dieu !

Mastiquant son chewing-gum, le flic remonta ses lunettes.

— Personne n'aurait pu sortir vivant de ce tas de ferraille.

Il désigna de la tête ce qui restait de l'une des

automobiles. Chad n'avait jamais vu une voiture dans un état pareil. Éviscérée. Des morceaux de tôle et des pièces avaient été projetés sur l'autoroute — un pneu, une porte enfoncée. Le châssis était noir de fumée.

— Monsieur l'agent, s'il vous plaît, juste un renseignement. Ma... mère était sur l'autoroute à quelques kilomètres devant moi.

Ton suppliant.

— Attendez un instant.

La voix du motard était pleine de sympathie.

— Qu'est-ce qu'elle conduisait comme voiture, votre mère, mon garçon ?

— Une BMW.

Il suffoquait à cause de la chaleur et de la fumée.

Le flic s'éloigna, interrogea quelques-uns de ses collègues, revint.

— C'était pas une BMW.

Le policier avait l'air soulagé. Il en avait peut-être marre de n'annoncer que des mauvaises nouvelles.

— Mais une voiture de sport. Une Porsche, semble-t-il.

Il se fourra les mains sous les aisselles, examina le tas de ferraille calcinée, ajouta :

— Y paraît qu'elle était rouge.

5

Chad se précipita vers le feu, mais un bras l'intercepta, qui avait la solidité d'une poutre métallique.

— Bon Dieu, mon p'tit, y a rien à faire ! A moins que tu réussisses à marcher au milieu des flammes.

Le policier de la route eut un mouvement de menton, ajoutant :

— Occupe-toi de ta petite sœur.

Casey était à quelques pas derrière lui, les joues sillonnées de larmes.

— C'est maman ?

Voix rauque. Respiration sifflante.

Chad lui passa de nouveau un bras autour des épaules. A travers l'épaisse robe de chambre, elle donnait l'impression d'être fluette et osseuse.

— C'est pas ta maman.

Quelques minutes plus tard, les flammes étaient presque éteintes. Tout le monde — policiers, ambulanciers, spectateurs — était pétrifié, regardant la voiture démantibulée finir de brûler. Fumée et cendres s'envolaient dans l'air tandis que les flammes s'éteignaient peu à peu. Des voitures continuaient de s'arrêter, vomissant conducteurs et passagers. Une silhouette s'approcha lentement de l'épave à travers la chaleur tremblotante.

Une femme. Eva.

Elle s'immobilisa à dix pas d'eux, plongeant son regard droit dans celui de Chad par-dessus la tête de Casey. Ses yeux exprimaient l'horreur. Chad posa sa joue contre les cheveux soyeux de Casey puis il détacha les bras qu'elle lui avait noués autour de la taille et la fit pivoter. Casey poussa un hurlement et se rua vers sa mère.

C'était comme si les rôles avaient été inversés, songea-t-il, dans l'incapacité de lever les yeux.

Ses pensées partirent dans tous les sens, son œil naviqua à travers la foule, se posant tour à tour sur les vestiges du véhicule, les traces humides laissées par les lances d'incendie, les lumières palpitantes des voitures de police noires comme du cuir verni, leurs phares noyant de lumière la chaussée. Il avait mis à côté de la plaque ; il n'avait rien compris.

Il se retourna vers la femme au manteau minable qui était manifestement venue seule jusque-là ; sa chevelure argentée fut soudain fouettée par un coup de vent, son écharpe blanche se dénoua et s'envola.

Il ne sut combien de temps ils restèrent là, à regarder l'incendie s'éteindre dans une flaque d'huile qui formait un cercle autour de l'automobile presque calcinée près de laquelle s'acharnaient des pompiers, lances en action.

Ils portaient des casques réglementaires qui semblaient trop grands pour eux ; les dernières flammes qui se reflétaient sur leurs visages dessinaient de délicats entrelacs de lumière et d'ombre, et Chad songea à Shadowland.

QUATRIÈME PARTIE

RAMON FERNANDEZ

1

Une parfaite inconnue, songea Sam, regardant le corps d'Elizabeth Hooper étendu sur le sol imbibé de sang. Ou plutôt ce qu'il en restait. Car elle n'avait pas seulement eu la gorge tranchée : c'était toute sa personne qui avait été mise à mal, déchirée du cou au pubis. Elle gisait dans ce qui restait de ses sous-vêtements tailladés : combinaison, soutien-gorge, petite culotte. Son manteau blanc avait été jeté dans un coin. Aucune trace de sa robe.

La totalité des hommes de Sam et la moitié des forces de l'ordre du comté d'Elton étaient sur place, bien que l'affaire ait eu lieu sur le territoire de Sam. Il avait appelé Sedgewick afin de lui demander des renforts et le concours de ses techniciens, prétextant que la police locale ne possédait ni le matériel ni l'expérience de celle du comté. La véritable raison pour laquelle il avait passé de la pommade au shérif était tout autre : il tenait à ce que ce dernier voie de ses yeux dans quel état se trouvait Elizabeth Hooper.

Panse avantageuse, sourcils froncés, Sedgewick était planté là, les mains calées sous les aisselles, secouant la tête.

— Voilà qui va déclencher une belle panique chez

les dames du cru. Comme la victime est pas d'ici, pas question de mettre la pédale douce. On va avoir une sacrée ribambelle de journalistes sur le dos.

— C'est ça qui vous préoccupe, les journalistes ? Vous croyez pas qu'il faudrait commencer par conseiller aux femmes du coin de fermer leur porte à clé et de s'abstenir de faire des promenades nocturnes ?

Sedgewick entreprit de remonter son pantalon, signe qu'il s'apprêtait à répliquer, mais ne réussit pas à faire franchir à sa ceinture l'obstacle que constituait sa bedaine de buveur de bière.

— Elizabeth Hooper était une citadine, poursuivit Sam. Discrète, charmante. Elle connaissait pas un chat à La Porte, où elle faisait étape une fois par mois pour aller voir son fils. Rien à voir avec des nanas comme Antoinette Perry ou Loreen Butts. Eh ben, ça l'a pas empêchée d'être charcutée tout comme elles. Comme elles et comme Nancy Alonzo.

Sedgewick comprit alors où l'autre voulait en venir.

— Hé, DeGheyn, minute ! Ne dites pas que vous allez remettre ça, essayer de rattacher cette affaire aux autres ? Vous voulez toujours disculper Boy Chalmers, hein ? Merde, j'aimerais mieux qu'il se soit refait la malle plutôt que de tomber d'accord avec vos théories à la con !

Bien que furieux, Sam sortit ses cigarettes, en offrit une à Sedgewick, qui en prit deux et s'en coinça une derrière l'oreille. Ils allumèrent leurs clopes.

— Seulement, il s'est pas tiré, observa Sam. Cette fois Chalmers est en taule, à l'ombre, le derrière bien au frais.

Il s'efforçait de parler d'un ton neutre et d'utiliser des métaphores du goût de Sedgewick. Il se sentait prêt à tout pour obliger le shérif, le maire, le procureur de l'État à se rendre enfin à l'évidence, à reconnaître que ce n'était pas Boy Chalmers le coupable, mais quelqu'un d'autre.

Ça n'allait pas être de la tarte.

— Crénom de Dieu, DeGheyn ! s'exclama Sedgewick avec un rire qui sonnait faux. Vous serez pas content tant que vous aurez pas déniché un meurtrier en série, pas vrai ?

— Moi si, shérif, fit Sam avec un mince sourire. Mais lui ?

Sedgewick passa les pouces dans sa large ceinture et préféra ignorer la remarque.

— Quatre homicides en... combien ? Trois ans ? Rien à voir avec New York, tout de même !

— Cinq, Sedgewick.

— Hein ?

Il mastiqua son tabac plus lentement, étudia Sam d'un air soupçonneux, comme si ce dernier essayait de lui donner le change.

— Eunice Hayden.

— Qu'est-ce que vous racontez, bordel de merde ?

— Cinq meurtres en quatre ans. Vous trouvez pas cette régularité choquante ?

Sedgewick s'arrêta de mastiquer et lança un jet de salive.

— Merde, Eunice, ça n'avait rien à voir ! C'était qu'une gamine. Et elle a pas été violée, ajouta-t-il d'un ton lamentable.

Désireux de faire dévier la conversation, il ajouta :

— Je me demande où sont passées les fringues de la victime. Sa robe, je veux dire. C'est bien la première fois qu'on retrouve la femme sans sa robe ; peut-être qu'on a affaire dans le cas présent à un tueur qui fait du... Comment qu'on appelle ça, déjà ? Du fétichisme. Ouais, du fétichisme.

Il s'humecta les lèvres et se remit à mastiquer plus vite, savourant le mot.

— M'est avis que c'est un de ces psychopathes comme on en trouve dans les grandes villes qu'a fait le coup. Il aura suivi sa victime jusqu'ici. Peut-être qu'elle avait des problèmes avec un dingue en ville. Après tout, qu'est-ce que vous savez d'elle ?

Assez fier de sa perspicacité, il alla jusqu'à gratifier Sam d'un sourire étriqué, persuadé d'avoir trouvé une nouvelle faille dans le raisonnement de son collègue. Puis un de ses hommes l'ayant appelé, il s'éloigna.

Sam ne répondit pas. Il se dit qu'il était heureux que le crime se fût produit dans les bois, loin des citoyens de La Porte, qui dormaient bien tranquillement dans leur lit. Et l'ambulance de la police était arrivée par l'autre côté, d'Hebrides. Pourquoi le Dr Hooper était-elle allée se promener le long de cet étroit sentier ? Mystère. Et à cette heure de la nuit... Peut-être n'arrivait-elle pas à trouver le sommeil.

Sedgewick n'avait pas entièrement tort. Que savait-il au juste d'Elizabeth Hooper ? En dehors du fait qu'elle avait fait halte à La Porte pendant plus d'un an pour aller voir son fils. Ainsi que Maud le lui avait appris. Sam avait dû voir le Dr Hooper dix ou douze fois, en général au *Rainbow*, où elle avait ses habitudes, s'installant au comptoir près d'Ulub et Ubub, Dodge, Wade ou Sims. Se montrant polie lorsque Dodge lui posait une question. Polie, mais ne répondant pas vraiment.

Elle parlait plus volontiers à Maud ; le peu que Sam savait d'elle, il le tenait de Maud. C'était Maud qui lui avait appris qu'Elizabeth Hooper avait renoncé à la garde de son fils, comportement digne d'une extraterrestre aux yeux de Maud, aussi inimaginable que le vaisseau spatial de *Rencontres du troisième type*. Sam avait trouvé la comparaison bizarre.

Eh bien, lui avait-elle expliqué, les gens s'envolaient, revenaient, décollaient de nouveau, si bien qu'on finissait presque par s'imaginer qu'il existait d'autres mondes et que c'était là qu'ils se rendaient, des endroits dont on ignorait tout. (« On » qui l'incluait, car Sam était censé être aussi ignare que Maud dans ce domaine.) Il y avait cet endroit où vivait le copain de Chad, Belle Harbor. Maud — toujours son imagination fertile — prétendait que Belle Harbor se trouvait sur une autre planète. Sam lui avait fait remarquer que c'était une bourgade sensiblement de la même taille que La Porte, située à quelque deux cent quarante kilomètres de là. A l'intérieur des terres comme La Porte. Mais en nettement plus rupin.

Baissant les yeux sur le corps d'Elizabeth Hooper, il songea au Destin. C'était une chose à laquelle Sam songeait rarement, et jamais avec un D majuscule comme ce soir. Pourquoi avait-elle décidé de s'arrêter à La Porte ? Elizabeth Hooper aurait fort bien pu choisir de faire étape à Belle Harbor, plus huppé et plus chic. Ses propriétés immenses étaient couvertes de vastes maisons d'un blanc éclatant, de marinas — véritable paradis pour les riches. Le Dr Hooper avait l'air riche ; le Dr Hooper avait de la classe.

Le Dr Elizabeth Hooper était morte.

En cet instant, il y avait environ une vingtaine d'hommes déployés dans le bois. Aucun n'avait déniché quoi que ce soit. Sam était planté là, les yeux sur le cadavre, examinant le visage qui ne portait aucune trace d'agression sauvage. Il avait toujours trouvé que cette femme était belle, et sympathique de surcroît, bien qu'elle n'engageât jamais la conversation, se contentant de faire des apparitions au café une fois par mois, régulièrement. Il entendit le petit *plop !* d'une pomme de pin, songea à son fils. Seigneur, comment le petit Hooper allait-il prendre la chose ?

Y avait-il au monde quelque chose de pire que la mort d'une mère ? Les mères, ça n'était pas fait pour mourir. Il songea à la façon dont la sienne s'en était allée une nuit dans son sommeil. C'était lui qui l'avait trouvée, il s'était mis à parler sans pouvoir s'arrêter, à parler à la femme allongée dans son lit, remontant le store, lui disant que c'était une superbe journée d'octobre, refusant, refusant la réalité. Lorsque sa sœur était entrée dans la chambre, Sam parlait toujours, posant des questions : « Pas vrai, m'man ? » Des trucs comme ça. Sa sœur avait dix ans de plus que lui et elle était costaud mais elle avait dû rassembler toutes ses forces pour faire sortir son petit frère de sept ans, hurlant, de la pièce.

Les ambulanciers avaient allongé le corps sur le brancard et emportaient Elizabeth Hooper. Ça n'avait pas de sens. Peut-être, songea-t-il en regardant le brancard disparaître, réussirait-il à obtenir de Sedgewick qu'il attende pour passer le coup de téléphone fatidique à son ex-mari ou (horreur !) à son fils. Il pourrait peut-être aller les voir d'un saut de voiture. Se faire accompagner de Maud. Si quelqu'un savait se glisser dans la peau des enfants, c'était Maud.

Sam se demanda s'il devait appeler Chad. Maud allait être bouleversée en apprenant le meurtre d'Elizabeth Hooper. De toutes celles qu'elle connaissait, Elizabeth Hooper était la personne que Maud préférait, après Sam, après Chad. Sans raison, Sam était furieux que Chad fût absent, comme si la présence du jeune homme pouvait annuler le chagrin qu'éprouverait le fils d'Elizabeth. Car Sam était prêt à parier qu'en dernière analyse le petit garçon aimait plus sa mère — qui l'avait abandonné — que son père — qui était resté à ses côtés.

Et il se demanda, comme cela lui était arrivé à

maintes reprises, quel effet ça pouvait faire d'être père, d'avoir des enfants. L'amour parental était une chose vraiment étrange. Mieux on se comportait en tant que parent et moins l'enfant avait besoin de vous. C'était comme un jugement.

— Eh ben, ça alors ! Première fois que je vois un adulte pleurer.

Le shérif était de retour. Le col de Sam était moite, et lorsqu'il se passa une main sur le visage il s'aperçut qu'elle était humide.

— Oh, ça va, Sedgewick, foutez-moi la paix ! Vous avez bien dû avoir une mère, vous aussi.

Sam tourna les talons et se dirigea vers sa voiture de police.

2

Il avait lavé la robe bleue avec soin et avait presque fini de la repasser. Le repassage n'était pas son fort mais il s'appliquait : ç'aurait été un crime de laisser des marques de roussi sur le tissu.

Finalement, il la tendit à bout de bras. Propre, impeccable. Pas un faux pli.

Il prit des coussins sur le canapé et un oreiller dans l'une des chambres et, la robe bleue sous le bras, gagna sa propre chambre.

Avec le plus grand soin, il entreprit de bourrer la robe, fourrant les petits coussins sous le buste et les gros sous la jupe. Il regretta de ne pas avoir emporté le soutien-gorge et la culotte, mais ce qui était fait était fait, alors à la guerre comme à la guerre.

Une fois le vêtement ainsi garni, il l'allongea sur son lit. Puis il se déshabilla et se glissa dans le grand lit. Il passa les bras autour de la robe bleue et se mit à pleurer toutes les larmes de son corps.

Elle comprendrait, *elle*. *Elle* saurait trouver les mots qu'il fallait. *Elle* lui expliquerait que la vie n'était pas dénuée de sens, même si elle semblait l'être, que Dieu avait un dessein, et que ce dessein finirait par émerger. Ferait surface comme faisaient surface les péchés au confessionnal. Il aurait tellement voulu se glisser en elle. Il pourrait faire un trou dans l'oreiller sous la jupe ; il pourrait aller chercher les ciseaux et faire un trou dans le tissu, il pourrait...

3

Certains invités partaient deux par deux, quatre par quatre, ce qui inquiétait Maud, car il n'était que deux heures du matin et la réception pouvait durer encore longtemps ; cependant, ceux qui se dirigeaient vers l'appontement lui rappelaient qu'un moment viendrait où les lampions de la fête s'éteindraient. C'était Labor Day. Et Labor Day marquait la fin de l'été. La maison du lac serait fermée pour l'hiver ; Raoul et Evita regagneraient Manhattan ; et Chad l'université. Pour y faire sa dernière année. Sam n'avait pas le droit d'aborder le sujet, mais elle se répétait ça au moins douze fois par jour.

Elle sentit une bouffée d'angoisse l'envahir. « Panique », le mot était mieux choisi. Elle aurait bien aimé que le Dr Hooper fût près d'elle. La panique était un phénomène que seule le Dr Hooper devait pouvoir traiter. En règle générale, les attaques de panique se manifestaient au moment où elle sombrait dans le sommeil ou bien juste avant le réveil. Probablement parce qu'elle était plus vulnérable. Les signes avant-coureurs étaient là : léger ronronnement et courant d'air. Bientôt, elle fut plongée dedans jusqu'au cou ; elle perdit le sens de l'ouïe, une sorte de taie lui voila les yeux. Incapable de remuer, incapable de se raccrocher à quoi que ce fût, pas plus à l'accoudoir de son fauteuil qu'à sa lampe ; rien, il n'y avait rien qui pût la retenir, la clouer, l'ancrer à la jetée. Maud ne percevait plus aucun son hormis le ronron distant qui, à force de s'intensifier, se transforma bientôt en un lourd battement d'ailes immenses.

C'était horrible. Horrible. Il lui semblait être dans l'œil du cyclone — pire que ça encore, car les tornades au moins étaient des catastrophes naturelles.

Le seul à qui elle avait parlé de ces crises, c'était Sam. Il avait dit qu'il allait réfléchir, que ça lui rappelait un truc qu'il avait lu dans un bouquin. Quelques jours plus tard, il s'était pointé au *Rainbow* et lui avait remis un livre traitant de la vie après la mort.

— Je ne crois pas à l'existence d'une vie après la mort, lui avait-elle dit avec une certaine rancœur dans la voix. Je ne crois pas à la mort.

— Intéressant, avait commenté Sam.

— Du moins pas en ce qui me concerne, ni en ce qui concerne Chad.

— Comment expliquez-vous le fric que Sonny Stuck se fait avec son entreprise de pompes funèbres ? L'établissement le plus reluisant de La Porte ?

Elle essuya rageusement le comptoir avec son torchon, fronçant les sourcils.

— Aucune idée. Mais la question n'est pas là. Ça parle de quoi, votre livre ?

— Lisez-le, avait dit Sam en tournant les talons.

Étonnant. Des tas de gens avaient eux aussi perçu les courants d'air produits par les battements d'ailes. Sachant qu'elle n'était pas la seule, elle se sentit mieux. En revanche, elle se sentit plus mal lorsqu'elle découvrit qu'il s'agissait là d'un des premiers pas vers ce que le livre appelait une expérience de décorporation. Maud avait parfois l'impression qu'une force extérieure essayait de l'entraîner loin de la jetée. A l'instar de certains malades qui pendant une intervention se sentaient flotter au-dessus de la table d'opération d'où ils observaient chirurgiens et infirmières au travail, il lui arrivait d'avoir l'impression de flotter. Après cette sensation de flottement venait une lumière très vive. C'était généralement la dernière étape. Ou du moins la dernière étape précédant l'entrée au royaume des morts.

Si elle serrait les dents, l'attaque de panique prendrait fin ; et, de fait, elle cessa. La jetée fut de nouveau bien ferme sous ses pieds, et tout reprit sa place et sa consistance. A ceci près qu'elle était sûre qu'elle était en train de mourir. Non que son âme s'apprêtât à quitter son corps. Ça, c'était idiot. Il n'y aurait ni lumière intense, ni rencontre avec les morts qu'elle avait aimés.

Elle songeait maintenant au fils du Dr Hooper. Elle avait vu une photo de lui et le trouvait très beau ; il ressemblait à sa mère. Maud regretta soudain de ne pas avoir invité le Dr Hooper sur la jetée ce soir. Encore une idée stupide. Vous vous rendez compte, inviter quelqu'un comme Elizabeth Hooper ! « Dites donc, ça vous dirait de venir prendre un verre avec moi sur la jetée ? » On n'avait pas idée.

Le Dr Hooper descendait chez les Stuck, qui se plaisaient à appeler leur pension de famille le *Brandywine*. Peut-être était-elle allée dîner dans un des établissements que fréquentaient les gens du lac, au *Silver Pear* par exemple, restaurant spécialisé dans l'incongru. C'était un endroit bizarre et hors de prix, que Chad et elle détestaient. Le Dr Hooper devait le détester aussi sans doute, bien qu'elle eût pu se permettre d'y aller dîner sans problème au lieu de se rendre au *Rainbow*

Café. Il n'y avait qu'à examiner ses vêtements pour se rendre compte qu'elle ne devait pas avoir de problèmes d'argent. Ou bien alors peut-être était-elle restée au *Brandywine* et s'était-elle couchée. Comme Maud, elle n'avait peut-être pas envie d'être en compagnie. A l'inverse de Maud, toutefois, il lui restait encore quatre ou cinq ans pendant lesquels elle pourrait voir son fils les week-ends ou pour les vacances, du fait qu'il n'était qu'en deuxième année d'école préparatoire.

Maud alluma une cigarette, enviant le Dr Hooper. Non, elle ne l'enviait pas ; car l'aspect négatif de la situation, c'était qu'il vivait avec son père. Il vivait avec son père et préférait peut-être ce dernier qui — contrairement à sa mère — ne l'avait pas abandonné.

Son cœur saignait quand elle songeait au fils du Dr Hooper. Et elle se demandait s'il avait pardonné à sa mère. Aux yeux de Maud, c'était une femme tellement extraordinaire — posée, calme, intelligente. Douce, oui, douce. C'était de Sam, ce mot-là. Maud pensait au film avec Meryl Streep et Dustin Hoffman, dans lequel Meryl Streep avait quitté son mari et son petit garçon. Elle se souvenait de l'éloquence avec laquelle Meryl plaidait sa cause à la fin, et elle était persuadée que le Dr Hooper saurait en faire autant si elle le souhaitait.

Elle-même n'aurait pu abandonner Chad pour tout l'or du monde, mais elle ne pensait pas que cette attitude jouât forcément en sa faveur. Meryl Streep et le Dr Hooper n'avaient pas aimé leurs enfants moins qu'elle. Simplement, à un moment donné, elles s'étaient vues existant en tant qu'êtres à part entière. Ce qui n'était jamais arrivé à Maud.

Le père était peut-être le parent préféré du petit Hooper. Mais de quel droit *Ned*, après avoir pris la tangente avec la vendeuse de Toyota, était-il revenu au bercail, faisant comme si de rien n'était ? Passant du même coup aux yeux de Chad, du moins lui arrivait-il de le penser, pour un homme plein de glamour. Le père prodigue. Celui qui devait avoir la préférence au préjudice de maman la casanière, celle qui était toujours — quel poison ! — à la maison...

Seigneur, ne sois pas ridicule. Pourtant, elle ouvrait l'œil, à l'affût du moindre signe susceptible d'indiquer que Chad avait retourné sa veste affectivement parlant.

Elle regarda vers la rive opposée. Un nouveau couple désertait la réception et se dirigeait vers le ponton.

Après tout, Chad ignorait pourquoi son père était parti ; aussi arrivait-il de temps à autre au jeune homme de laisser entendre qu'elle était peut-être responsable. Maud savait qu'il aimait caresser l'idée que les responsabilités étaient partagées. Elle ne lui avait jamais révélé que son père avait levé le pied en compagnie d'une autre femme. Non par grandeur d'âme. Simplement, elle conservait ce détail pour le cas où Chad ferait mine de passer dans le camp adverse.

Maud se mordilla la peau autour de l'ongle du pouce. Au fond, peut-être n'était-ce pas la raison pour laquelle elle avait gardé le silence. En fait, elle se sentait gênée de n'avoir pas été plus furieuse que ça lorsque Ned avait levé l'ancre avec la vendeuse de Toyota qui leur avait vendu leur dernière voiture. Maud se rappelait qu'elle portait des robes drapées et soyeuses du genre de celles qu'affectionnait Velda, agrémentées de larges ceintures et d'épaulettes à l'avenant. Maud n'arrivait pas à se souvenir si elle ressemblait à Velda — sans doute que non, car Velda était mannequin de mode. Maud n'avait jamais su où Ned avait rencontré Velda, ni ce qu'était devenue la vendeuse de Toyota.

Maud préférait de beaucoup la façon de s'habiller du Dr Hooper. La robe bleue qu'elle portait aujourd'hui — d'une simplicité parfaite, coupée en biais — avait dû coûter une fortune. Maud s'y connaissait : elle avait fait de la couture, dans le temps. Maud se demanda de nouveau si le Dr Hooper était allée dîner dans l'un des restaurants du lac. Au *Silver Pear*, peut-être.

Au *Silver Pear*, on ne se contentait pas de manger, on faisait des « expériences gastronomiques ». C'était un de ces établissements qui vous promettent monts et merveilles et vous servent des portions minuscules. Chad avait redemandé du pain tellement il était resté sur sa faim. Le restaurant était sis dans une vieille maison de style victorien à quelque deux kilomètres plus haut sur le lac. Les propriétaires se nommaient respectivement Gaby et Julian. (Les restaurateurs, Maud l'avait souvent remarqué, avaient toujours des prénoms tarabiscotés. Ils ne s'appelaient jamais bêtement « Mary » ou « Bob ».) Ils avaient soigneusement conservé le bâtiment d'origine, transformant les vastes salons du bas en petites salles à manger particulières. Du fait des flambées dans les cheminées et des bougies piquées dans les lampes-tempête, les salles n'étaient qu'ombres mouvantes, effet décoratif très prisé dans les restaurants huppés. Outre la bougie dans son globe de verre, chaque table semblait regorger d'objets évoquant — dans l'esprit d'un décorateur new-yorkais, du moins — la splendeur rustique. Chad l'avait emmenée dîner là-bas deux ans auparavant pour son anniversaire. Pendant tout le repas elle avait déplacé les objets — vase, petit panier en argent où embaumait un pot-pourri, poire en métal argenté (il y en avait une sur chaque table) —, s'efforçant désespérément d'atteindre salière et poivrier, eux aussi piriformes. Elle avait eu l'impression de manœuvrer au milieu d'un verger miniature en métal.

La discussion avait porté sur les vacances de Noël de Chad et la question de savoir où il les passerait. Ned et Velda voulaient qu'il aille les retrouver à Vail, dans le Colorado. Maud savait que ce n'était pas auprès d'eux qu'il avait envie de se réfugier, mais auprès du confortable feu de bois du chalet chic « noëlisé » — l'expression était de Velda — par leurs soins. Chad n'avait jamais skié de sa vie, mais quelle importance ? Il pourrait toujours faire de l'après-ski en compagnie des blondinettes en bottillons et pulls épais ornés de rennes, massées autour de la cheminée, un verre à la main.

Maud savait qu'elle perdrait la bataille ; qu'il lui faudrait s'incliner ; mais se disait qu'il devait quand même être possible de négocier.

— Bon, d'accord. Mais alors pas pendant la seconde moitié des vacances.

Chad avait poussé un profond soupir. Qu'elle était donc pénible !

— Mais c'est *justement* à ce moment-là qu'ils y seront.

— Je vais passer les fêtes de Noël sans toi ?

Disparu, son appétit. Elle chipotait son saumon poché. Puis elle se mit à tourmenter la poire argentée, la plaçant ici puis là, imaginant le verger métallique, s'efforçant de se souvenir du conte de fées dans lequel il était question de poiriers en argent...

— Je serai avec toi *le jour de Noël*, fit Chad, très raisonnable.

Ne pouvait-elle voir comme il était raisonnable ?

— Mais tu passeras le nouvel an là-bas, c'est ça ?

— Eh ben, ouais...

Maud lui jeta un regard aigu. De plus en plus soupçonneux.

— Alors combien de temps comptes-tu traîner au bord des pistes ?

Ton détaché, il dit :

— Eh ben, il est question que je rejoigne l'université directement de Vail, d'un coup d'avion.

Les autres dîneurs, estivants du lac tous vêtus de blanc, passaient probablement leur temps à rentrer de Vail d'un coup d'avion. « Vail » tombait un peu trop négligemment des lèvres de Chad, à croire qu'il avait déjà passé des heures à s'imaginer sur les pistes et que l'idée de repasser par La Porte lui était difficilement supportable. « Vail » donnait à Maud envie de grincer des dents. Pire, elle éprouvait une sensation de creux à l'estomac : Chad passerait la dernière partie de ses vacances en compagnie de Ned et Velda.

— Pourquoi ne passes-tu pas la semaine de Noël avec eux et celle du nouvel an avec moi ?

— Bon sang, maman, arrête ! Je te l'ai déjà dit : c'est pendant la seconde semaine qu'ils seront à Vail. Pas pendant la première.

Évidemment, ça n'aurait dû faire aucune différence ; pourtant cela en faisait une et il le savait. C'était toujours plus dur de supporter son absence à la fin, car alors elle n'avait rien à quoi se raccrocher. Rien que l'absence.

Maud se souvint d'avoir examiné la salle, les dîneurs, les couples, les tables de quatre, les femmes vêtues de teintes pastel dont le feu de bois tuait la couleur, tant et si bien que tout le monde paraissait habillé de blanc. Assistance blanche présente au pied d'un de ses lits de mort. Chaque départ était une manière de mort, c'était pour cela qu'elle devait négocier : encore quelques jours, s'il te plaît.

Le couple assis à la table voisine, l'homme allumant des cigarettes puis glissant le mince briquet d'argent dans sa poche de poitrine blanche : les estivants avaient des gestes nets et fluides, tels des nageurs fendant l'eau souplement, des skieurs louvoyant le long des pentes, des joueurs de tennis glissant sur le court pour exécuter des retours parfaits. Maud crut entendre les balles claquer avec des petits *plop!* de pommes de pin dans la neige.

Elle songea : leurs vies doivent avoir ce moelleux ; ils puent le privilège. Leur voix, leur rire en cascade semblaient flotter jusqu'à Maud telle la brume flottant au-dessus du lac.

Est-ce que les quatre personnes assises à la table près de la fenêtre aux vitres étoilées de lumière avaient des enfants ?

Bien sûr qu'elles en avaient ; mais c'était des enfants policés, des enfants d'ornement, élevés pour le plaisir des yeux de leurs parents, comme les petits bateaux qui passaient sur l'eau ou jetaient l'ancre pour la nuit auprès du ponton. Maud voyait les enfants endormis, flottant en rêve, oscillant au gré des images qui peuplaient leurs songes.

Et s'ils divorçaient, ce serait en douceur. Maud vit la femme en robe pastel de retour à New York, séparée de son mari, vivant sa vie dans son immense appartement de Manhattan aux allures de musée, où elle exerçait le métier de peintre ou de directrice de collection chez quelque éditeur de renom. Maud vit le fils débouler, hâle, pull en cachemire, se laisser tomber dans un fauteuil accueillant, lancer un bonsoir désinvolte à sa mère et lui annoncer qu'il allait passer

Noël à Portofino avec des amis ; là-dessus débarquait la fille : « Papa veut que je fête Noël avec lui dans les Hamptons. C'est génial ! »

Et la mère, cheveux d'or pâle, plongée dans sa peinture, son premier roman ou celui de l'auteur qu'elle vient de découvrir, entend à peine ce que lui dit sa progéniture car cela lui est bien égal et elle pense : « Ah ! je vais pouvoir passer Noël avec Kyle. » Ou Robert. Ou celui de ses amants qui mérite de réveillonner en sa compagnie.

Cette sublime mère peintre-directrice littéraire-collectionneuse d'amants n'était pas obligée de marchander. Mais Maud, si. Il lui fallait toujours négocier, renégocier.

Puis elle s'était mise à se poser des questions à propos du dîner d'anniversaire : était-ce une manière de pot-de-vin, un moyen de la mettre de bonne humeur afin qu'elle ne fasse pas de difficultés à propos de Vail ? C'était pénible, de ne pas savoir à quoi s'en tenir.

— Faut bien que je passe *un peu* de temps avec eux, nom d'un chien !

— Je n'ai jamais dit le contraire. La question est de savoir quand tu iras les rejoindre.

Elle se détestait, avait honte de se comporter comme un marchand de perles et de soieries d'un bazar de Bombay, s'efforçant de faire monter le prix, roupie après roupie. La discussion avait dégénéré, non qu'ils en fussent arrivés à crier, mais la rancœur et l'amertume s'intensifiaient. Il n'arrivait pas à comprendre, ou du moins prétendait ne pas réussir à comprendre, pourquoi elle se sentait obligée d'en faire un tel fromage.

C'était bizarre, jamais il ne faisait valoir l'argument que son père finançait ses études à l'université. Tantôt elle se disait que c'était parce qu'il sentait que ce ne serait pas fair-play, et tantôt que c'était parce qu'ils savaient tous les deux que le problème n'était pas vraiment là. Si Maud avait eu de l'argent, les discussions auraient néanmoins continué. Ned se figurait sans doute qu'il pouvait faire pression sur Chad parce qu'il avait les moyens de l'acheter. D'une certaine façon, Maud souhaitait presque que ce fût vrai ; cela aurait rendu ses relations avec Chad plus faciles à comprendre.

Elle observa plusieurs des invités qui s'efforçaient d'embarquer, poussant des cris et des éclats de rire lorsqu'un d'entre eux évitait de justesse de tomber dans l'eau. Mais la musique continuait. Ils seraient probablement debout jusqu'à l'aube, surtout que c'était la dernière party.

La glace dans le seau avait fondu à quelques glaçons près, qu'elle repêcha et mit dans son verre. Sam avait dit qu'il repasserait, il tiendrait parole, même à cette heure. Il était deux heures passées.

C'était merveilleux : à peine venait-elle de penser à lui qu'elle entendit la voiture et la portière qui claquait. Puis le bruit de ses pas. Elle espéra qu'il ne se lancerait pas dans un déprimant développement sur la fin de la saison.

— 'Soir, Maud.

Elle se retourna.

— Wade Hayden, ça alors ! Qu'est-ce que vous fabriquez ici à cette heure ? Vous n'arriviez pas à trouver le sommeil, vous non plus ?

Elle n'avait pas envie qu'il croie qu'elle était là pour d'autres raisons.

— Ça vous ennuie pas que je m'asseye, Maud ?

Elle fit signe que non. Il prit place dans le fauteuil de Sam et posa par terre un sac en papier brun. Il examina la boîte de Coors abandonnée.

— D'habitude, je bois pas, mais là, si ça vous fait rien, je...

Oui, ça lui faisait quelque chose : si la dernière bière était bue, cela risquait de signifier que Sam ne reviendrait pas. Oh, pour l'amour du ciel !

— Servez-vous, Wade.

Puis elle se dit que ça plairait à Sam de voir Wade extirper la boîte de Coors de l'eau froide et l'ouvrir.

— Y a quelqu'un qui donne une fête, là-bas, Maud ?

Sourire en forme de retroussis.

— Et il nous a pas invités ?

Il y avait quelque chose de légèrement inquiétant dans sa façon de les mettre tous deux dans le même panier. « Nous ». Elle but son martini maintenant noyé.

— J'ai quelque chose à vous montrer.

Il plongea la main dans le sac en papier kraft et en sortit la robe bleue.

— Jolie, hein ?

Maud resta parfaitement immobile. Elle se sentit soudain si fragile qu'elle se dit qu'elle allait se briser en mille morceaux si elle remuait. Elle était glacée de peur. La robe était celle du Dr Hooper. Maud étudiait toujours ses vêtements avec soin, songeant qu'elle aimerait pouvoir porter des choses aussi simples et avoir autant d'allure que le Dr Hooper. Il lui fallait réagir. La bouche sèche, elle énonça :

— Très jolie, Wade. Vous comptez l'offrir à quelqu'un ?

Elle se demanda comment elle arrivait à remuer les lèvres.

Wade Hayden sourit de ce sourire qui n'en était pas un.

— Bien sûr. A vous.

Elle n'avait jamais vu Wade ailleurs qu'à la poste ou au *Rainbow*, et les seuls mots qu'il lui avait adressés avaient été bonjour et au revoir. Il y avait quelque chose qui ne collait pas. Mais pas du tout. Il allait lui falloir tourner sa langue dans sa bouche plutôt deux fois qu'une avant de répondre et veiller à ce qu'il ne se doute pas qu'elle était morte de peur.

— C'est une *très* jolie robe, Wade ! Mais pourquoi me faites-vous un cadeau ? Ce n'est pas mon anniversaire.

Elle réussit à lui adresser un mince sourire.

— Jamais vous devinerez pourquoi je vous l'offre. Je sais que votre fils est reparti à l'université et qu'il vous manque. Alors je vous ai apporté un p'tit quelque chose pour vous féliciter d'être une bonne mère. Y en a pas de meilleure à des kilomètres à la ronde. Y en a même pas des aussi bonnes. Je sais de quoi je parle : en tant que receveur des postes, j'en connais un rayon sur les gens. Bien obligé.

Il lui jeta un regard d'une étrange bonté.

— Vous voulez l'essayer pour voir si elle vous va ?

Sans le regarder, elle prit la robe et la posa sur ses genoux. Et, sans un mot, elle leva la tête et observa la rive opposée, vit que tout était calme, qu'il n'y avait personne à l'exception d'un homme — elle distinguait le blanc éclatant de sa veste de smoking — debout sur l'appontement, qui fumait une cigarette. Le bout de la cigarette brasillait, petit point lumineux, rougeoyant puis s'éteignant. Mais il était trop loin pour qu'elle pût l'appeler, il aurait aussi bien pu être dans un avion là-haut dans le ciel noir, un avion dont les lumières clignotantes signifiaient que ses passagers se rendaient ici ou là, dans des lieux où elle ne pouvait les suivre — à l'université, en ville, dans cette chambre dont le balcon surplombait la mer.

Maud lissait le tissu de la robe. Deux larmes roulèrent le long de ses joues, tombèrent sur la robe. Dr Hooper.

— Non, Wade. Je ne crois pas pouvoir l'essayer. Mais merci quand même.

Elizabeth Hooper ne s'arrêterait plus jamais à La Porte, elle ne s'installerait plus au comptoir pour manger de la tarte, ne verrait plus jamais son fils.

4

Sam n'avait pas déplacé la voiture, n'avait rien fait. C'était stupide de vouloir prendre Sedgewick à rebrousse-poil. Mais tout a des limites, se dit-il, et il en avait plein le dos de s'aplatir devant des crétins bouchés comme le shérif.

Il mit le contact, faisant mine de savoir où il allait, et laissa le moteur tourner au ralenti.

Si ç'avait été son gamin... Il songea à Wade. Massif, silencieux sauf lorsqu'il essayait de comprendre le meurtre de sa fille. Pas étonnant. A quoi un homme pouvait-il penser après une histoire pareille ?

Sam songea soudain à Rosie. Il songea à Rosie flânant le long de la Cinquième Avenue à l'heure du déjeuner, examinant les vitrines, tombant en arrêt devant un châle espagnol, touches éclatantes de rouge et d'orange, idéal avec ses cheveux auburn, un châle à jeter sur ses épaules d'un geste ample pour descendre la Cinquième Avenue dans l'air doux d'une de ces exquises journées de printemps comme il en existe même à New York...

Un spasme crispa sa main et il laissa tomber sa cigarette, se rendant soudain compte qu'il était en train de penser à une jeune fille imaginaire. Il observait, suivait des yeux le châle espagnol éclatant porté par une fille qui n'existait pas avant qu'il eût dit son nom à Maud. Rosie n'avait jamais existé.

Écrasant la cigarette sous son talon, Sam se demanda si Maud n'avait pas fini par déteindre sur lui. Maud et sa Méditerranie. Il sourit. Cette pensée et ce sourire lui remirent du baume au cœur. Assez pour l'encourager à se replonger dans cette saleté d'affaire.

Il laissa aller sa tête contre le repose-tête, ferma les yeux, évoquant les victimes. Différentes les unes des autres, à son avis. Tony Perry, ç'avait peut-être été une pute (il haïssait ce mot) doublée d'une mère qui ne s'intéressait guère à ses enfants. Loreen Butts, d'après Ma Griss, ç'avait été une fille timide et popote ; d'après son mari, quelqu'un de pas commode ; d'après Boy Chalmers, même son de cloche. Carl Butts était le plus souvent absent, la laissant prendre soin du petit. *Non qu'elle s'occupât beaucoup de lui...* Sam fronça les sourcils. Mais Elizabeth Hooper, qu'avait-elle à voir avec les deux premières ? Et Nancy Alonzo ? Nancy était une fille du cru, certes ; mais c'était à peu près le seul point commun qu'elle eût avec Antoinette Perry et Loreen Butts. Il alluma une cigarette, fronça les sourcils de plus belle. Pas si vite... Un instant. Et si elle avait plaqué son fils et son mari ? Alors Elizabeth Hooper avait un point commun avec les autres. Eunice Hayden. Eunice Hayden n'avait pas été violée. Pourtant, il avait *l'intime conviction* que ces meurtres étaient l'œuvre d'un seul et même homme ; il le savait comme il savait que ses phares trouaient de leurs pinceaux jumeaux de lumière brumeuse les bois environnants, épinglant tour à tour arbres, sous-bois, rochers. Qu'est-ce que les victimes avaient en commun en dehors du fait qu'elles avaient toutes des enfants ? Toutes, sauf Eunice.

Elles avaient toutes des enfants. Des enfants qui pour bon nombre de gens passaient pour négligés, voire carrément maltraités.

Il n'arrivait pas à se défaire de cette idée. Ridicule. La plupart des femmes avaient des enfants ; et puis il y avait Eunice : elle ne collait pas dans le tableau. Bien que luttant pour chasser cette pensée, il avait l'impression de ne pouvoir s'en dépêtrer, hypothèse folle, insensée. Enfants négligés. Tony. Loreen. Nancy. Elizabeth. Dans l'esprit du meurtrier, les enfants de ces femmes avaient été négligés. Mais Eunice ? Sa mère, Molly, la surveillait comme... Sa mère, Molly, haïssait Eunice. Eunice se met à faire des galipettes comme une vulgaire prostituée, d'aucuns diraient pour se venger de sa mère...

Seigneur Dieu ! La seule personne capable de distinguer un fil conducteur dans cette folie était une des victimes...

Il essayait encore de rassembler les pièces du puzzle lorsque sa radio se mit à crachouiller, les voix se superposant les unes aux autres. Ce n'était que Donny, son adjoint. Il décrocha et appuya sur le bouton :

— DeGheyn.

— Shérif ? Shérif ? fit Donny d'un ton haletant, désireux de s'assurer que c'était bien lui au bout du fil.

— C'est moi, soupira Sam.

— Écoutez, shérif. Le gamin de Maud Chadwick — vous le connaissez ? — a essayé de vous joindre.

Sam éloigna le récepteur. Donny braillait. Donny criait tout le temps, doutant toujours que la liaison avec son chef fût bien établie.

— Cessez de hurler ! Qu'est-ce qui se passe avec Chad ?

— Quoi ? Quoi ? beugla Donny. Le petit Chadwick veut vous parler.

— Il a dit pourquoi ? fit Sam, fronçant les sourcils.

Silence.

— Il a dit pourquoi ? Donny ?

Rien. Ce maudit crétin avait-il raccroché ? C'était assez dans ses habitudes.

— Shérif ? Vous êtes toujours là ? Non. Il a rien dit.

— D'où est-ce qu'il appelait ?

Silence de nouveau. Puis la voix grésilla.

— De Meridian. Enfin, y me semble.

Meridian était à environ quatre-vingts kilomètres de Belle Harbor, et à cent soixante kilomètres de La Porte. Qu'est-ce que Chad fabriquait là-bas ?

— Donny ?

Rien à part de la friture et un drôle de bruit lointain et vaguement métallique. Donny s'était-il mis à taper sur une assiette à l'aide d'une cuillère ? Comment savoir ? Avec lui, il fallait s'attendre à tout. S'il n'avait tenu qu'à Sam, jamais il n'aurait obtenu le job d'adjoint.

— Donny ?

C'était Sam qui haussait le ton maintenant.

— Il est en taule.

— Qu'est-ce que vous racontez ? Chad est en taule ?

Silence de mort. Donny avait encore dû tripoter les mauvais boutons et couper la communication.

Sam raccrocha et mit le contact. La voiture s'élança d'un bond le long du chemin de terre et prit le virage sur les chapeaux de roues en direction de Main Street.

Sam fonça dans la pièce, claqua la porte derrière lui et ordonna à Donny d'enlever ses pieds du bureau et d'aller donner un coup de main aux hommes de Sedgewick.

Reconnaissant cette fois sans problème son supérieur hiérarchique, Donny attrapa sa ceinture et son holster qui étaient posés sur une étagère et détala en direction de la porte.

Sans même prendre le temps de s'asseoir, Sam composa le numéro du commissariat de Meridian.

— Non, il est pas vraiment en état d'arrestation.

Machinalement, Sam porta la main à son étui. Il était sur les nerfs et les forces de l'ordre de Meridian — si tant est qu'on pût les appeler ainsi — n'étaient qu'un ramassis de bons à rien, genre Donny.

— Dans ce cas, pourquoi ne pas le laisser partir ?

— C'est à cause de la voiture. Le gamin conduisait une Jag dont le propriétaire nous avait signalé la disparition.

— Vous voulez dire que Murray Chadwick aurait *volé* cette voiture ?

— Pas exactement.

— Alors qu'est-ce qui s'est passé, exactement ?

— Y a eu un terrible accident sur la 29. A une quinzaine de kilomètres d'ici. Vous êtes pas au courant ?

— Non, je ne suis pas au courant. Quel rapport avec la Jag ?

— Ben, le propriétaire de la Jaguar, enfin quelqu'un de la famille, a été mêlé à l'accident. On essaie de tirer ça au clair. On a reçu un appel nous signalant la disparition de la Jag. Celle que le gosse conduisait. Une sacrée belle voiture. Pas étonnant qu'elle ait été volée.

Doux Jésus.

— Je croyais vous avoir entendu dire qu'il ne l'avait *pas* volée.

296

— Ouais. Enfin, pas exactement.

— Laissez-moi lui parler.

Chad raconta à Sam ce qui s'était passé.

— J'ai jamais eu l'intention de me tirer avec cette saloperie de caisse, Sam. Et je doute que Mr. Bond ait téléphoné aux flics pour leur dire qu'on lui avait piqué sa bagnole. C'est pas son genre. De toute façon, au point où il en est, je crois qu'il en a rien à cirer, de sa tire.

Il était au bord des larmes ; on avait l'impression qu'il avait déjà pleuré et pas qu'un peu.

— Ils ne t'accusent pas d'avoir volé la Jag. Ils essaient seulement de comprendre ce qui s'est passé. Comme ça risque de leur prendre du temps, je ne vois pas pourquoi tu resterais là-bas à attendre qu'ils aient éclairci le mystère.

— Je rentrais à la maison. J'ai essayé d'appeler maman mais ça n'a pas répondu. Elle est encore sur cette saleté de jetée ?

On aurait dit un petit garçon en colère. Qui en avait après sa mère, qu'il tenait pour responsable.

— Ouais, fit Sam avec un sourire. Elle est encore sur cette saleté de jetée. Si jamais ils faisaient des difficultés pour te laisser sortir, dis-leur de m'appeler. Ils savent qui je suis. Ça doit bien faire un an que Meridian n'a pas connu pareil remue-ménage, alors tu penses...

Chad rit. Faiblement, mais c'était un progrès. Au moins il ne pleurait plus.

— D'accord. Je devrais pas mettre plus de deux heures à arriver.

— C'est pas parce que tu as une Jaguar que tu dois te faire arrêter pour excès de vitesse. Je vais voir ta mère.

Il y eut un bref silence. Puis le jeune homme dit :
— Merci, Sam.
— Pas de quoi. Contente-toi de rappliquer.
— Vous allez la mettre au courant ?
— Au courant de quoi ?

Silence ; plus long que le précédent. Comme si le jeune homme faisait un retour en arrière, réfléchissait.
— Je sais pas, finit-il pas dire.

5

— Non, bien sûr, vous pouvez pas, dit Wade. J' sais pas ce qui m'a pris. Évidemment que vous pouvez pas passer cette robe. Désolé... J'ai parlé sans réfléchir, Maud. Y s'est passé des tas de choses.

Maud éprouva un sentiment de soulagement fugace, sentit ses mains se décrisper sur les accoudoirs du rocking-chair puis se crisper de nouveau. C'était la robe du Dr Hooper, aucun doute là-dessus. Wade la fixait mais au lieu de lui rendre son regard, elle lui présentait obstinément son profil, les yeux braqués sur l'appontement de l'autre côté du lac.

Homme ou adolescent, il était toujours là, l'extrémité de sa cigarette rougeoyant et s'éteignant tour à tour. *Chad.* Elle se concentra de toutes ses forces sur ce prénom et sur la silhouette debout sur le ponton. *Chad.* Elle ferma les yeux, essayant de faire franchir le lac à ce nom.

— Y s'est passé des tas de choses, Maud. J' pensais que vous comprendriez peut-être.

Il marqua une pause.

— Qu'est-ce qui se passe ? Vous avez les yeux fermés comme un bébé.

« Bébé. » Dans sa bouche, le mot avait quelque

chose d'obscène. Mais elle ouvrit les yeux. Déglutit. Maud leva sa main crispée pour tousser doucement, voir si elle arriverait à parler, car — sans qu'il s'en doutât — elle avait aperçu le couteau.

— Mais, rien, Wade. Rien du tout. Je suis étonnée de vous voir debout à cette heure, c'est tout.

Son naturel la stupéfia. Ahurie, elle constata qu'elle réussissait même à sourire légèrement.

— Je vous croyais du genre à vous coucher avec les pou...

Elle toussa. Comprit soudain pourquoi elle n'avait pu prononcer le mot « poules ». A cause d'Eunice, de la grange. Il avait tué Eunice, elle aussi. Il les avait toutes tuées.

Elle se força à se balancer ; le fauteuil grinça sur les planches pourrissantes et elle eut l'impression que son cou grinçait aussi tandis qu'elle tournait très lentement vers lui un visage au sourire figé. Wade Hayden lui sourit de toutes ses dents, l'air d'un dément, mais elle ne détourna pas les yeux. Elle s'obligea à fixer le couteau.

— Pourquoi est-ce que vous vous trimballez avec ce vieux couteau de cuisine, Wade ? C'est pas pour chasser, quand même.

Elle dit ça lentement, presque rêveusement, lèvres retroussées en un semblant de sourire. Un sourire à la Joey.

Shirl continuerait de voir Joey au *Rainbow Café*. Mais elle ne reverrait jamais Chad. Plus jamais.

Sans savoir comment, elle réussit à continuer de se balancer, tenant la robe bleue du Dr Hooper, et disant avec un regard intrigué en direction du couteau :

— Quelles choses, Wade ? Pourquoi ne me parlez-vous pas de ces choses ?

— C'était bien mon intention, Maud. Des choses moches.

Le couteau était maintenant entre son pouce et son index, se balançant, oscillant imperceptiblement.

— Des choses que j'ai faites. J'ai pensé que vous m'écouteriez, vous.

Elle s'efforça de visualiser le visage de Chad et n'y parvint pas. La peur l'avait effacé de sa mémoire. Elle éprouva un soulagement momentané. Oui, lui assura-t-elle, elle l'écouterait. A condition de ne pas le regarder, de se concentrer sur le ponton de l'autre côté du lac, elle arriverait peut-être à se persuader que cette scène n'était pas réelle. Par-delà cette rangée de petits bateaux, elle n'avait plus d'avenir. Elle se demanda si elle avait seulement un passé. Tout était irréel.

— Qu'est-ce que c'était que ces choses, Wade? s'enquit-elle de nouveau, sur le ton de la conversation, ses doigts froissant le tissu de la robe bleue.

Wade croisait les jambes, s'éclaircissait la gorge pour se mettre en voix.

— Vous nous connaissiez pas très bien, Eunice et moi.

— Non, en effet.

Sa langue lui sembla pâteuse. Il avait assassiné sa propre fille.

— On était *comme ça*.

Il leva deux doigts serrés l'un contre l'autre.

— Elle était plus proche de moi que de sa mère. Ouais, la petite et moi, on se comprenait. Le problème, c'est qu'Eunice s'est mise à coucher à droite et à gauche.

Maud fut stupéfaite de l'entendre dire ça d'un ton si mesuré, si calme. Ses cheveux étaient moites de transpiration, son cuir chevelu la picotait. Il allait lui falloir dissimuler sa terreur.

— ... à coucher à droite et à gauche. Tant et si bien qu'elle a fini par se faire mettre enceinte.

Détachant bien les syllabes, presque gutturale auparavant, sa voix devint soudain aiguë, grinçante comme une scie tandis qu'il abattait son poing sur l'accoudoir du fauteuil en aluminium.

— Pas possible d'accepter ça, pas quand ça arrive chez soi, à la chair de sa chair !

Elle sentait la chaleur émaner de lui ; chaleur tremblotante pareille à celle qui s'élève tel un mirage des surfaces cuites et recuites — route, désert. Répondre. Il lui fallait répondre.

— Non, on ne peut pas accepter ça, Wade.

Continue à l'appeler par son nom. L'entendait-il seulement ? Savait-il où il se trouvait ?

— Eunice, elle aurait fini comme Loreen Butts. Ou comme Tony Machin.

Il avait oublié. Maud ferma les yeux. Il avait oublié son nom, comme si Tony n'était qu'une vague connaissance perdue de vue, quelqu'un qu'il avait rencontré par hasard.

— Vous l'avez connue, Loreen Butts ?

Le ton était celui de la conversation, tranquille. Deux passants s'arrêtant sur le trottoir pour échanger des potins.

Non. Le mot ne réussit pas à sortir. Elle s'étouffa, déglutit. S'éclaircit la gorge.

— Non, dit-elle fermement.

Il se tourna vers elle.

— Qu'est-ce qu'y a ? Vous couvez quelque chose, Maud ? Vous êtes en nage. Y a rien de pire qu'un rhume en été.

Rien de pire. Elle serra son livre entre ses doigts. Derrière elle, des brindilles craquèrent. Sam.

Ce n'est pas Sam. Tu n'as pas entendu sa voiture. Oublie Sam. Elle essaya de chasser de son esprit la voix de Wade. Il parlait de Loreen Butts.

— Ce qui s'est passé, c'est qu'elle s'est mise avec Boy Chalmers. Un sacré pédé, tout le monde sait ça. Dans le fond, c'est pas plus mal que le shérif d'Elton l'ait arrêté. Boy Chalmers.

Wade se pencha, cracha sur les planches.

— Les gars de cet acabit devraient pas être laissés en liberté. M'étonne pas qu'une traînée comme Loreen Butts se soit mise avec lui.

Il se remit à parler d'Eunice.

— Le problème, c'est que la mère d'Eunice a jamais été fichue de l'élever correctement. Elle a peut-être essayé mais... Rien à voir avec ma mère à moi. Dommage que vous l'ayez pas connue...

Sa mère, cet ange. Cramponnée à son livre, la robe bleue pliée sur l'accoudoir du rocking-chair, Maud s'efforçait de suivre ce récit décousu à la louange de sa merveilleuse et angélique maman. Tout cela n'était qu'un tissu de mensonges. La mère de Wade était en effet partie alors qu'il n'était encore qu'un petit garçon. Sam tenait ça de Molly Hayden ; Molly, si discrète avec les autres, s'était confiée à Sam.

Où était-il passé ? Allait-il revenir ?

— Le Dr Hooper.

Maud ne se rendit compte qu'elle avait prononcé le nom à voix haute qu'en voyant Wade se tourner vers elle, se tourner lentement vers elle comme s'il était pétrifié par le froid.

— Elle vous a bien eus, cette femme, pas vrai ? Sous prétexte qu'elle était toubib, vous avez cru qu'elle était meilleure que les autres. Vous vous souvenez des lettres qu'elle écrivait à longueur de temps ? Eh ben, vous auriez dû les lire, vous l'auriez pas trouvée si formidable que ça.

Sa voix était empreinte de rancœur, d'amertume. Comme celle d'une vieille femme malade. Comme celle de tante Simkin.

— Vous saviez pas qu'elle avait abandonné son gamin, hein ? Les lettres, c'est synonyme de mauvaises nouvelles, le plus souvent. J' suis receveur des postes : j' suis bien placé pour le savoir. Les receveurs des postes, ce qu'on leur confie en dépôt, c'est sacré.

Elle sentit son regard peser sur elle : il attendait qu'elle l'interroge.

— Ça, c'est certain, Wade. Encore que je ne sache pas très bien en quoi ça consiste.

Elle toussa.

— Savoir, être dépositaire des secrets des gens, c'est une sacrée responsabilité. *Savoir* ce qui se passe dans la ville où on habite. Billy Katz, vous le connaissez ? C'est lui qui tient le bureau de poste d'Hebrides. Billy Katz est la honte de la profession.

Wade se pencha en avant, cracha dans l'eau sombre, puis poursuivit, toujours sur le ton de la conversation.

— Ouais, Billy. Si j'allais pas lui donner un coup de main de temps en temps, les gens d'Hebrides sauraient pas ce que c'est que des services postaux dignes de ce nom. Allez pas vous imaginer que je savais pas ce que fricotaient Loreen Butts et l'Antoinette. Y a pas grand-chose qui échappe à un receveur des postes.

Il but une gorgée de bière, rit en avalant et essuya la salive de sa bouche.

— Sam DeGheyn croit dur comme fer que j'ai passé tout l'après-midi à Hebrides ce jour-là... Vous vous rappelez ? L'après-midi du jour où Eunice a été tuée.

Comme s'il s'agissait d'une date banale... Maud serra la robe bleue entre ses doigts, incapable de répondre.

— Sam DeGheyn se figure qu'il est le plus malin, ici.

Il prit un ton rusé.

— Il fricotait avec la fille Alonzo, vous le saviez ?

Maud fit non de la tête. Elle savait que c'était faux et pourtant une étincelle de jalousie jaillit en elle. C'était ahurissant, compte tenu de la peur qui la tenaillait, qu'elle pût éprouver de la jalousie.

— Bon Dieu, et comment !

Il braqua les yeux vers Maud.

— Il fricotait avec elle dans le tribunal après les heures de service. Je parie qu'il la...

— Comment vous y êtes-vous pris, Wade ?

Sa voix était tendue comme les cordes d'un violon.

— Comment vous avez fait pour tromper Sam ?

Il ricana plus qu'il ne rit. Affreux.

— Facile comme bonjour. J'ai sauté dans ma camionnette, je suis revenu à la ferme, puis je suis reparti à Hebrides. Ça m'a pris une heure. Si quelqu'un était entré à la poste en mon absence, j'aurais dit que j'étais aux toilettes, ou que j'avais eu un malaise. Mais personne s'est pointé au bureau pendant que j'avais le dos tourné. Qui aurait envie de tailler une bavette avec Billy Katz ? Il est pas fichu de faire la différence entre son cul et une... Excusez-moi.

Le ricanement était effrayant, presque plus atroce que le va-et-vient de son pouce le long de la lame du couteau.

— Dr Elizabeth Hooper... Dr Elizabeth Hooper...

A plusieurs reprises, il répéta le nom comme pour en goûter la saveur. Il dit à Maud qu'il l'avait observée de l'intérieur de la poste, toutes lumières éteintes.

— C'était qu'une roulure, Maud.

Sa voix avait repris cette intonation geignarde et irritable.

— Fallait que j' lui règle son compte. Comme j'avais réglé leur compte aux autres. Qu'est-ce qu'elle en avait à foutre, de son gamin ? Elle l'avait abandonné, pas vrai ? Comme Loreen Butts laissait tomber son bébé quand elle avait envie de sortir avec Boy Chalmers.

La voix était redevenue aiguë tandis qu'il racontait comment il était resté planté devant la fenêtre du bureau de poste. La poste était presque en face de la pension *Brandywine* et il n'avait qu'à lever les yeux pour voir ce qui se passait.

— Ne me...

Maud leva les mains pour l'empêcher de lui raconter ce qui s'était passé. C'était de la folie de le provoquer, d'oser suggérer qu'il avait fait quelque chose de mal, mais elle ne put se retenir. Il s'agissait du Dr Hooper, elle ne supportait pas l'idée de l'entendre dire du mal du Dr Hooper. Si Elizabeth Hooper s'arrêtait à La Porte, c'était à cause de son fils. C'était à cause de lui qu'elle faisait halte ici une fois par mois, très régulièrement. Pour aller voir son fils.

Maud pleurait maintenant, les yeux sur l'autre rive. Tous ces gens là-bas... Et pas un seul d'entre eux pour l'aider. Sam.

— C'est trop tard.

Le changement de ton la fit sursauter comme si elle avait été traversée par une décharge de courant électrique. Du coin de l'œil, elle vit le couteau remuer. Elle avait dit exactement ce qu'il ne fallait pas dire ; il ne lui appartenait pas de défendre le Dr Hooper ; il lui fallait persuader Wade qu'il avait raison. Wade Hayden avait besoin qu'on lui donne l'absolution ; il allait peut-être la tuer mais il avait besoin de quelque chose qu'elle seule pouvait lui donner. C'était la raison pour laquelle sa voix était pleine d'une colère froide.

Soudain la peur abandonna Maud sans qu'elle comprît pourquoi ni comment la crainte l'avait quittée. Elle regarda de l'autre côté du lac, et aperçut la silhouette précédemment entrevue, à moins que c'en fût une autre, assez semblable. La silhouette n'était qu'un bâtonnet noir, mais Maud parvenait encore à distinguer le bout rougeoyant de la cigarette ou du cigare. C'était comme si la peur, après avoir traversé le lac d'un coup d'aile, l'observait, debout sur le ponton.

Maud resta dans son fauteuil à attendre, caressant son recueil de poèmes comme s'il se fût agi d'un talisman. Elle ne comprenait pas très bien ce qu'elle ressentait ; elle était assise sur la jetée en compagnie d'un dément, d'un psychopathe, d'un meurtrier, et elle se sentait légère. Contemplant la rive opposée, elle eut l'impression que la scène se dissolvait en particules de lumière avant de se reformer en quelque chose d'identique et pourtant de subtilement différent, quelque chose qui n'était pas visible à l'œil nu mais qui était du domaine du *ressenti*. Ramon Fernandez, dites-moi...

Wade parlait.

— Quoi ? fit-elle.

— Vous avez dit « Ramon ».

Elle avait dû prononcer le nom à voix haute sans s'en apercevoir.

— Vous avez dit « Ramon Ferdinand ». C'est qui, ce gars-là ?

— Pas Ferdinand. Fer-nan-dez.

— C'est quoi, ce nom ? Espagnol ?

Elle sourit légèrement, caressa le recueil de poèmes.

— Cubain, peut-être.

— Un métèque !

Avec colère, il cracha dans l'eau. Il semblait avoir oublié la raison de sa présence ici.

Sourire de Maud de nouveau.

— Ce n'en est pas un.

— J' vous dis que c'est un nom de métèque, insista-t-il, bougon.

Maud réfléchit un instant et se mit à se balancer. Cette nuit était une nuit comme les autres ; assis au bout de la jetée, ils papotaient tous les deux. Tous les *trois*, rectifia-t-elle, songeant à Ramon.

— C'est un ami à moi.

— Bon.

Note d'excuse dans la voix mais il boudait toujours.

— Un excellent ami. Je le connais depuis des années.

Elle se tourna vers lui, examinant le profil tourmenté, la main aux ongles rongés posée sur le couteau.

— En tout cas, c'est pas quelqu'un d'ici. Un nom comme ça, j' m'en souviendrais.

— En effet.

Elle marqua une pause.

— Il habite à Key West.

— Key West, *Floride* ? Là où y a tous ces pédés ? Me dites pas que c'en est un !

— Il s'occupe d'une marina. Vous savez, ces endroits où les gens amarrent leurs bateaux.

Wade se préparait à cracher de nouveau.

— C'est un boulot de pédé, ça.

— C'est superbe, les marinas. Avec tous ces voiliers.

— Vous êtes jamais allée en Floride, *vous*, si ?

Maud continua de se balancer, les yeux sur la rangée de bateaux de l'autre côté du lac.

— Une fois. C'est magnifique. Le soleil se couche juste derrière la marina. Vous n'avez sûrement jamais vu un coucher de soleil pareil. Pas ici, en tout cas.

— Le soleil se couche ici comme y se couche ailleurs, bordel ! Qu'est-ce qu'y a de si particulier à Key West ? A part que c'est plein de pédés.

Il semblait avoir tout oublié ; le sang, le couteau, la raison de sa présence ici ; et elle continua de se balancer et de parler de Key West où elle n'avait jamais mis les pieds si ce n'est en imagination. Et puis elle eut l'impression que ce qui se passerait ne changerait pas grand-chose. Tout ce que Wade pourrait faire, ce serait lui enfoncer son couteau dans le corps. Et comparé aux guerres, aux famines, aux inondations, aux incendies, ça n'était pas grand-chose. Ce que les gens jugeaient important l'était dans la mesure où l'on peut dire qu'un hochet est important aux yeux d'un bébé : quelque chose de coloré qui produit un bruit agréable, quelque chose que l'enfant désire. Ce couteau n'était guère plus qu'un hochet. S'il le lui plongeait subitement dans le corps, la lame ne rencontrerait que des particules de lumière. Pour la première fois de sa vie, Maud se sentit libre.

Néanmoins, il allait lui falloir faire quelque chose. Elle se tourna vers lui et le fixa.

— Il est temps que je rentre, Wade.

Il avait toujours un air boudeur de petit garçon.

— J'espérais qu'on aurait pu rester dehors à bavarder encore un peu.

— Un autre soir, peut-être.

Elle se mit debout. Lui ne bougea pas.

— Il faut que je range mes affaires.

Maud retira la bouteille du seau Colonel Sanders, qu'elle vida de la glace fondue qu'il contenait. Wade se contenta de lever les yeux vers elle, clignant des paupières, comme s'il s'efforçait de s'habituer à une nouvelle obscurité.

— Vous pourriez me donner un coup de main, Wade ? Plier le fauteuil et le rentrer, par exemple.

Il se leva lentement avec un soupir agacé. Pourtant, tenant toujours le couteau, il plia docilement le fauteuil tandis que Maud tirait sur le cordon de la lampe. Ils furent plongés dans le noir. Elle ralluma et la lune brilla faiblement sur le couteau, le fauteuil, le support à seau en argent. Elle empoigna le support et tendit le bras vers la lampe.

— Vous pouvez porter ça ?

— Je devrais pouvoir y arriver, dit-il d'un ton toujours grognon.

Sa main aux phalanges noueuses se referma autour de la lampe.

Maud l'examina, regarda le tableau pathétique et plutôt ridicule qu'il lui offrait. Il était debout, le fauteuil sous un bras, le couteau dans une main, la lampe dans l'autre, la tenant par son pied de fer forgé. Il clignait des yeux sous la lumière, le pouce et l'index prêts à tirer sur le cordon pour éteindre.

Elle secoua la tête. C'était si triste. Si simple. Jamais il ne parviendrait à garder l'équilibre, songea-t-elle, en le frappant à l'épaule de toutes ses forces avec le support à seau.

Wade oscilla, la regarda d'un air surpris, mystifié. Puis il bascula, tomba à la renverse dans le lac. Il y eut un bruit affreux et elle ferma les yeux, se plaquant les mains sur les oreilles.

Maud était plantée là, les yeux clos, lorsqu'elle sentit quelque chose de doux contre sa cheville. Baissant la tête, elle vit le chat noir qui, après s'être frotté contre son pied, s'était approché de l'extrémité de la jetée et tendait le cou vers l'eau.

Elle se dit que si le chat pouvait supporter le choc, elle devait pouvoir le supporter aussi, même sans taie sur l'œil. Non sans colère, elle se pencha. Impossible de savoir à quoi elle s'attendait mais certainement à quelque chose de pire que ça. Wade Hayden flottait, couché sur le ventre, sa chemise gonflée tel un ballon qu'on aurait empli d'air. La lampe avait disparu, évidemment, mais on apercevait encore son abat-jour fleuri, qui flottait près de la tête de Wade... tel un chapeau de cotillon que le pauvre imbécile aurait perdu en tombant dans le lac.

Sur l'eau noire, un autre hors-bord passa à pleine vitesse. Et Maud, s'abandonnant à ce rêve étrange fait de mort et d'eau mêlées, scruta la nappe liquide pour voir ce que le sillage de l'embarcation ferait au corps, comme si la force de l'eau pouvait l'entraîner vers la mer. Le cadavre bougea à peine ; l'abat-jour rose oscilla.

Elle prit le chat dans ses bras, cherchant le réconfort d'une présence, et se demanda pourquoi il n'était pas redevenu poussière. Des larmes coulèrent le long de ses joues et atterrirent sur la fourrure du chat qui se mit à gémir et à se débattre pour se dégager. Elle resta plantée là, bras ballants, à regarder la silhouette de Wade que les petites vagues léchaient.

Il lui sembla entendre quelqu'un prononcer son nom dans le lointain. Mais c'est à peine si elle le reconnut ; et elle enregistra d'autres bruits après cela — volée de gravillons, arrêt d'un moteur de voiture, claquement mat de portière — qui lui parurent émaner d'un univers étranger.

— Maud ? Maud ? Vous êtes là ? Qu'est-il arrivé aux lumières ?

Sam arriva en hâte sur la jetée. Toujours plantée là, elle serrait et ouvrait les poings, sans mot dire.

— Maud ? Qu'est-ce qui se...

Le fauteuil renversé, le support à seau par terre, la bouteille... Il se dirigea vers l'extrémité de la jetée.

— Seigneur Dieu ! souffla-t-il, un genou à terre.

Le corps se soulevait légèrement, retombait comme un nageur qui se repose sur les vagues ébouriffées.

— Qu'est-ce qui s'est passé, nom d'un chien ? Ça va, Maud ? Vous n'avez rien de cassé ?

Plaquant le livre et la robe contre elle, elle murmura :

— Où sont les flics quand on a besoin d'eux ? C'était lui. C'est Wade qui les a assassinées.

— Mon Dieu ! exhala Sam.

Puis il lui mit les mains sur les épaules.

— Faut que je passe un message radio. Maud ?

Elle hocha simplement la tête et resta là, observant les bateaux, les invités qui se dirigeaient vers le ponton. Des rires endormis flottèrent sur le lac.

Une fois de retour, Sam ôta son blouson de cuir.

— Qu'est-ce qui s'est passé, bon sang ?

— Vous êtes le boss, le patron de la police, devinez. Que faites-vous ?

Elle se débarrassa du blouson qu'il lui avait posé sur les épaules.

— Qu'est-ce que c'est que cette manie qu'ont les hommes de toujours vouloir fourrer leur manteau sur le dos des femmes ? Vous allez trop au cinéma.

— Allez-vous répondre, à la fin ? Que s'est-il passé ?

— J'ai été obligée de le pousser. Il fallait bien : j'étais toute seule. Tenez, voilà sa robe.

Sans laisser à Sam le temps de réagir, Maud ajouta d'un ton rogue :

— Pas un mot. Je ne veux pas en entendre parler.

Puis elle regarda les vieilles planches.

— Et lui ? Son fils, je veux dire. Ce n'est pas bien qu'il apprenne la nouvelle par son père.

Les épaules de Maud se soulevèrent, elle sentit son visage la brûler, enfler, comme à l'approche d'une crise de larmes.

— Ce n'est pas juste qu'il apprenne la nouvelle par son père. Je ne veux pas savoir pourquoi elle s'est sentie obligée de l'abandonner ; c'était une bonne mère.

Elle songea qu'elle allait bientôt se mettre à pleurer.

— Je me suis dit que je pourrais peut-être y aller d'un saut de voiture, dit Sam calmement, et lui apprendre la chose moi-même.

Il y eut un silence. D'un ton irrité, elle dit :

— Vous allez vous y prendre comme un pied ! Tel que je vous connais, vous êtes capable de lui lire le compte rendu d'autopsie.

Elle jeta un coup d'œil en direction des bateaux de moins en moins nombreux.

— Je pensais que vous pourriez peut-être m'accompagner.

Maud inspira bien à fond l'air de la nuit, gonfla les joues, expira.

— Eh bien...

Un long moment, elle observa la rive opposée. Les lampions luisaient toujours sourdement.

— Raoul et Evita, ça existe vraiment, des noms comme ça ? Je parie que vous m'avez menti.

Sam tressaillit.

— Pour l'amour du ciel, Maud ! Wade Hayden vient de se faire... vous étiez ici avec un tueur, Maud. Qu'est-ce qu'on en a à foutre de Raoul et d'Evita ? Venez. Regagnons la maison.

— Non, merci.

Elle repoussa son bras comme elle avait repoussé le blouson.

— Bon Dieu ! Vous êtes de mauvais poil, hein ? Vous êtes de mauvaise humeur parce que je ne suis pas revenu plus tôt.

Maud ignora la remarque.

— Vous allez sûrement avoir droit à un congé : après tout, vous avez tiré l'affaire au clair. Même si c'est moi qui ai fait le plus gros du travail.

Elle poussa un soupir et se mit en route vers la maison.

— J'aurai ma photo dans les journaux ? lança-t-elle par-dessus son épaule.

— C'est probable, fit Sam en la rattrapant.

— Une fois que nous aurons parlé au fils du Dr Hooper, je veux aller à l'université voir Chad. Lui dire que je suis toujours en vie, fit-elle d'un ton fier.

Chad. Sam avait complètement oublié Chad. Il s'arrêta et leva les yeux vers le ciel nocturne qui virait au violet à l'horizon. Il était si tard que ça ? C'était presque l'aube, vraiment ?

— Écoutez, Maud, il faut que je vous dise. J'ai parlé à Chad. Il m'a téléphoné pour me dire qu'il rentrait en voiture ce matin.

— En voiture ? Il n'a pas de voiture. Et qu'est-ce qu'il fait au volant ? Il est à Belle...

— Belle Harbor, je sais. Eh bien, il m'a appelé de Meridian. Il a emprunté la voiture d'un ami.

Avec impatience, elle s'exclama :

— Meridian ? Qu'est-ce qu'il fabrique à Meridian ?

— Je viens de vous le dire : il m'a passé un coup de fil.

— Ça n'explique pas son retour.

Sam réfléchit un moment tout en essayant de lui remettre son blouson sur les épaules alors qu'elle s'agitait tel le chat noir aveugle qui rôdait à l'extrémité de la jetée.

— Il a oublié ses livres.

Maud se débarrassa du blouson.

— Cette bonne blague ! Il ne ferait pas tout ce trajet pour ça : il serait plutôt du genre à me demander de les lui envoyer par la poste. De toute façon, il ne sait pas lire. Ce n'est pas gentil de me raconter des mensonges.

Laissant tomber le blouson par terre, elle s'éloigna.

— Maud, bon sang ! Ce n'est pas un mensonge. Il sera là d'ici deux heures.

Sam ramassa le blouson. Il avait envie de le lui jeter à la figure.

Elle pivota vers lui.

— C'est encore une de vos inventions ?

— Non. Demandez à Donny si vous ne me croyez pas. Ou restez plantée au milieu de la route à attendre qu'il se pointe.

La moutarde commençait à lui monter au nez.

— Pas la peine de prendre la mouche !

— Ah oui ?

Il approcha son visage du sien.

— Écoutez-moi bien : j'ai horreur de voir des femmes assassinées. Le Dr Hooper... j'avais beaucoup de sympathie pour Elizabeth Hooper. Si vous croyez que ça m'amuse de la savoir allongée par terre et couverte de sang... Je me sens sacrément péteux. Et au bout de la jetée, au cas où vous l'auriez oublié, il y a un macchabée qui flotte dans le lac !

— Je suis au courant. Je viens de boire un martini en sa compagnie.

Elle se remit en route.

— Pour l'amour du ciel...

Sam la rejoignit, lui passa un bras autour des épaules. Elle se laissa faire.

Puis, comme si cet échange de répliques n'avait pas eu lieu, elle enchaîna :

— Une fois que nous aurons vu le fils du Dr Hooper et que Chad sera reparti à l'université, j'irai à New York.

Elle continua de marcher mais Sam, lui, s'arrêta net.

— New York ? Pour quoi faire ?

Au loin une sirène se fit entendre. Lointaine. Fantôme de sirène.

— Pour voir Rosie.

Là-dessus, elle se retourna et s'immobilisa et Sam eut l'impression que son sourire luisait comme les lumières des petits bateaux amarrés sur l'autre rive.

— A moins que vous ayez menti...

Il la rattrapa sur le sentier et, tandis qu'ils s'éloignaient de la jetée, il crut l'entendre dire (bien qu'il n'en fût pas certain à cause de la musique qui leur parvenait de l'autre côté du lac) ou soupirer « mon petit garçon ».

Également aux Presses de la cité

ELIZABETH GEORGE

Pour solde de tout compte

A Cambridge, où elle fait ses études supérieures au respectable collège de St Stephen, Elena Weaver choque. Belle et sensuelle, elle ne répugne pas aux amours de rencontre, se souciant peu du qu'en-dira-t-on. Jusqu'au jour où elle est agressée et tuée pendant son jogging matinal.

Échaudées par les cafouillages de la police locale, les instances universitaires prient Scotland Yard de prendre l'affaire en main. L'inspecteur Thomas Lynley et le sergent Barbara Havers débarquent alors dans l'univers légèrement suranné et mythique de la prestigieuse université.

Elena Weaver est un personnage difficile à cerner. Au fur et à mesure que Linley et Havers enquêtent auprès des professeurs et des proches de la victime, de nouvelles et nombreuses facettes de sa personnalité apparaissent, brouillant les cartes.

Il faudra toute l'astuce et la perspicacité des deux comparses — dont les relations sont toujours aussi ambiguës — pour démêler le vrai du faux et dénicher, dans le lot des suspects, le stupéfiant, l'invraisemblable coupable.

Passée maître dans l'art du roman d'énigme à l'anglaise, Elizabeth George transcende largement les limites du genre. Elle est désormais unanimement considérée comme l'une des plus fines spécialistes de l'analyse psychologique, grâce à ses qualités de cœur et à un sens de l'observation particulièrement acéré.

SUE GRAFTON

Le jour du jugement

"Kinsey Millhone... Chaque lecteur s'en fait peu à peu une amie, avec ses coups de gueule et sa tête de bois." LIRE.

Cinq ans après le suicide douteux de l'escroc Wendell Jaffe, sa veuve et ses deux fils ont enfin réussi à récupérer le demi-million de dollars de son assurance-vie. La pilule est amère pour la compagnie d'assurances, la California Fidelity, persuadée que le promoteur immobilier véreux a monté une astucieuse mise en scène afin d'échapper à ses créanciers et à la justice. Mais un nouvel élément intervient, qui conduit la compagnie à rouvrir le dossier : quelqu'un prétend avoir vu le pseudo-défunt sur une plage mexicaine.

C'est Kinsey Millhone qui est chargée de l'enquête.

Bonne occasion pour elle de prendre sa revanche sur Gordon Titus, le directeur de la California Fidelity qui l'a virée sans ménagement quelques années auparavant.

Kinsey mène les choses rondement. Poussée par son sens aigu de la justice, elle s'obstine à traquer la vérité, et, chemin faisant, se trouve soudain nez à nez avec son propre passé et toute une famille maternelle dont elle ignorait l'existence. Une surprise pas forcément agréable...

Et puis il y a en toile de fond la Californie et le Pacifique, ses ports de plaisance et ses voiliers si propices à l'évasion, ses flics plus ou moins amènes et ses voyous au visage d'ange, ses magnifiques créatures féminines jeunes et moins jeunes, ses excentriques sans complexes... tout le petit monde de Kinsey Millhone, jeune femme intrépide et lucide, moderne et fleur bleue. Craquante !

Sue Grafton vit en Californie, à Santa Barbara. Kinsey Millhone vit en Californie, à Santa Teresa. Sue Grafton écrit des romans policiers. C'est un des plus grands auteurs de best-sellers américains. Plus qu'un personnage de roman, son héroïne est devenue une star de la société américaine. Et sa créatrice est une grande dame du crime, au même titre que Martha Grimes, P.D. James et Elizabeth George.

ED McBAIN

Kiss

C'est d'abord un homme qui essaie de la pousser sous une rame de métro, puis une voiture qui monte sur le trottoir pour tenter de l'écraser. La discrète Emma Bowles se découvre avec terreur un ennemi acharné. Elle en parle à la police, qui ouvre une enquête, elle en parle à son mari, qui engage un détective privé pour la protéger. Entre-temps l'homme qui a voulu la tuer, et en qui elle a reconnu l'ancien chauffeur de Mr. Bowles, est retrouvé mort dans une cave du quartier noir. Quant au privé, en quoi consiste réellement sa mission ?...

Steve Carella, chargé de l'enquête, a bien d'autres soucis : le meurtrier de son père passe en jugement et, vu la tournure que prend le procès, on peut se demander si le droit l'emportera.

A Isola, la mégalopole inventée par McBain, territoire des policiers du 87e District, la justice est en train de s'effondrer. Comme tout le reste. Vision noire, impitoyable, de la société américaine mais assortie, comme toujours chez McBain, d'un humour parfois noir lui aussi, mais omniprésent.

DAVID WILTSE

Terreur noire

Encore une mission impossible pour John Becker, agent spécial du FBI, souvent chargé d'affaires ultra-sensibles : il s'agit cette fois de retrouver la trace d'un certain Roger Bahoud, tueur à gages sadique et d'une intelligence diabolique. Celui-ci a été repéré à New York, et le FBI soupçonne fortement que sa cible n'est autre que Yasser Arafat, qui doit participer au siège des Nations Unies à une conférence internationale chargée d'organiser la paix au Moyen-Orient.

Ancien du KGB, Bahoud a été lâché par ses ex-patrons, qui le considèrent comme un chien enragé. Il a été recruté depuis par les chefs du Hamas, décidés à saboter à tout prix le processus de paix.

Pour l'intercepter, Becker ne dispose que de quarante-huit heures.

La chasse à l'homme commence. Ou plutôt le jeu du chat et de la souris. Mais dans ce cas précis, qui est le chat et qui est la souris ?

Auteur du *Baiser du serpent* et du *Cinquième Ange*, David Wiltse est un spécialiste du thriller bourré d'action. Son héros, John Becker, est souvent sujet à des états d'âme. Mais il le sait : à la violence de l'adversaire, on doit parfois répondre par la cruauté.

MARCEL MONTECINO

Le Croisé de la mort

Une série de crimes racistes enflamme Los Angeles : les murs des synagogues sont souillés de grandes croix pourpres, des prostituées noires sont mutilées sauvagement, un survivant d'Auschwitz est assassiné de trois balles de fusil à canon scié.

Jerry Kahn, le chef d'un groupuscule appelé Résistance armée juive, lance ses troupes à la recherche du coupable. Il veut le démasquer avant la police, pour lui régler son compte. La police, justement, est représentée par le lieutenant Jack Gold, "un cas". Sa carrière s'est arrêtée brutalement après la mort de sa maîtresse, junkie au dernier degré. Sa femme le méprise. Ses supérieurs le considèrent comme un ivrogne un peu trop porté sur la gâchette. Dirty Harry, en pire... Avec son partenaire, l'inspecteur Sean Zamora, célèbre au sein du Los Angeles Police Department pour avoir posé nu avec son revolver dans un magazine féminin, il s'est assigné une ultime mission : mettre un terme à la course du fou criminel qui se fait appeler "Crosskiller", "le Croisé de la mort".

Né à La Nouvelle-Orléans, Marcel Montecino est un ancien pianiste de jazz. Son premier roman, *Sale temps pour un pianiste*, a été salué comme un coup de maître par la critique américaine et française : "Une sorte de quête initiatique ressemblant à une chanson rock au rythme dévastateur." (François Rivière/*Libération*). "Truffaut aurait sans doute aimé ce livre." (Yann Plougastel/*L'Evénement du jeudi*).

Achevé d'imprimer en mai 1994
sur presse CAMERON
dans les ateliers de la S.E.P.C.
à Saint-Amand-Montrond (Cher)

N° d'Édition : 6247. N° d'Impression : 1283.
Dépôt légal : mai 1994.
Imprimé en France